Dungeons & Drama

Kristy Boyce

DUNGEONS & DRAMA

Tradução
Ana Beatriz Omuro

Rio de Janeiro, 2025

Copyright © 2024 by Kristy Boyce. Todos os direitos reservados.
Copyright da tradução © 2024 by Ana Beatriz Omuro por Casa dos Livros Editora LTDA. Todos os direitos reservados.

Título original: *Dungeons and Drama*

Este título foi publicado originalmente pela Random House Children's Books ou publicado por acordo com a Random House Children's Books.

Todos os direitos desta publicação são reservados à Casa dos Livros Editora LTDA. Nenhuma parte desta obra pode ser apropriada e estocada em sistema de banco de dados ou processo similar, em qualquer forma ou meio, seja eletrônico, de fotocópia, gravação etc., sem a permissão dos detentores do copyright.

Copidesque	Laura Pohl
Revisão	Alanne Maria e Lui Navarro
Ilustração de capa	Liz Parkes
Design de capa	Casey Moses
Adaptação de capa	Beatriz Cardeal
Diagramação	Abreu's System

Dados Internacionais de Catalogação na Publicação (CIP)
(Câmara Brasileira do Livro, SP, Brasil)

Boyce, Kristy
  Dungeons & drama / Kristy Boyce ; tradução Ana Beatriz Omuro. – 1. ed. – Rio de Janeiro: Pitaya, 2024.

  Título original: Dungeons and Drama.
  ISBN 978-65-83175-00-7

  1. Jogos de aventura 2. Jogos de fantasia 3. Jogos de interpretação (RPG) I. Título.

24-220367   CDD-793.93

Índice para catálogo sistemático:
1. RPG : Jogos de aventura : Recreação   793.93
Bibliotecária responsável: Aline Graziele Benitez – CRB-1/3129

Editora Pitaya é uma marca licenciada à Casa dos Livros Editora Ltda. Todos os direitos reservados à Casa dos Livros Editora LTDA.

Rua da Quitanda, 86, sala 601A – Centro,
Rio de Janeiro/RJ – CEP 20091-005
Tel.: (21) 3175-1030
www.harpercollins.com.br

Mike, esse é só para você.

Capítulo Um

De todos os castigos que meus pais poderiam ter escolhido, não acredito que optaram por este.

— Riley — diz mamãe, no banco do motorista do nosso SUV —, não quero saber de cara feia hoje. Você cavou sua própria cova, e parte do acordo é ser legal.

Eu me afundo mais no banco, com a lembrança ainda fresca na mente de estar sentada bem aqui com minha melhor amiga, Hoshiko. Faz só alguns dias que estávamos ouvindo a gravação do elenco original da Broadway do musical *Waitress*, rindo e debatendo se os atores apareceriam para dar autógrafos depois do espetáculo. E agora...

— A gente não pode mesmo rever isso, mãe?

— Não. — Ela dá uma olhada rápida pelo retrovisor e volta a focar a estrada. — Acho que você ainda não entendeu como a decisão que tomou na sexta à noite foi perigosa. Como eu e seu pai vamos confiar em deixar você sozinha em casa depois disso?

Tudo bem, não foi a *melhor* decisão do mundo pegar o carro da minha mãe sem permissão enquanto ela viajava a trabalho. E, sim, passei várias horas na estrada durante a noite para chegar em Columbus, com Hoshiko... e sem carteira de motorista. Só que não passamos por nenhuma blitz ou sofremos qualquer acidente! Na verdade, eu até poderia argumentar que deveria ter dirigido mais rápido, porque aí teria chegado antes da minha mãe e não estaria ouvindo um sermão agora. Porém, acho que não vou usar esse argumento tão cedo.

— Mas trabalhar na *loja* do papai? — sussurro.

Ela crispa os lábios como se quisesse ter compaixão, mas resiste corajosamente.

— Seu pai sugeriu que você passasse as tardes com ele, já que estou ocupada demais no trabalho para ficar em casa com você depois da escola. Não é culpa minha que ele seja tão apegado àquela loja.

O tom de ressentimento quando menciona a loja do meu pai só aumenta minha frustração. Mamãe nunca gostou da loja. Foi um dos principais motivos para o divórcio dos dois, e eu sempre estive do lado dela nessa história. Nunca sequer me ocorreu que ela concordaria em me mandar trabalhar lá como castigo. Eu jurava que mamãe entenderia que meu amor por teatro musical falaria mais alto que meu juízo (e as leis de trânsito estaduais). Quando se trata da Sara Bareilles, não há qualquer regra que eu não esteja disposta a quebrar.

Estou prestes a continuar discutindo, mas ela estaciona o carro. Ficamos as duas em silêncio por um instante, assimilando a loja. Não é uma vista particularmente agradável, apesar do céu azul e do clima ensolarado de setembro. A loja do meu pai é localizada em uma galeria decadente em Scottsville, minha cidade natal no interior de Ohio, onde não faltam galerias decadentes. Uma boa parte das outras fachadas está vazia, embora haja uma pequena pizzaria vizinha à loja, com algumas letras do nome faltando. Isso não ajuda a melhorar meu humor.

— Seu pai está esperando — diz mamãe.

Não entro neste estacionamento desde que passamos aqui cinco anos atrás, quando papai ainda estava casado com mamãe e veio conhecer o lugar. Uma sensação sombria e pesarosa toma conta de mim quando coloco os pés no concreto.

— Shannon.

Papai acena com a cabeça para mamãe quando ela sai do carro devolvendo o cumprimento, embora mantenha uma distância maior do que o necessário.

— Oi, Joel.

Eles não poderiam ser mais diferentes. Mamãe está elegante como sempre, com o cabelo loiro preso em um coque baixo, usando uma blusa, calça pantalona e saltos que seriam considerados altos demais para a maioria das pessoas usar. Papai, por sua vez, veste calça jeans meio larga e uma camiseta estampada com o Deadpool montado em um unicórnio. Não faço a menor ideia do que fez os dois se aproximarem para começo de conversa, mas com certeza não foi a semelhança no visual — ou nos interesses.

— E como vai meu chuchuzinho? — pergunta papai, com o sorrisão que ele reserva só para mim.

Hesitante, caminho até ele para abraçá-lo.

— Oi, pai.

— Pronta para o seu primeiro dia como a mais nova funcionária da Tabuleiros e Espadas?

Ele abre um sorriso largo diante da ideia, como se eu estivesse indo a um acampamento de verão em vez de estar prestes a passar as próximas oito semanas trabalhando aqui em "liberdade condicional", proibida de frequentar atividades extracurriculares e ver amigos. Só me resta dar um sorriso amarelo e encarar a calçada de concreto rachado.

— Tem certeza de que quer fazer isso? — pergunta mamãe ao meu pai, apontando o queixo para mim como se eu fosse uma criminosa condenada preparada para cavar um túnel para sair da prisão usando uma colher enferrujada.

— Faz anos que eu tento trazer a Riley pra cá. Não precisava de uma ficha criminal pra isso acontecer, mas é o que temos pra hoje.

Solto um grunhido.

— Olha, pela última vez, eu não *roubei* o carro da mamãe! Eu só... peguei emprestado por uma noite. Foi só uma voltinha à toa, não teve nada de GTA ou coisa do tipo.

— Tem certeza disso? — questiona papai com uma sobrancelha erguida.

Na verdade, tenho sim. Hoshiko pesquisou no Google se pegar o carro da minha mãe era algum crime assim que pegamos a estrada para irmos ao espetáculo.

— Bom, você não vai dar nenhuma voltinha pelos próximos dois meses, mocinha — repreende mamãe, balançando a cabeça. — Nem ficar *à toa*.

— Decidi pensar nisso como uma bênção meio torta — declara papai, tomando cuidado de olhar para mim em vez de para mamãe. Eles quase nunca fazem contato visual. — Vou poder passar um tempo com a minha filha, e você vai poder ampliar seus interesses enquanto estiver aqui.

Suspiro e encolho os ombros. Metade de mim quer se ajoelhar nesta calçada, ao lado dos guardanapos descartados e bitucas de cigarro, e implorar que reconsiderem, mas fico de boca fechada. A outra metade, a parte racional, sabe que meu castigo poderia ter sido pior. A questão é que eu não quero passar tempo com meu pai, e não quero trabalhar na loja de jogos dele. Faz cinco anos que passo fins de semana alternados no apartamento dele — vendo TV, comendo pizza congelada e conversando muito pouco —, e esse é o máximo que estou disposta a fazer para criar laços. Meu pai deixou as prioridades dele bem claras quando escolheu a loja em vez de nós. Não é justo ele sair ganhando de qualquer jeito. Porém, fica óbvio que o momento para essa discussão já passou faz tempo.

— Bom... — Mamãe joga o peso do corpo nos saltos. — Tenha um bom primeiro turno. Volto às nove para te pegar.

Eu me despeço com um aceno e tento manter uma expressão neutra ao seguir papai até a entrada. No fim das contas, oito semanas não são nada. Vão passar num piscar de olhos. E, felizmente, os ensaios para o musical anual de primavera da escola só começam no fim do outono, então, se eu me comportar bem e recuperar a confiança dos meus pais nos próximos meses, devo estar pronta para garantir meu lugar como a diretora do espetáculo antes que o Starbucks comece a vender as bebidas temáticas de inverno.

— Aqui estamos! — exclama papai, o que me faz pular de susto.

Dou uma olhada por cima do ombro dele. A loja é escura e silenciosa, embora seja maior do que eu pensei. Vista de fora, meio que parece uma espelunca, mas, na verdade, o interior é espaçoso... Ou seria, se não estivesse completamente abarrotado de tralhas. À esquerda, tem o longo balcão do caixa que fica em cima de uma plataforma elevada, talvez para que os funcionários enxerguem o espaço por completo. O resto do lugar é ocupado por estantes de madeira. Não parecem profissionais, então talvez papai as tenha montado sozinho. Reconheço vagamente alguns dos jogos, como Warhammer, do apartamento dele. Há toneladas de manuais de Dungeons & Dragons e bonequinhos, caixas de cartas de Pokémon e Magic, e mostruários de pincéis e tintas de todas as cores para as miniaturas dos jogos de mesa, que meu pai ama colecionar.

Tento forçar um sorriso, mas é difícil. Faz anos que ele me pede para vir até aqui. Papai é obcecado por jogos. Jogos de tabuleiro, RPGs, videogames, não importa. Eu até curto uma rodada de Banco Imobiliário durante as férias, mas meu interesse acaba por aí. Ao longo dos anos, isso causou muita frustração e decepção tanto para ele quanto para mim.

Papai me guia pela loja, apontando para todos os produtos e contando um pouco sobre cada um, o que me deixa atordoada. Como é que eu vou lembrar de tudo isso? E se alguém entrar e me pedir um jogo de tabuleiro? Cara a Cara não é bem o tipo de jogo que ele vende aqui.

— Ei, Joel. Qual desses você recomendaria para uma criança de 12 anos? — pergunta um homem magrelo de 20 e tantos anos do outro lado da loja. — A Ilha Proibida ou Ticket to Ride?

O rapaz ergue dois jogos de tabuleiro que eu nunca vi na vida e gesticula para que meu pai se junte a ele e uma mulher de meia-idade a seu lado. Um garotinho que não deve ter mais de 5 anos a acompanha. A mulher parece tão atordoada com as prateleiras quanto eu.

— Só um minutinho, Riley — diz papai, e vai até os clientes. Enfio as mãos nos bolsos e vou atrás dele. — Bom, A Ilha Proibida é perfeito para quem gosta de jogos mais colaborativos, mas, se está procurando algo mais competitivo, eu recomendaria o outro.

A mulher acena com a cabeça, mas eu reconheço aquela expressão. É a mesma que eu faço quando papai começa a tagarelar sobre exércitos de Warhammer.

— Hum, como assim, *colaborativos*? — pergunta ela.

Papai e o rapaz trocam um olhar breve antes de ele começar uma explicação. Concentrada, a mulher solta a mão do filho e o garoto sai andando. Dou alguns passos na direção dele. Há produtos licenciados empilhados precariamente nas prateleiras, e uma criança pequena pode fazer muito estrago bem rápido. Não estou nem um pouco a fim de arrumar estantes no meu primeiro dia aqui.

— Pikachu! — exclama ele, e pega uma caixa de cartas sobre o balcão do caixa.

Vou até o garotinho, sem saber o que devo fazer, mas sabendo que preciso fazer alguma coisa. Ele me encara.

— Você brilha.

Olho para mim mesma. O visual do dia nem é um dos meus mais chamativos — pensei em usar algo mais confortável depois desses dias difíceis. Estou usando calça jeans laranja com uma camisa de babados azul-cobalto, acessórios grandes e meu par favorito de Vans xadrez roxo. Sei que meu estilo é diferente, mas decidi há muito tempo que quero usar roupas que serão notadas pelos outros. Nada de preto, bege, marrom-claro ou azul-marinho para mim. Não gosto de passar despercebida.

— Ah, obrigada. — Aponto para as cartas. — Você joga Pokémon?

— Não, mas eu vejo o desenho.

Sorrio e balanço a cabeça. Eu também via quando era mais nova. Não dá para crescer sendo filha de um *gamer* dedicado sem ser apresentada a um montão de sagas.

— Meu favorito sempre foi o Jigglypuff.

Ele espreme os olhos.

— O que é um Jigglypuff?

Finjo espanto.

— É o Pokémon mais fofo de todos! Ele é rosa e redondo e ama cantar, mas, sempre que faz isso, as pessoas caem no sono. Aí ele fica rabugento e infla as bochechas assim.

Inflo as bochechas como se fosse um baiacu. Depois, bato nas bochechas com as mãos para todo o ar sair. Dou uma risada sozinha, lembrando de como fazia isso com papai quando era pequena. Eram tempos melhores entre nós.

O garotinho ri e chama minha atenção de volta.

— Você tá inventando coisa.

Não estou, mas não tenho tempo para discutir, porque ele já voltou a perambular pela loja. Lembro de uma tigela de doces que vi atrás do balcão.

— Quer um pirulito?

Os olhos do garoto brilham.

— Hum, quero!

— Com licença, posso dar um pirulito pra ele? — pergunto para a mãe.

Ela assente, grata.

— Isso seria ótimo.

Levo o garoto até o balcão do caixa e pego a tigela de doces, mas dou um pulo quando outra pessoa se espreme atrás de mim. É um menino branco da minha escola — Nathan Wheeler. Ele veste uma camiseta preta e calça jeans, com o cabelo escuro bagunçado em diferentes direções como se tivesse passado os dedos pelos fios muitas vezes, e os óculos de armação preta e larga estão escorregando pelo nariz. Estudamos juntos desde o começo do fundamental, mas eu mal o vejo na escola. Acho que ele não participa de muita coisa — com certeza não dos programas de música ou teatro onde passo todo o meu tempo.

Ele pega rapidamente um pacote selado de cartas atrás do balcão e os enfia no bolso traseiro. Acena com a cabeça quando vê que estou encarando, depois pega um pirulito da tigela.

— Meu favorito é o de *root beer*.

Então, dispara até os fundos da loja.

Fico embasbacada. Ele entrou mesmo atrás da caixa registradora sem pedir permissão? E pegou alguma coisa? Olho para meu pai, torcendo para que ele também tenha visto a cena, mas ele continua com a cliente. Não acredito que alguém roubou a loja nos meus primeiros cinco minutos aqui.

— Só um segundo — digo para o garotinho, e vou até meu pai.

— E o meu pirulito?

— Quê? — Eu me viro para ele, que está apontando para o balcão. — Ah, sim, claro.

Pego a tigela e a abaixo para ele, mantendo os olhos em papai ao mesmo tempo que me certifico de que Nathan ainda não saiu de fininho da loja.

O rapaz que está com papai gesticula para que a mulher o siga até a caixa registradora, e meu pai acena para que eu vá até uma porta que fica nos fundos da loja. Faço uma careta e o sigo.

— Esta é a sala de jogos, onde fazemos eventos à noite e nos fins de semana e onde as pessoas podem vir jogar com os produtos — explica ele assim que chego perto o suficiente para escutá-lo.

Entramos em uma sala ampla cheia de mesas grandes e cadeiras. Uma cabeça de dragão gigante está afixada na parede.

— Temos muitos clientes regulares que usam este espaço.

Ele gesticula para dois homens parados perto de uma mesa no canto mais distante.

— Finalmente arranjou uma namorada nova? — provoca um deles, acenando para mim. Ele tem cabelo grisalho e ralo e usa um suéter da Ohio State. Arregalo os olhos ao ouvir o comentário, horrorizada.

— Se comporta, Fred. Essa aqui é a minha filha.

— É bom ver um rosto novo por aqui. Tô acostumado a encarar esse velhote o tempo todo — reclama o outro homem, apontando para o colega de mesa. Ele é mais baixo e roliço, e usa uma camiseta velha do Batman.

Papai ri e baixa a voz.

— Esses são o Fred e o Arthur. Os dois são aposentados, então vêm aqui quase todo dia jogar Flames of War.

Sacudo a cabeça, confusa. Não consigo guardar o nome de todos os jogos, principalmente quando estou distraída pelo que vi Nathan fazer. Será que devo interromper papai agora para contar ou espero até encontrar um lugar distante dos clientes?

— É um jogo de mesa onde eles reencenam batalhas de guerra — explica papai, ignorando completamente minha insegurança. É óbvio que ele está animado para exibir a loja depois de eu ter passado tanto tempo evitando esse lugar. — Pessoalmente, não é o meu favorito. Sempre preferi os jogos com uma pegada mais de fantasia. Enfim, os cenários para os jogos de mesa ficam nos fundos, e temos uma coisinha com as vendas. São feitas na base da confiança. — Ele aponta para caixas abertas cheias de pacotes de batatinhas e doces e um *cooler* com refrigerantes encostados na parede dos fundos antes de voltar a atenção para um grupo de garotos amontoados ao redor de outra mesa. — Olha quem está aqui. Nathan, vem cá rapidinho.

Arregalo os olhos. Estava muito absorta em pensamentos para notá-lo.

Nathan vem até nós.

— Algum problema?

— Problema nenhum! — exclama papai, dando um tapinha nas costas dele como se os dois fossem velhos amigos. — A Riley vai se juntar a nós aqui na loja. — Ele se vira para mim. — Tenho certeza de que você já conhece o Nathan da escola.

Abro a boca para responder e olho de papai para Nathan. Ah, não, isso acabou de ficar muito pior. Papai é *brother* desse menino babaca que rouba dele, e agora sou *eu* quem precisa dar a notícia?

Encaro Nathan, que está todo sereno ao lado de papai, como se não tivesse nada com que se preocupar. Posso não ter a melhor das relações com meu pai, mas isso não significa que eu ache legal ver outras pessoas pegarem os produtos dele na cara dura e prejudicarem a loja.

— Ei, na verdade, preciso falar com o Curtis sobre o último carregamento de Warhammer — diz meu pai. — Nathan, talvez você possa ajudar a Riley a se acomodar?

Papai vai até a frente da loja antes que qualquer um de nós possa responder, parecendo estranhamente satisfeito consigo mesmo, e eu apoio uma mão na cintura.

— Olha — sussurro —, não sei o que tá rolando com você e o meu pai, mas só me dá o que você pegou e talvez eu não conte o que rolou pra ele.

Nathan pisca devagar atrás dos óculos, volta a olhar para a mesa onde os amigos dele nos ignoram e então tateia o bolso da frente da calça.

— Hum, ainda tô com isto. Serve?

Ele estende a embalagem do pirulito para mim.

— Que engraçadinho. Você sabe que eu tô falando sobre aquelas cartas que você pegou atrás do balcão.

Então Nathan ri, e talvez eu tivesse achado graça no jeito como ele joga a cabeça para trás, se não fosse pelo fato de que o gesto faz eu me sentir tão pequena quanto uma das miniaturas com que Fred e Arthur estão jogando no outro lado da sala.

— Uau — continua ele. — Isso é que eu chamo de chegar a conclusões totalmente bizarras sem fazer uma única pergunta. Você sabe que eu trabalho aqui, né? E que eu comprei aquelas cartas com meu próprio dinheiro? Ou você achou mesmo que eu roubei um produto na sua frente e depois *continuei dentro da loja*? Que tipo de ladrãozinho fajuto você acha que sou?

— Eu... Bom...

Ele é um *funcionário*? Inquieta, olho ao redor, desesperada por qualquer coisa que me salve desta conversa.

— Um ladrãozinho bem mequetrefe, eu acho? — completo.
— O pior ladrão que já pisou nesta terra.

Recolho os farrapos da minha dignidade e aponto para ele.

— Ei, espera aí, nem tenta botar a culpa em mim. Como é que eu ia saber o que estava rolando? Não vi você deixar dinheiro nenhum. Eu acabei de chegar e dois minutos depois você entra atrás do balcão e pega uma coisa sem dizer uma palavra!

Ele ignora meu argumento como se não houvesse nada a ser explicado.

— O Joel disse que você ia se juntar a nós aqui na loja. Por favor, me diz que ele estava falando que você só veio visitar por cinco minutos pra depois ir embora pra sempre, e não, sabe, *trabalhar* aqui.

Abro um sorriso de despeito e estendo os braços, teatral.

— Diga "oi" pra sua mais nova colega de trabalho.
— Sério? Mas você pelo menos joga, né? Jogos de tabuleiro, de mesa, cartas, alguma coisa?
— Nadica.

Ele grunhe.

— *Argh*, é uma dessas. É claro que você não joga.
— Como é?
— Você não pode trabalhar numa loja de jogos e não jogar. Ou pior, *desprezar* jogos — argumenta ele.
— Eu não desprezo jogos.

Mas meu tom de voz me entrega. A questão não são os jogos. Tenho certeza de que esses troços podem ser divertidos; do contrário, papai não conseguiria pagar as contas, mesmo que more em um apartamento pequeno sozinho. Porém, sempre que penso nesta loja, penso no divórcio. Tenho certeza de que eles devem ter sido felizes em algum momento, mas o que eu me lembro é de papai colocar na cabeça que queria ter a própria loja e mamãe tentar fazê-lo desistir por causa das despesas e do tempo que o negócio exigiria. Antes disso, meu pai tinha um bom emprego na área de TI. No entanto, ele ficou tão obcecado com a ideia da loja que isso afastou os dois. Sempre desejei que papai simplesmente desistisse dos jogos. Eram tão importantes assim? Mais do que minha mãe? Mais do que eu? A resposta ficou bem clara.

Ergo a cabeça em desafio.

— Não é a minha praia. Acho que não herdei esse gene.

— Ótimo. Bom, estou superempolgado pra trabalhar com você, então.

Ele se afasta, e eu sinto vontade de disparar porta afora e me jogar na frente de um carro.

Capítulo Dois

Nunca fiquei tão feliz em voltar para a escola. Mamãe não chegou a confiscar meu celular, então passei a noite de domingo atualizando Hoshiko sobre tudo que aconteceu na loja e lamentando que não vamos passar muito tempo juntas até minha condicional acabar. Esse castigo imbecil faz com que eu me sinta ainda mais grata por estar sentada ao lado dela no coral na segunda-feira.

— Me desculpa mesmo, Riley — diz Hoshiko pela centésima vez. — Eu devia ter feito você desistir de dirigir até o teatro. Sei lá como.

Ergo uma sobrancelha, e ela ri e mexe com as pontas da longa trança espinha de peixe. Hoshiko é mestre em trançar o cabelo preto comprido e costuma vir para a escola todos os dias com uma trança diferente. Nós duas não temos exatamente o mesmo estilo — na maioria dos dias, ela usa calça de moletom e uma camiseta de um dos muitos acampamentos de dança e teatro dos quais participou em verões passados —, mas eu gosto que cada uma tem o próprio jeito de expressar sua criatividade.

Ela não deveria se culpar pelo que aconteceu. Nós duas sabemos que posso ser impulsiva, e nada nem ninguém teria me feito desistir de pegar o carro da minha mãe quando o carro de Hoshiko quebrou. Não tínhamos gastado centenas de dólares e passado os últimos dois meses falando sobre ver a turnê de *Waitress* só para deixar a oportunidade escapar debaixo do nosso nariz. E, sinceramente, mesmo depois de levar bronca dos meus pais, receber o castigo e o interlúdio horrível com Nathan ontem, eu faria tudo de novo sem pestanejar. Nada se compara a pegar autógrafos depois do espetáculo e ouvir a atriz principal me desejar boa sorte com a direção do musical de primavera. Foi um sonho se tornando realidade.

— Então, nada fora o trabalho por dois meses? — pergunta Hoshiko, suspirando. — E tem certeza de que vai conseguir largar esse emprego quando os ensaios do musical começarem?

— Tenho, com certeza. Não vou perder isso de jeito nenhum.

Hoshiko relaxa os ombros.

— Ótimo. Não quero participar sem você.

É muito gentil da parte dela dizer isso, mas até parece que eu ia deixar minha amiga perder o musical, independentemente do que estivesse acontecendo comigo. Hoshiko é a mais incrível das artistas. Os pais dela escolheram esse nome porque significa *criança estrela* em japonês, o que é perfeito para ela, porque Hoshiko com certeza será uma estrela. Na verdade, se não fôssemos melhores amigas desde a quarta série, eu provavelmente morreria de inveja dela. Hoshiko é inteligente e linda, uma cantora incrível e uma dançarina ainda melhor. Ela faz aulas de ballet, jazz e sapateado toda semana, e já fez até aula de dança focada em espetáculos da Broadway.

— Qual musical você acha que vão escolher este ano?

Ela indica os pôsteres dos musicais de anos anteriores com a cabeça, que cobrem as paredes cor de creme da sala do coral. É uma história de mais de quinze anos — tão longa que os pôsteres mais antigos estão um pouco amarelados e datados.

— Não sei. É difícil dizer agora que a sra. Bordenkircher não está mais na escola. Mas, com sorte, talvez eu possa ajudar a escolher.

Hoshiko e eu participamos da produção musical da escola há dois anos, mas nosso amor pelos palcos vem de quando nos conhecemos em um acampamento de verão de teatro aos 9 anos. Logo de cara, a alegria de Hoshiko chamou minha atenção, além do fato de que eu nunca precisei me conter perto dela. Eu podia ser tão doidinha e exagerada quanto quisesse, e ela nunca ficava com vergonha ou irritada. Na verdade, vê-la arrasar em cada apresentação ao mesmo tempo que era a única garota nipo-americana do nosso acampamento me ensinou o que significa ser confiante de verdade no palco. Desde então, nos tornamos inseparáveis.

Agora que estou no penúltimo ano da escola, porém, meu sonho é ser a aluna responsável pela direção do musical. Bem, na verdade, meu sonho é ser a diretora de musicais da Broadway vencedores do Tony Award, mas todo mundo precisa começar de algum lugar. Infelizmente, a diretora de muitos anos do coral e responsável pelo musical se aposentou, então agora preciso provar meu valor novamente para uma pessoa nova.

Em minha cadeira no alto da arquibancada, franzo a testa e olho para a srta. Sahni. Ela está sentada ao piano, rindo e conversando com alguns dos outros alunos antes da aula começar. Ela é muito mais estilosa do que a maior parte dos nossos professores, e sou apaixonada pelos acessórios vibrantes e pelas botas de cano curto vermelhas que ela usa. A srta. Sahni é bem jovem — acabou de se formar na faculdade — e eu tenho a sensação de que ela vai ser superpopular. Acho que seria uma boa ideia mostrar para ela o quanto estou animada para a produção deste ano, mas mal começamos a segunda semana de aulas e não quero assustá-la.

Os outros alunos com quem ela estava conversando voltam para seus lugares na arquibancada e eu me levanto, confiante.

— Beleza, vou dizer uma coisa antes de a gente começar — anuncia a professora.

Antes que eu possa dar mais um passo, alguém entra na minha frente e bloqueia meu caminho. Recuo quando vejo quem é. Paul — meu ex e com toda certeza a *última* pessoa que desejo ver.

— Oi, Hoshiko. Riley, como você está?

Ele faz a pergunta como se alguém da minha família tivesse morrido recentemente.

O tom dele me irrita. Tenho conseguido evitá-lo na maior parte do tempo desde o Dia Desastroso — o dia em que Paul terminou comigo depois de conseguir o papel principal na produção comunitária de *The Music Man* em junho e eu não ter sido escalada para papel nenhum. Desde então morro de raiva dele, principalmente por lembrar do tom condescendente que usou quando me disse que não teria mais tempo para mim.

— Como assim? — pergunto.

— Só estava pensando em como você tem passado desde que, sabe... tudo que rolou com a gente no verão. Parece que você anda me evitando.

Hum, *claro* que eu ando evitando Paul. É apenas autopreservação evitar qualquer babaca que fez uma pessoa limpar bolhas de catarro enquanto diz que os talentos dela seriam melhor empregados se fizesse parte da equipe técnica. Além disso, ele acha mesmo que nosso término é equivalente a um evento realmente traumático na minha vida? Preciso segurar a vontade de fingir vomitar nos pés dele.

— Eu tô ótima — respondo, erguendo o queixo e abrindo um sorriso largo.

— Ah é? — Os olhos dele se enchem de uma pena que me deixa furiosa. — Pensei em você no fim de semana e fiquei torcendo para não estar tão chateada com tudo.

Hesito por um segundo até perceber sobre ao que ele provavelmente está se referindo. A última apresentação de *The Music Man* foi no fim de semana. É, tenho certeza de que ele pensou muito em mim enquanto se deliciava com os aplausos pelo papel principal e flertava com todas as atrizes da idade dele.

Hoshiko me dá uma cotovelada.

— A gente se divertiu horrores na sexta.

Concordo com a cabeça.

— Sim, foi tudo. Vimos *Waitress* em Columbus. E pegamos autógrafos depois.

— Uau, legal. É um ótimo espetáculo. Vi com meus pais em Nova York quando a Jessie Mueller ainda estava se apresentando com o elenco original. Mas tenho certeza de que o elenco da turnê também é bom.

Lanço um olhar para Hoshiko — ela está tentando controlar a irritação, mas, sério, o que foi que eu vi nesse cara? Não lembro de ele ser assim quando estávamos juntos. Enfim, vamos ser sinceros, eu sei exatamente o que vi nele. Paul tem todo o jeitinho de um ator principal estonteante. Parece o Zac Efron na época de *High School Musical*, com o cabelo castanho ondulado e o sorriso branco ofuscante. E, infelizmente, ele também é tão talentoso quanto o Zac. Já consigo imaginá-lo roubando a cena no mundo do teatro assim que se formar e se mudar para Nova York. A ideia me faz cerrar os punhos.

— Escuta... — Ele olha de relance para Hoshiko e chega mais perto de mim, como se quisesse excluir minha amiga da conversa. — Está tudo bem entre nós dois, né? A gente não teve uma oportunidade de conversar. Espero que você não esteja mais chateada com o término. Só achei que fazia sentido, considerando como eu ficaria ocupado. Com todos os ensaios, não teria tempo de ficar com você de qualquer forma.

— Claro. Não tô nem um pouco chateada. Na verdade, agora eu também tô superocupada.

Ele franze a testa, confuso.

— Sério? Com o quê?

— Arrumei um trabalho depois da escola. — Deixo escapar antes que possa pensar melhor a respeito.

— Onde?

Mentalmente, eu me castigo por ter aberto a boca. Deveria ter ido embora assim que ele chegou. Tenho zero interesse em explicar meu novo emprego (ou o motivo de ter um), mas também não suporto a ideia de deixar Paul pensar que estou sozinha sofrendo pelo nosso término enquanto ele curte a vidinha maravilhosa dele. Respiro fundo e ajeito a postura.

— Na Tabuleiros e Espadas.

— Você está trabalhando na loja do seu pai? Mas você nem gosta de jogos.

— Claro que gosto. — Dou um passo para longe dele. — Tenho vários interesses que você não conhece.

Paul abre a boca para dizer mais alguma coisa, mas é interrompido quando a srta. Sahni bate palmas duas vezes para que o grupo do coral se reúna. Com isso, começamos o aquecimento vocal e sou poupada de receber mais comentários de Paul.

Em geral, a srta. Sahni usa cada minuto disponível da aula para ensaiarmos, já que só temos uma hora juntos, mas hoje encerra dez minutos mais cedo. Ela se senta ao piano na frente da sala e examina nosso grupo.

— Ei, pessoal. — Ela espera mais alguns segundos até a sala ficar em silêncio total. — Escutem, antes de encerrarmos, tenho uma notícia que preciso compartilhar com vocês. Como sabem, a sra. Bordenkircher se aposentou no ano passado, e parece que a fé da escola no nosso programa musical se aposentou junto com ela. Pelo que me disseram, a administração sente que o interesse no musical de primavera diminuiu. Menos alunos têm participado, recebemos menos doações da comunidade e menos ingressos foram vendidos. — Ela olha ao redor da sala, com a cabeça inclinada e as sobrancelhas franzidas em compaixão. — Considerando a falta de interesse geral, eles decidiram cortar o musical do orçamento para economizar. Então, embora o coral vá continuar, isso significa que o musical de primavera foi cancelado.

Um arquejo de espanto simultâneo surge entre os alunos, um que apenas cantores bem-treinados com pulmões fortes conseguiriam executar. Hoshiko agarra minha mão e a aperta com força, mas não consigo tirar os olhos do rosto da srta. Sahni. Não vamos fazer o musical de primavera? Não é possível. Faz quase vinte anos que a escola organiza um. Mesmo quando outras escolas de ensino médio começaram a cancelar seus musicais e aulas extracurriculares, a nossa continuou firme e forte. Eles não podem simplesmente *cortar* o musical assim do nada.

— Sinto muito por ter que dar esta notícia a vocês, especialmente logo no começo do ano letivo. Sei que é um choque muito grande. Mas o orçamento é sempre apertado para as artes e, se há uma coisa em que podemos concordar, é que o show deve continuar, de um jeito ou de outro. Então, vamos mostrar o talento de vocês no recital de inverno do coral.

Assim que ela termina de falar, a sala irrompe em barulho quando todos se viram uns para os outros.

— Isso é tão injusto!

A voz de Hoshiko está oscilando, e eu sei que o coração dela está tão partido quanto o meu. No dia a dia, ela é tímida e de fala mansa — é só no palco que o poder e a confiança verdadeiros dela se revelam. Sei como esse espetáculo é importante para ela.

— Isso não pode ficar assim — falo.

Ela balança a cabeça, tristonha.

— Eu sei. É horrível.

Eu me viro para Hoshiko.

— Não, é sério. Isso não pode ser o fim. Tem que haver alguma coisa que a gente possa fazer.

Ela semicerra os olhos para mim.

— Bem que eu queria, mas parece que a escola já decidiu.

— Tudo parece decidido até você encontrar um jeito de resolver a situação — murmuro, encarando meu Vans xadrez.

Hoshiko também estava disposta a desistir de *Waitress*, mas eu dei um jeito de nos levar ao espetáculo. Claro, vou passar as próximas oito semanas pagando por essa escolha, mas a questão é que eu *fiz* alguma coisa. E também vou fazer alguma coisa a respeito disso.

— Dá para acreditar?

Não preciso erguer a cabeça para saber que é Paul outra vez. Aposto que ele está especialmente feliz por ter conseguido apresentar *The Music Man* no verão agora que todos nós perdemos nosso musical. Finjo nem ouvir o comentário.

— Vou falar com a srta. Sahni — digo a Hoshiko.

— Você e todo mundo do coral. — Paul aponta para o piano.

Dito e feito: vários alunos já a cercaram, e parece que muitos deles estão chorando. É compreensível, mas não é o jeito mais produtivo de usar essa energia.

— Não vou desistir — declaro, ainda olhando firmemente para Hoshiko, e evitando Paul.

Ele se aproxima outra vez, como se fôssemos uma pequena equipe.

— Escuta, se quiser um conselho, você deveria esperar um tempo. Ninguém vai ser convencido por um bando de adolescentes choramingando. O dinheiro sempre fala mais alto, e é assim que se convence as pessoas.

Espremo os lábios, frustrada pelo fato de que Paul tem razão. Reclamar com a srta. Sahni não vai adiantar de nada. Olhando pela sala para os alunos angustiados ao meu redor, fica claro que ainda há bastante interesse no nosso musical. Porém, a sra. Bordenkircher não vinha escolhendo peças em que estávamos muito interessados — no ano passado, apresentamos *The Pirates of Penzance*, que não estava exatamente em loop nas nossas playlists da Broadway —, e ela era rígida em todos os ensaios. Só os mais dedicados de nós continuaram.

Porém, tudo isso pode mudar. Se escolhermos um musical divertido e mais moderno — algo que possa mostrar nossos talentos, mas reutilizar cenários e figurinos de anos anteriores —, aposto que haveria muito mais interesse. A srta. Sahni seria uma professora muito mais popular para dirigir a peça, e eu teria o maior prazer em ser a aluna responsável por ajudá-la. E um musical mais interessante significaria que venderiam mais ingressos. Uma onda de entusiasmo toma conta de mim. Isso é totalmente possível, e não vou perder as esperanças.

— Você está com cara de quem está tramando alguma coisa, Riley — afirma Paul ao me examinar. — Quero ajudar, mas o diretor do teatro comunitário me pediu para dar umas oficinas de atuação no outono, então é óbvio que vou estar atolado.

Sim, *óbvio*. Reviro os olhos. É a cara do Paul usar o ego gigantesco dele para acabar com a minha alegria.

— Ainda bem que eu não preciso de ajuda.

Dou a volta nele, com Hoshiko rápida ao meu lado, mas, em vez de me dirigir até a srta. Sahni, marcho até o outro lado da sala, perto da porta dupla que dá para o corredor.

— Desculpa, mas ele é insuportável — diz Hoshiko.

— Não precisa pedir desculpas. Eu é que peço. Não acredito que fiz você aguentar ele na primavera passada.

— Bom, se serve de consolo, ele era bem menos babaca quando vocês dois estavam namorando.

Dou uma risada debochada.

— Isso é um ótimo consolo. — Olho para a srta. Sahni por cima do ombro. — Então, tenho uma ideia, mas acho que vai levar um tempo pra pôr em prática. Devo falar com a srta. Sahni mesmo assim?

— O sinal vai tocar daqui a pouco.

A aula de coral é a última do dia, e meu pai já deve estar esperando do lado de fora para me levar até a loja. Parte da minha "condicional" envolve nada de tempo extra depois da escola e nada de pegar carona com amigos. E, mesmo que eu odeie *muito* admitir, Paul provavelmente tem razão. Conversar com ela sem estar preparada não vai adiantar de nada. Preciso de detalhes e planos.

Logo mais, o sinal toca e toma a decisão por mim.

— Tá bom, vou começar a elaborar um plano e aí vou falar com ela. — Pego minha mochila e ganhamos o corredor com a multidão. — Mas não vou desistir até você voltar para aquele palco e brilhar sob os holofotes.

— E você vai ser aclamada pela sua brilhante direção de cena.

Sorrimos uma para a outra, e visões da próxima primavera enchem minha mente. De um jeito ou de outro, vou fazer isso acontecer. Para nós duas.

Capítulo Três

Na tarde seguinte, papai me espera mais uma vez no estacionamento da escola. Entro no carro.

— Certeza que a Hoshiko não pode me dar uma carona qualquer dia desses?

Ele nega com a cabeça.

— Sem chance. De qualquer forma, gosto de vir te buscar. Me lembra o tempo em que eu te levava para a escola quando você era pequena. Lembra que nós nos dávamos as mãos e entrávamos juntos na escola?

Reviro os olhos.

— Eu não tenho mais 6 anos, pai.

— E eu não sei?

Para ser sincera, eu me lembro disso. Tenho muitas lembranças boas dos Dias Anteriores, mas parecem tão distantes. Foram empurradas para o fundo da minha mente pelos últimos cinco anos de conversas forçadas e fins de semanas e feriados que passamos longe um do outro. Se meu pai está infeliz com a situação entre nós, a culpa é toda dele.

— Riley? Oi?

— Desculpa, eu estava pensando no meu... trabalho de história.

— Alguma coisa interessante rolando na escola?

Faço uma careta ao me lembrar do anúncio da srta. Sahni ontem. Passei o dia todo refletindo e ainda não consegui controlar minhas emoções. Sem o musical... não consigo nem imaginar o resto do ano letivo. Já vou perder tanta coisa no começo do ano porque ficarei presa àquela porcaria de loja, e agora o resto dele também foi dizimado. Normalmente, meu ano inteiro gira em torno do musical. Analisar os papéis e me preparar para as audições com Hoshiko, esperar ansiosamente o elenco ser anunciado, procurar fornecedores para os figurinos, ajudar com os cenários e depois os ensaios, que preenchem a primavera do melhor jeito possível. Agora? Não sobrou nada.

Lágrimas se acumulam no canto dos olhos, mas encaro a paisagem da janela e fico de boca fechada. Não há a menor chance de eu trocar uma palavra sobre isso com meu pai. Ele pode ter comparecido às minhas apresentações ao longo dos anos, mas não sabe nada sobre musicais e nunca tentou aprender. Minhas conversas com ele se limitam a assuntos como sabores de pizza, comentários superficiais sobre minhas lições de casa, meus professores e os motivos de eu estar cansada e precisar ficar um tempo sozinha. Nada de discutir emoções nem sonhos destruídos, muito obrigada.

— Só o normal da escola — respondo baixinho. — Não tem nada pra falar.

Papai faz uma carranca.

— Tá bom. Bem, eu estava pensando que, quando o movimento estiver fraco, você deveria aproveitar para estudar o estoque.

E lá vamos nós. De volta ao assunto preferido dele, como sempre.

— Você vai precisar saber a diferença entre Catan e Carcassonne — diz ele, e dá a seta.

Ergo uma sobrancelha.

— E a diferença entre Dungeons & Dragons e Pathfinder? — insiste meu pai.

— Já ouvi falar de Dungeons & Dragons — falo, dando de ombros.

Ele bufa.

— Eu esperaria que sim.

Entramos no estacionamento da galeria e o sigo até a loja, mas continuo pensando na escola. Se eu quiser ser levada a sério, preciso de um argumento convincente. Passo os olhos pela loja. Teria bastante tempo para bolar um plano se não ficasse enfurnada aqui até depois do anoitecer. Em vez disso, mal tenho tempo livre entre a escola, o dever de casa e o trabalho.

Nathan está à minha esquerda, olhando para um jogo de tabuleiro. O cabelo escuro precisa desesperadamente de um corte e, como sempre, usa uma camiseta de *gamer*, desta vez com estampa de um videogame que eu não conheço. Reviro os olhos para essa nova presença na minha vida. Por que ele veio a loja, se nem trabalha hoje? E, de alguma forma, ainda conseguiu chegar antes de nós.

— Oi, Nathan. Tem um segundo? — chama papai.

Nathan ergue a cabeça, me encarando antes de focar meu pai.

— Claro. O que foi?

— Sei que você não trabalha hoje, mas um carregamento de jogos novos chegou mais cedo e eu gostaria de colocar à disposição nas prateleiras. Você se importa de orientar a Riley no processo antes do seu jogo começar? A menos que aquela aula de Álgebra II já esteja te dando dor de cabeça e você precise de tempo para o dever de casa.

Franzo a testa, confusa. Papai sabe o calendário de *aulas* de Nathan? Ele não deve saber nem os meus horários — se bem que para isso nós precisaríamos conversar de verdade. Eu não deveria ficar surpresa por ele ser mais próximo de Nathan, considerando o quanto os dois têm em comum.

— Claro, posso fazer isso. Sem problemas — responde Nathan.

Talvez seja minha imaginação, mas ele parece irritado antes de substituir a careta por uma expressão neutra e educada.

— Ótimo! — Papai dá um tapinha nas costas dele e examina nós dois. — Isso é maravilhoso. Vocês finalmente vão ter a chance de se conhecer melhor.

Nossa, que sorte a minha.

Ficamos nos encarando, inexpressivos, e a voz de papai vacila.

— *Er...* Bom, vou estar no telefone com uns distribuidores se precisarem de alguma coisa.

Papai vai embora e ficamos mais um segundo parados em silêncio. O horror toma conta de mim. Eu já estava frustrada, e agora preciso trabalhar diretamente com Nathan? O dia acabou de passar de levemente irritante para completamente sofrível.

Nathan indica com a cabeça para a esquerda e eu o sigo até o estoque. É caótico. Há pilhas de caixas por todo lado, junto a pacotes de dados, latas de tinta e toneladas de papelão encostadas nas paredes. Arregalo os olhos.

— Ninguém organiza isso?

Ele me fuzila com o olhar.

— É claro que a gente organiza. É muito... — Ele olha para a sala e gesticula. — É uma bagunça organizada. Você vai acabar entendendo.

Dou de ombros.

— Prefiro não ficar aqui tempo o bastante pra isso.

— Então por que aceitou trabalhar na loja?

O tom de Nathan é incisivo demais para eu dar a resposta verdadeira.

— Meus pais queriam que eu aceitasse — respondo, fria.

— Se não quer estar aqui, então deveria procurar outra coisa. Tem muita gente que gosta de verdade dessa loja. Gente que tiraria bem mais proveito do trabalho que você.

Eu me irrito.

— Você está trabalhando agora, não é? Se está tão desesperado por mais dinheiro, vai se entender com o meu pai.

Ele vira de costas para mim e pega uma caixa no topo da pilha mais próxima.

— Acho que você não tem noção de como é incrível trabalhar num lugar como este. Do jeito que fica aí de cara feia, parece até que é um castigo ou sei lá.

Olho para ele rapidamente. Nathan é mais observador do que eu pensava, mas não há a menor chance de eu falar do castigo quando ele já está me julgando tanto.

— Primeiro, por que você não me deixa em paz? Segundo, o único castigo real aqui é trabalhar com você.

— Vai por mim, eu estava tentando te ignorar, mas suas roupas são tão chamativas. Só falta você andar por aí com um berrante pra anunciar sua presença.

Ele olha para as minhas roupas com uma expressão de desgosto. O visual do dia é uma saia de pregas vermelha com um colete de lã gigante de bolinhas rosas e vermelhas sobre uma camisa azul vibrante. Pode não ser de bom gosto, mas ainda estou uma gracinha.

— Pelo menos eu tenho personalidade. Você só deve ter camisetas do Homem-Aranha.

Nathan me olha por cima do ombro com uma careta, e eu respondo a encarada irritada dele com um sorrisinho provocador. Ele me entrega um estilete.

— Toma. A gente precisa começar abrindo essas caixas. Cuidado, é bem afiado.

— Qual ponta?

Ele arregala os olhos de leve até perceber que estou brincando.

— Isso foi um teste, e agora eu sei exatamente o quanto você me acha burra.

Ele só grunhe.

Trabalhamos em silêncio, desempilhando caixas, abrindo-as e levando o conteúdo até a frente da loja. Individualmente, os jogos não são muito pesados, mas, assim que começamos a empilhá-los, o peso aumenta. Talvez todo esse exercício ajude quando eu estiver (se tudo der certo) construindo e movimentando o cenário para o musical que vai acontecer se meu plano der certo. Em seguida, Nathan começa a reorganizar as prateleiras, empilhando os jogos mais antigos e abrindo espaço para coisas novas.

Bem naquela hora, o sininho da porta anuncia um novo cliente. Nos viramos e nos deparamos com um homem de meia-idade usando uma camiseta do Capitão América, seguido por um carinha branco e atarracado da minha escola chamado Lucas. Deus do céu, será que todo mundo vem todo dia para a loja? Lucas e o pai dele também apareceram aqui ontem.

Lucas acena para Nathan.

— Pensei que hoje você estava de folga. Não vai perder o D&D, vai?

— Não, só estou ajudando o Joel com o estoque.

Lucas me encara com um sorriso largo. O cabelo loiro e bagunçado e a expressão sincera são simpáticos, lembra um *golden retriever* fofinho.

— Então é verdade — diz ele. — A filha pródiga voltou mesmo para o lar.

— O quê?

— Ah, nada não. Eu e o Nathan estávamos pensando se algum dia você apareceria na loja e agora está aqui. Fico feliz de a gente ainda não ter te espantado. — Ele estende a mão para mim e eu a aperto. — Estava querendo me apresentar. Meu nome é Lucas Greenwald.

— Oi, Lucas. Meu nome é Riley. Mas eu *já* te conheço da escola.

— Eu sei, mas a gente nunca se falou.

— Eu não estava me perguntando se você apareceria na loja — justifica Nathan. — O Lucas é que estava.

Lucas abre um sorrisinho para Nathan.

— Queria continuar a conversa, Riley, mas preciso me preparar para o jogo. Dá uma passada lá atrás que eu te apresento pra galera.

Ele sai, e Nathan e eu continuamos a trabalhar em silêncio por mais dez minutos. Quero acabar com isso o mais rápido possível para poder voltar a planejar o musical. Por fim, colocamos os últimos produtos nas prateleiras.

— Deixei um pacote de M&Ms de amendoim atrás do balcão — avisa Nathan ao sair. — Se eu voltar para pegá-los mais tarde, não precisa chamar a polícia.

Reviro os olhos.

— Ha-ha, muito engraçado.

Uma hora e meia se passa tranquilamente. Várias pessoas entram, mas todas se dirigem direto para a liga de Warhammer que papai organiza na sala dos fundos. Posso ouvi-las rindo e batendo papo com ele. É estranho ver este lado da vida do meu pai. De alguma forma, ao longo dos anos, fiquei com a impressão de que ele era solitário. Talvez eu só quisesse acreditar que ele estava passando por dificuldades. Que se arrependia de ter deixado mamãe e eu. Porém, está ficando claro que, na verdade, ele é o oposto de solitário. Meu pai tem amigos para onde quer que eu olhe, o que significa que cada fim de semana que papai passou comigo foi um fim de semana em que ele precisou deixar de ver todos eles. Eu me pergunto se aqueles fins de semana o deixavam tão irritado quanto eu.

Um homem branco de meia-idade enfia um jogo de tabuleiro na minha cara.

— Preciso devolver isso. Está faltando uma peça.

Olho para o jogo de tabuleiro e depois de volta para o homem. Duvido que estivesse sem uma peça quando ele o comprou. É mais provável que a tenha perdido e esteja tentando fingir que o jogo já veio dessa forma. Abro meu melhor sorriso de atendimento ao consumidor.

— Sinto muito, senhor, mas não podemos aceitar mercadoria que já foi aberta.

Ele franze a testa.

— Como é que eu saberia que estava faltando uma peça sem abrir a caixa?

— Posso oferecer crédito na loja — sugiro.
Pelo menos eu acho que posso... é difícil lembrar de todas as regras.

— Quero meu dinheiro de volta.

— Sinto muito, mas acho que não posso fazer isso.

— Talvez você não possa, mas alguém pode. Onde está o seu gerente?

Tento continuar com o sorriso na cara enquanto olho na direção da sala dos fundos. Eu estava torcendo para não ter que chamar meu pai hoje, mas parece que não vai ter jeito.

— Espere só um segundo, senhor. Vou chamá-lo.

Corro pelas prateleiras de produtos até a sala dos fundos. Assim que entro, pelo menos dez rostos se viram na minha direção. Há apenas mais duas mulheres na sala, e são bem mais velhas do que eu.

Papai olha para mim.

— Riley? O que aconteceu?

— Tem um cliente lá na frente que quer devolver um produto aberto.

Ele suspira e deixa o iPad na mesa.

— Sempre tem. Vou cuidar disso. — Ele olha para Nathan, que está sentado em um canto com os amigos. Nathan deve ser o homem de confiança de papai, porque vai até ele antes que papai possa dizer qualquer coisa. — Desculpa continuar fazendo isso com você, mas se importa de comandar este jogo por uns minutinhos enquanto eu cuido de uma coisa?

— Sem problemas.

Nathan pega o iPad e Lucas me chama para a mesa de jogos dele. Eu provavelmente deveria seguir meu pai em vez de ficar à toa aqui nos fundos, mas gostaria de evitar aquele cliente prepotente se possível.

— Chegou na hora certa! Agora você pode conhecer todo mundo — diz Lucas quando eu me aproximo. — Este é John Turner.

Um garoto branco e magricela com cabelo castanho curto e uma camisa polo ergue a cabeça só pelo tempo necessário para um aceno. Lucas aponta para um garoto latino ao lado dele, com pele e olhos de um marrom-claro.

— E este é Anthony Santos. Galera, essa é a Riley, filha do Joel.

— Minha noite acabou de melhorar. É um prazer te conhecer, Riley — cumprimenta Anthony. Ele abre um sorriso. — Será uma honra mostrar a loja para você se quiser.

Ele chega a piscar para mim, mas o garoto é tão descontraído e relaxado que só consigo dar uma risada. Este é com certeza um grupo interessante de garotos.

— Já fiz o tour, mas obrigada pelo convite.

John suspira.

— Eu estava no meio de conjurar Bola de Fogo.

— Tá bom, joga os dados — responde Lucas, e olha para mim. — Desculpa. O John não quer saber de mais nada quando a gente está jogando.

— Estamos numa *loja de jogos* — argumenta John ao mesmo tempo que vira uma página no livro grosso diante dele. — O que você espera que eu faça? Flerte com toda garota que entra igual o Anthony? Ele deveria ir para aquele bar esquisito no fim da rua em vez de ficar aqui com a gente.

— É só pra maiores de 18 anos. Eu já cheguei — confessa Anthony, rindo. Ele se recosta na cadeira e cruza as pernas sobre a mesa. — E o nome disso é ter *charme*, se quer saber.

— Só estou dizendo que você poderia conversar educadamente — diz Lucas para John, ambos ignorando Anthony, que lança outro sorriso para mim. — É óbvio que não deveria flertar com ninguém, a menos que tenha terminado com o Jordan e não tenha contado para ninguém.

John bufa.

— Improvável. O Jordan é perfeito. Ele nunca encheria meu saco por levar nossa campanha a sério. Será que podemos continuar agora?

— Espera aí.

Anthony endireita a postura, a atenção de repente focada no outro lado da sala. Giro, em parte esperando que o cliente chato apareça furioso batendo os pés. Em vez disso, uma garota branca e esbelta atravessa a porta. Ela é estonteante. Tem um longo cabelo ruivo — embora pareça tingido — e está usando uma blusa de renda roxa e brincos de asa de libélula. Não conheço muita gente que se destaca como ela.

— Parece que ela se prestou a dar as caras hoje — murmura Lucas.

— Atrasada como sempre — acrescenta John.

A expressão de Nathan muda por completo quando ele a vê. Sua postura melhora, seu sorriso se ilumina e ele para no meio de uma explicação para dar oi à garota.

— Quem é essa? — sussurro para os garotos.

— *Essa* é a Sophia. Ela estuda na North com o Jordan — responde Lucas em um tom neutro.

Ah, isso explica por que eu nunca a vi na escola. Só temos duas escolas de ensino médio na região — a Central Scottsville High School, onde todos os que moram na cidade estudam, e a North Scottsville, que atende as áreas rurais das redondezas —, e não nos misturamos muito, exceto em ocasionais disputas esportivas.

— Ela é bonita — digo para Lucas.

— Você não é a única que acha isso.

Ela sussurra algo na orelha de Nathan e depois vem até nós.

— Oi, meninos. Gostaram de me ver?

Todos acenam sem muito ânimo.

— Eu ficaria mais feliz se você tivesse chegado às cinco horas, quando nosso jogo começou, em vez de seis e meia — responde Lucas.

Sophia funga.

— Você sabe que é difícil para mim vir até aqui.

Ela se senta à mesa e é só nessa hora que percebo que ela é uma jogadora como os outros. Ela faz parte do grupo de D&D deles.

Sophia olha para mim, cautelosa.

— Acho que a gente não se conhece.

— Não mesmo. — Faço um aceno. — Meu nome é Riley. Eu trabalho aqui.

— Trabalha? Parece que eu perdi muita coisa.

— Pois é, seria bom se você aparecesse mais do que faltasse nas sessões — comenta Lucas. — Isso atrapalha a campanha.

— É só fingir que eu acabei dormindo na taverna ou coisa do tipo. — Ela volta a focar em mim. — Então, se você trabalha aqui, por que está à toa na sala dos fundos? Vai se juntar ao nosso jogo ou algo assim?

— Você devia mesmo se juntar a nós — diz Anthony, dando tapinhas na cadeira vazia ao lado dele.

— Eu só estava apresentando a Riley pra galera — explica Lucas. — Ela é filha do Joel, então vai passar bastante tempo por aqui.

— É, praticamente toda noite. — Faço uma careta que espero ser engraçada. — Vocês vão ficar de saco cheio de me ver. Alguns mais do que outros. — Aponto para Nathan com a cabeça.

— Ah, não esquenta com ele. Vai acabar te aceitando — tranquiliza Lucas.

— O que está rolando entre você e o Nathan? — pergunta Sophia. O tom da pergunta é mais de suspeita do que de curiosidade.

— Só implicância de trabalho — respondo, dando de ombros. — Espero que você esteja certo a respeito dele, Lucas. Caso contrário, vou precisar usar meu charme só para a gente não ficar brigando um com outro feito dois contrarregras sobrecarregados.

Digo isso como uma piada, mas Sophia estreita os olhos perigosamente na minha direção antes de voltar a focar em Nathan. Talvez eu esteja inventando coisas, mas ela quase parece... com ciúme. Abro um meio-sorriso diante daquela ideia ridícula, mas a expressão dela só fica mais sombria.

— Vou ver se o Nathan precisa de alguma coisa — diz Sophia para o grupo, e vai até ele.

Nathan abre um sorriso abobalhado assim que a vê, e ela chega mais perto para ler o que está no iPad. Tão perto que pressiona o peito no braço dele. Ele começa a tagarelar, muito diferente de como agiu comigo mais cedo, e ela me encara com o queixo levantado.

Dou um passo para trás. *Hum*, o que está rolando? É como se ela tivesse urinado em Nathan para marcar território. Não que eu esteja interessada — por mim, ela pode ficar com ele e qualquer outra coisa neste lugar —, mas, mesmo assim, foi meio estranho. Felizmente, papai me chama para a frente da loja e sou poupada de mais interações.

Passo o resto da noite no caixa, cantarolando a trilha sonora de *Waitress* e fazendo anotações sobre cada peça que encontro. Por mais que eu ame teatro musical, existem muitas variáveis que eu nunca considerei na hora de montar uma produção, como o número de protagonistas masculinos e femininos, o nível de dança necessário, as taxas de licenciamento de cada um... A lista só aumenta. Uma pessoa mais fraca poderia desistir, mas estou determinada a encontrar uma solução.

A loja fecha às nove, mas é só às oito e cinquenta que as pessoas começam a sair da sala dos fundos. Lucas, John e Anthony saem colados um no outro.

— Mas a regra, do jeito que está escrita, significa que aquilo deveria funcionar contra kobolds — diz John. — Com base na descrição do feitiço...

— *Riley!* — grita Lucas. Tenho a impressão de que ele está menos animado por me ver e mais animado para se livrar de John. — Teve um bom resto de noite?

— Tive, foi bem tranquilo. Bem do jeito que eu gosto.

— Parece melhor do que ficar vendo o Nathan encarando a Sophia a noite toda. — Anthony revira os olhos e se apoia no balcão. — Eu deveria ter ficado por aqui com você.

Atrás dele, Lucas gesticula para Nathan, que está na passagem que leva até a sala dos fundos, grudado em Sophia.

— Ele tem que parar com isso.

— É constrangedor — diz John, seco. — E está estragando o jogo.

Nathan se transforma em uma bola maníaca de energia ao lado dela, remexendo suas roupas, aproximando-se demais, sorrindo e assentindo de um jeito cômico. Na verdade, devia estudar esse comportamento para o caso de eu dirigir um ator que precisa se comportar como um bobo apaixonado. Sophia, por outro lado, é o completo oposto. Ela não para de olhar para a porta e checar o celular enquanto ele fala.

— A coisa tá bem feia, hein? — pergunto.

Os três assentem ao mesmo tempo.

— Quando começou?

Lucas e Anthony trocam olhares.

— No começo do ano — responde Anthony. — A Sophia apareceu procurando por dados e o Nathan ficou caidinho.

— Não dava para julgar no começo — acrescenta Lucas. — É difícil aparecer uma garota da nossa idade por aqui.

— Ah, não. Era fácil julgar sim, e eu continuo fazendo isso — diz John sem a menor hesitação. — Ele está agindo feito um idiota.

— O Nathan convidou ela para jogar D&D quando começamos a nossa campanha quatro meses atrás, e foi aí que as coisas pioraram — explica Lucas. — Queria que ele aceitasse que nunca vai rolar e seguisse em frente em vez de ficar se torturando.

— E torturando a gente junto — acrescenta John.

— Você acha mesmo que ela é *tanta* areia assim para o caminhãozinho dele? — questiono.

— É o jeito dela. A Sophia só quer o que não pode ter. E é por isso… — Nathan e Sophia vêm até nós e Lucas muda de assunto no meio da frase: — Que eu acho que o clérigo metade orc seria o melhor advogado — encerra com um floreio.

Anthony assente vigorosamente.

— Não dá pra argumentar contra isso.

— Vocês são péssimos — murmura John.

Abafo uma risada.

Nota mental: se eu conseguir colocar o musical de volta nos trilhos, com toda certeza *não* vou pedir para esses caras fazerem teste para os papéis. Eles são atores horríveis.

Capítulo Quatro

Na quinta-feira à noite, ganho uma folga da loja porque mamãe e eu vamos fazer uma noite das garotas. Fiquei com medo de ela cancelar o programa como mais uma forma de castigo, mas nós duas amamos essas noites demais para abrir mão delas. Queria que pudéssemos fazê-las todos os dias — comer um montão de doces, usar pijamas muito macios e assistir a um musical que com certeza vai me fazer rir e chorar.

Ela sai da cozinha com uma tigela enorme de pipoca com manteiga.

— O que vamos assistir hoje? Que tal *Amor, Sublime Amor*?

Resmungo. Não me entenda mal, eu amo a primeira versão de *Amor, Sublime Amor*. Mamãe me deixou assisti-la quando eu tinha 11 anos e era fanática por histórias românticas, mas, infelizmente, ninguém me avisou que se tratava de uma releitura de *Romeu e Julieta*, então o final foi como se alguém tivesse arrancado meu coração do peito com uma colher. Quando o filme acabou, lembro vividamente de ir até o quintal para chorar sozinha na chuva. Já naquela época, uma partezinha de mim amava o quanto eu estava sendo dramática.

— Acho que não tô no clima para grandes emoções hoje. Que tal um mais reconfortante?
— *Minha Bela Dama*?
— Perfeito.
Mamãe pega o controle remoto para dar play no filme.
— Então, você não tem falado muito sobre o trabalho na loja. Como está indo?
Dou de ombros.
— Tranquilo, eu acho.
— É bonito lá dentro? Faz uma eternidade que eu não entro.
— Parece um lugar decorado e administrado pelo meu pai.
Minha mãe dá uma risadinha.
— Riley.
— É ok, vai. Parece ser um negócio bem estável. Mas não é tão bonito quanto seria se você tivesse feito a decoração.
— Ah, muito obrigada. — Ela mexe com o controle. — Tenho certeza de que é ótimo o seu pai ter tanto tempo extra com você agora. Ele pode te ver logo depois da escola e ouvir sobre o seu dia...

O tom de mamãe soa estranho. Seus olhos estão voltados para baixo, e levo um segundo para entender o que está acontecendo. Acho que ela está com um pouquinho de ciúme do meu novo acordo com papai, o que é *muito* irônico, já que foi ela quem insistiu no castigo. Porém, acho que faz sentido. Mamãe e eu sempre nos demos muito bem, e o trabalho dela com design de interiores é muito mais a minha praia em comparação a jogos no geral. Não é exatamente o mesmo que projetar cenários de teatro, mas ela precisa pensar na estética das cores e das luzes para os espaços, já aprendi muita coisa ao acompanhá-la em visitas de trabalho. E não é só isso — nós genuinamente gostamos de passar tempo juntas. Ela ama se arrumar e brincar com a maquiagem e a cor do cabelo. Não é incomum eu voltar para casa e descobrir que ela de repente está ruiva em vez de loira. Já passamos muitas noites divertidas assistindo a musicais antigos e experimentando diferentes tipos de delineado gatinho.

— Mãe, você sabe que eu ficaria muito mais feliz se estivesse trabalhando com você. E não é como se eu e o papai estivéssemos tendo conversas profundas enquanto atendemos aos clientes. É só um trabalho.

Ela me dá um sorriso discreto.

— Só odeio pensar que estou perdendo qualquer coisa da sua vida. Mas é uma época puxada para mim, então passo o tempo todo correndo de um lado para o outro para me encontrar com fornecedores. Faz mais sentido fazer você trabalhar na loja do seu pai. Afinal, *é* para ser um castigo.

Solto um grunhido.

— *Aff*, essa foi boa. Não vou repetir isso pro papai.

— Melhor não. — Ela fecha os olhos e relaxa os ombros. — Desculpa, eu não devia ter dito isso. Foi mesquinho. É que toda essa situação é tão estranha. Nunca precisei deixar você de castigo. E eu quero que tenha uma boa relação com seu pai, é claro que quero, mas...

Mamãe para de falar e aperto a mão dela, sem saber o que dizer, embora eu entenda o que a levou a puxar o assunto. Em especial depois do divórcio, mamãe e eu temos sido mais amigas do que mãe e filha. É errado, mas a ideia de ficar feliz perto do meu pai parece como uma traição a ela. Não que eu espere me divertir muito nas próximas semanas na loja.

— Chega de falar do papai ou da loja. — Pego um cobertor e cubro nossas pernas. — Obrigada por não cancelar nossa noite.

Ela aperta o play e pega um punhado de pipoca.

— Preciso delas tanto quanto você.

Cantamos "Wouldn't It Be Loverly?" com Audrey Hepburn e depois voltamos a nos encostar no sofá, rindo do nosso sotaque horrível. Quando a cena continua, pego meu celular e faço algumas anotações sobre o musical. Talvez *Minha Bela Dama* fosse uma boa sugestão para a srta. Sahni. Não é um musical moderno, mas todos adoram, o que poderia ajudar com a venda dos ingressos. Devemos ter alguns figurinos aproveitáveis de anos anteriores que reduziriam os custos. Não sei se...

— O que foi? Você nunca fica entediada quando assistimos a musicais.

Levo um susto e abaixo o celular. Com tudo o que está acontecendo, percebo que não cheguei a contar para minha mãe sobre a notícia que recebemos no coral essa semana.

— Mãe, a escola quer se livrar do nosso musical de primavera! Sei que faz anos que eles ameaçam fazer isso, mas a sra. Bordenkircher sempre conseguia dar um jeito. Mas agora a professora é a srta. Sahni. Ela é superlegal e parece que quer muito fazer o musical, mas pode ser tarde demais, e todo mundo está chateado...

— Uau, espera aí, você está falando tão rápido que eu mal consigo entender. Então é oficial? Eles vão mesmo cancelar o musical?

— Do jeito que a srta. Sahni falou, pareceu bem oficial.

Mamãe volta a se afundar no sofá.

— Isso é horrível. Uma grande perda para a escola. Você passou o dia todo guardando isso para não estragar nossa noite? Fico surpresa de não ter começado a gritar sobre o assunto assim que entrou no carro.

Sou tomada por uma onda de culpa quando percebo que não contei nada a respeito disso para ela, mesmo que sempre tenha sido minha maior incentivadora no teatro. Agora que passo as noites com papai, as coisas estão começando a passar despercebidas. No entanto, depois da conversa que acabamos de ter, não vou dizer isso a ela.

— Mas eu não vou perder as esperanças — digo, ignorando a pergunta sobre quando eu recebi a notícia. — Vou conversar mais com a srta. Sahni sobre isso. Acho que, se nós duas trabalharmos juntas, podemos pensar em um plano para convencer a diretoria que...

— Riley. — A voz da minha mãe perde o tom suave e tristonho que tinha um instante atrás. — Apesar de tudo isso — ela aponta para o filme e a pipoca —, você segue encrencada.

Esqueceu que continua de castigo por conta das suas últimas escolhas relacionadas ao teatro?

— Não...

— Sinto muito mesmo por esses cortes de orçamento. É uma falta de visão da parte da escola e vai tirar uma grande oportunidade dos alunos. Mesmo assim, não é sua responsabilidade resolver isso. Agora, você precisa focar em recuperar nossa confiança, e aí sim pode pensar no musical.

Ranjo os dentes, irritada.

— Mas, se eu não fizer alguma coisa agora, não vai *existir* um musical!

— Bem, talvez isso não seja o fim do mundo. — Ela aperta o dorso do nariz, frustrada. — Sei que soei relutante a respeito da loja do seu pai antes, mas acho mesmo que vai te fazer bem. Você tem estado obcecada demais com teatro ultimamente. Quer dizer, dirigiu até Columbus sem carteira de motorista só para ver uma produção licenciada da Broadway! Você poderia ter sido presa ou colocado você e Hoshiko em perigo. Parece que você perde todo o bom senso quando se trata de teatro. Sem o musical, vai ter os próximos meses para explorar outras atividades extracurriculares, entrar em um clube, o que for. E ainda tem a produção do teatro comunitário no verão.

No verão?! Isso é só daqui a nove meses! E a produção do teatro comunitário não é a mesma coisa que a produção da escola. O elenco é cheio de estranhos e pessoas com o dobro da minha idade ou mais. Quero estar com meus amigos no *nosso* palco, na *nossa* escola. E, mais importante, quero me candidatar para ser a diretora entre os alunos este ano. Seria minha primeira vez em um cargo de direção, e preciso da experiência se quiser ser levada a sério depois de me formar.

Começo a discutir, mas mamãe espreme os lábios em uma linha firme e percebo que qualquer tentativa de argumentação só vai piorar minhas chances. De repente, a voz de Audrey Hepburn não é mais tão mágica para meus ouvidos. Só que não me importo com o que mamãe diz — não vou abrir mão disso. Amo musicais demais para deixar a produção da escola escapar sem eu fazer nada. Mamãe não disse explicitamente que eu não poderia pesquisar possíveis musicais no meu tempo livre. Ou ter uma conversa casual com minha professora de coral sobre o futuro. Quando minha condicional acabar, com certeza voltarei a estar nas graças dos meus pais, e então pedirei permissão. Sorrio e pego um punhado de pipoca. Ninguém precisa saber de nada até lá.

Quando papai e eu chegamos à loja de jogos na tarde de sexta, ele é imediatamente arrastado para uma conversa com alguém sobre fazer uma doação para um leilão beneficente. Talvez essa seja a norma quando se tem um negócio pequeno, mas vivem pedindo para o meu pai doar para leilões ou organizações ou grupos de jovens, e ele topa toda vez. Não sei por que ele concorda em patrocinar tanta coisa, mas claramente tem uma reputação, já que as pessoas não param de pedir.

Não vejo Nathan em lugar nenhum, mas Lucas está perambulando perto dos jogos de tabuleiro.

— Qual é o jogo de hoje? — pergunto.

— Vai ser D&D outra vez. A gente joga duas vezes por semana. — Lucas dá de ombros. — É um pouco intenso, mas eu adoro.

— Então devo ver a Sophia de novo?

— Provavelmente não. Ela quase nunca aparece. — Ele revira os olhos. — Além do lance com o Nathan, é um pé no saco, porque fica difícil seguir com a campanha quando os jogadores não são constantes. Queria ter pelo menos quatro pessoas comprometidas. — Os olhos dele faíscam ao me encarar. — Na verdade, você deveria jogar com a gente! Quer? É muito divertido.

— Mas eu não estou aqui pela diversão. — Abro bem os braços. — Estou aqui para trabalhar.

— Aposto que seu pai não te forçaria a trabalhar se você estivesse jogando com a gente.

Hum, bem, essa *é* uma proposta interessante.

Antes que tenha tempo de pensar a respeito, o vislumbre de um sorriso familiar na entrada me faz engolir um grito gutural.

É Paul.

E ele não está sozinho.

Meu ex entra na loja, todo bonitão e convencido, de mãos dadas com Lainey Lewis. O grito mudo se intensifica. *Lainey?* Ela atuou ao lado dele em *The Music Man*. Lainey é tudo que se espera de uma protagonista. Linda, alta, com um rosto expressivo e uma voz maravilhosa. Até a aliteração do nome dela parece ter sido feita para um letreiro da Broadway. Não conheço Lainey pessoalmente, já que ela mora em uma cidade vizinha, mas notei de imediato que estava de olho em Paul na audição meses atrás. Não me surpreende ele não ter hesitado em me dar um pé na bunda depois que o elenco foi divulgado.

— Com licença — digo para Lucas e me escondo atrás de uma prateleira antes que os dois me vejam. Lucas me olha, confuso, e vai para a sala de jogos nos fundos.

O que esses dois vieram fazer aqui? Sei que ele não dá a mínima para jogos, e imagino que Lainey não passe o tempo livre pintando miniaturinhas para tabuleiros. Paul sabe que é onde eu trabalho, fui burra o bastante para deixar essa informação escapar na sala do coral, mas será que ele iria mesmo aparecer na loja — de mãos dadas com Lainey e trocando olhares apaixonados — só para esfregar isso na minha cara? Paul pode ser um babaca pomposo, mas nunca pensei que fosse cruel.

— Riley?

Seguro uma série de palavrões. Deveria ter mantido os olhos vagando pela loja do mesmo jeito que meus pensamentos estão vagando pela minha mente.

Ajeito a postura e me deparo com Paul e Lainey na minha frente, Paul com uma expressão incerta no rosto.

— Você... está ocupada?

Nego com a cabeça e tento agir como se ver os dois na minha frente fosse uma surpresa agradável. O que eu posso fazer sem problemas. Sou atriz. Isso é como uma peça.

— Ah, oi! Não, só estava olhando uns produtos aqui. Sabe, fazendo um pequeno inventário.

Ele abre um sorriso indulgente.

— Ah, entendi. Bom, a Lainey precisa de um presente para o irmão mais novo dela, então sugeri vir aqui já que eu sei que você está trabalhando na loja. — Ele aponta para a namorada. — Você lembra da Lainey, né?

A garota que foi escalada para o papel que eu desejava desesperadamente? A garota que obviamente flertou com você mesmo sabendo que estávamos juntos? Ah, sim, Paul, eu lembro da Lainey.

Abro um sorriso eletrizante para ela.

— Claro! Que bom ver você!

Ela acena a mão.

— Isso aqui não entra na minha cabeça! É meio idiota, não acha? — Ela abaixa a voz e se inclina na minha direção. — Tipo, por que esses marmanjos ainda jogam essas coisas? — Ela sorri como se fosse uma piada interna. — Mas preciso de alguma coisa para levar na festa no sábado, então aqui estou eu.

— É. Aqui está você.

Estou furiosa. Eu sei, é superhipócrita, porque não é como se eu mesma fosse uma grande fã de jogos, mas será que ela não faz a menor ideia de que a loja é do meu pai? E mesmo que Paul não tenha mencionado isso, ela deveria presumir que talvez eu gostasse de jogos considerando que esse é meu trabalho. Não sei, talvez Lainey só seja sem-noção, mas, de qualquer forma, eu a detesto ainda mais do que antes.

— Você está pensando em jogos de tabuleiro? Porque temos vários aqui.

Aponto para a estante atrás dela, e ela pega uma caixa de jogo aleatória.

— *Sessenta dólares?* — Ela troca um olhar com Paul. — Por um pedaço de papelão? Eu com certeza não posso bancar isso.

Peço aos deuses do teatro para não perder a cabeça. *Isso é só mais uma cena*, repito para mim mesma.

— Que tal um jogo de cartas em vez disso? Magic costuma sair bastante.

Ela franze a testa e assente.

— É, pode ser. Acho que já vi umas cartas desse tipo lá em casa antes.

Eu a levo até o corredor dos jogos de carta. Ela e Paul ficam algum tempo com as cabeças inclinadas um para o outro enquanto examinam as opções. Talvez eu possa recuar devagarzinho e desaparecer no éter? Só que então ele se afasta da namorada e se vira para mim.

— Então, como você está, Riley?

— Como assim?

Por favor, não me diga que ele está tentando falar sobre o nosso término de novo.

— Na loja. É horrível ou você está gostando daqui?

— Ah. *Hum*, poderia ser pior.

Ele me lança um dos sorrisos dele. O sorriso patenteado, charmoso, que me fazia querer beijá-lo. Por um momento, minha mente transborda com lembranças de nós dois juntos. Memorizando versos, harmonizando "It's De-Lovely", comprando sorvete italiano e tentando tomá-lo antes que a massa derretesse pelos nossos dedos. E o olhar que ele me lançava enquanto eu lambia meu sorvete, como se estivesse a dois segundos de derrubá-lo da minha mão e me beijar até nós dois ficarmos sem ar.

Respiro fundo. Eu consigo fazer isso. Talvez ele esteja tentando ser simpático e normal outra vez. Se for o caso, também posso tentar. A vida vai ficar mais fácil se eu estiver numa boa com Paul, já que nos vemos no coral e pela escola.

— *Music Man* acabou indo bem? Desculpa por não ter conseguido ver nenhuma das apresentações.

O rosto dele se ilumina.

— Foi maravilhoso. Nossa diretora manja muito, mas também colabora com o elenco. Adoro ela. E a Lainey foi incrível.

Aceno com a cabeça e me concentro em manter o sorriso firme. Fico feliz por ele — ou pelo menos *quero* ficar feliz. Ele mereceu o papel principal. E talvez Lainey também tenha merecido o dela. Porém, só consigo pensar no quanto eu queria ter estado lá com os dois. Eu poderia ter passado o verão ensaiando e me apresentando, e a dor de ter perdido isso é ainda maior quando penso que há grandes chances de também não fazer parte de uma produção na primavera. Tudo o que eu quero é repassar minhas falas, memorizar marcações de cena e fazer piadas com o elenco. Sinto saudade de estar no meu lugar favorito do mundo: o palco.

Paul deve notar a mudança na minha expressão, porque inclina a cabeça, preocupado e acaricia meu braço.

— É muito difícil? Ver nós dois aqui juntos? — Ele olha para Lainey, que ainda está ocupada examinando os diferentes pacotes de cartas de Magic. — Eu não trouxe ela aqui para esfregar na sua cara. Não esquenta, Riley. Você é ótima. Vai encontrar outra pessoa, mesmo que demore um tempinho.

Dou um passo para trás. Todos os sentimentos de tristeza ou nostalgia que eu estava considerando desaparecem ao ouvir as palavras de Paul e são substituídos por uma indignação ultrajada.

— Eu sei que vou encontrar alguém. Já encontrei. — As palavras saem antes que eu possa pensar, e quase cubro a boca com a mão.

— Encontrou? — Ele franze a testa. — Não sabia que você também estava namorando.

A expressão de Paul é cética, o que me corrói por dentro.

— É recente.

— Quem é?

— Uma pessoa aí. Não é da sua conta.

Ele franze ainda mais a testa e então retorce os lábios em um sorriso espertinho.

— Ah, sei. Claro.

Espera... Ele está insinuando que eu estou inventando isso? Que sou uma garota bobinha e patética sem namorado que inventa relacionamentos aleatórios só para não passar vergonha?

Quer dizer, tá, é exatamente o que estou fazendo, mas *ele* não tem permissão de pensar isso. Por que é tão difícil para Paul acreditar que eu posso ter um namorado novo?

— Você está insinuando que ele não existe?

Paul ergue os braços, se entregando.

— Só estou dizendo que... De um jeito ou de outro, está tudo bem.

Cerro os punhos.

— Ele existe.

Lainey se vira para nós.

— Do que vocês estão falando? Quem existe?

— Meu namorado.

— Aaaah, você está de namorado novo? É alguém que eu conheço?

Tenho que me conter para não revirar os olhos. Como é que eu vou saber quem Lainey conhece se nós nunca nos falamos antes?

— Não sei. Duvido muito. Ele não é do teatro.

Paul ainda parece cético, mas também um pouco incomodado. Perceber isso me faz querer começar uma dancinha da vitória.

— Qual é o nome dele? — pergunta Lainey.

— Já perguntei, mas ela não quer falar.

Alterno o olhar entre Lainey e Paul, com o coração acelerado e a mente tão vazia quanto um teatro da Broadway em uma noite de segunda-feira. Preciso falar alguma coisa, senão eles não vão acreditar em mim. Preciso pensar em um nome. Hum... Joel? Ah, *não*, esse é o nome do meu pai! Quais são outros nomes que existem? *Por que não consigo pensar em nomes de adolescentes humanos?!* Um vem à minha mente, e eu praticamente grito.

— Nathan!

Paul pisca, chocado.

— Nathan? Espera... — Ele passa os olhos pela loja. — Você não está falando do Nathan Wheeler, está? Ele trabalha aqui, certo?

Paul só pode estar de brincadeira. Eu tinha *certeza* de que ele não conheceria Nathan. Sinceramente, não sei se alguém na escola sabe quem ele é. Nathan é basicamente um fantasma lá.

— Como você sabe disso? — pergunto.

— Ele sentava na minha frente na aula de história ano passado. Fizemos um trabalho juntos.

É claro.

— É ele ali? — sussurra Lainey, e eu me viro.

Nathan apareceu de repente, com a porta da sala de estoque balançando atrás dele enquanto vem na minha direção.

— Ei, seu pai quer sua ajuda lá nos fundos.

Ele não poderia soar menos romântico ou interessado em mim nem se tentasse. Gotas de suor se acumulam na minha testa. Volto a olhar para Paul, que agora parece bastante cético.

— Tá bom — respondo, a voz fraca.

Por que essas coisas acontecem comigo? Respiro fundo e caminho até Nathan, botando um sorriso charmoso no rosto.

— Muito obrigada por me avisar — digo, com a voz mais sedutora que consigo. — Já estou indo.

— *Hum...* Ok?

Ele me encara como se eu tivesse enlouquecido de vez, o que é claramente verdade.

Sinto que deveria fazer algo além disso — algo que vá fazer com que essa invenção pareça legítima em vez da coisa mais ridícula do mundo —, mas não é como se eu pudesse me jogar nos braços dele e beijá-lo. Mesmo a ideia de tentar segurar a mão de Nathan é arriscada. É capaz de ele me enxotar como se eu fosse um cachorro com raiva. Só que eu preciso fazer *alguma coisa*.

Meu cérebro abandona meu corpo por completo, e eu me inclino e beijo Nathan no antebraço. Só que não consigo me obrigar a mover os lábios, então acabo só encostando a boca fechada na camiseta dele e me afasto.

Fico chocada de o meu corpo inteiro não ter ressecado, entrado em combustão espontânea e virado uma nuvem de pó de tanta vergonha.

Ele me encara, boquiaberto, e eu aperto os olhos com força.

— Finja que isso é normal — sussurro.

— Você acabou de...

Eu me viro.

— Lainey, parece que você achou o que estava procurando, né? Ótimo! O Curtis vai fechar o pedido no caixa. Eu preciso...

Faço uma menção de entrar na sala de estoque e guardar coisas nas prateleiras. Agora todos estão me encarando boquiabertos.

— Então... é — completo. Dou alguns passos para me afastar. — Foi bom ver vocês dois! E vejo *você* na escola amanhã, Paul! Ou, acho que nós dois vemos você.

Agarro o braço de Nathan e o arrasto atrás de mim na direção da sala de estoque. A porta se fecha atrás dele, que arranca o braço das minhas mãos.

— *Riley*, você pirou?

Capítulo Cinco

— Ok, tá, não surta. Tá tudo bem. Eu sei que aquilo foi estranho, mas...
— Sério mesmo que você beijou o meu *braço*?
Enterro a cabeça nas mãos, sentindo as bochechas arderem.
— Desculpa. Eu não devia ter feito isso. É que o Paul apareceu com a namorada nova, a menina que atuou com ele na peça em que eu não entrei, e aí os dois estavam sendo tão fofinhos e...
— Não.
— Quê? — Ergo a cabeça.
— Já sei o que você vai falar. E a resposta é não.
Eu o fuzilo com os olhos, deixando a vergonha de lado graças à reação dele.
— Você não pode dizer não ainda. Eu nem te pedi nada.
— Tá bom, então fala aí.
Engulo em seco.
— Ok. Então... — Está sendo bem difícil pensar em como explicar as coisas. — Enfim, o Paul e a Lainey apareceram e aí o Paul estava me tratando como uma coitadinha porque eu não estou namorando ninguém, e teve a audácia de dizer que

eu vou encontrar alguém *um dia*. Tipo, sério? É claro que eu vou encontrar outra pessoa. Uma pessoa melhor que ele. Eu sou um partidão.

Nathan ergue uma sobrancelha, mas eu sigo em frente.

— E não sei o que me deu, mas inventei que já estava namorando outra pessoa. Eu simplesmente não consegui deixar ele ficar por cima. Só que aí Paul perguntou quem era, e eu não tinha nenhum nome em mente, e o seu foi o primeiro que me ocorreu e...

— Não.

— Nathan! Você precisa parar de falar isso!

— E *você* precisa parar de dizer o meu nome quando as pessoas perguntam quem você está namorando. — Ele encara o teto, depois tira os óculos e esfrega os olhos. — Por que achou que podia me arrastar pra essa história? Caso não tenha notado, eu não sou seu maior fã.

Solto um arquejo de espanto.

— Espera aí, também não precisa ser grosso.

— Só estou sendo sincero. Coisa que você deveria tentar qualquer hora dessas.

— Tá, tá, falar é fácil. Não era você que estava fazendo papel de palhaça na frente do seu ex. — Eu paro de falar e o encaro. — Na verdade, espera aí...

— Não.

— Eu não sou um cachorro e a gente não está numa aula de adestramento, então pode parar de repetir essa palavra. — Ergo a mão para impedi-lo de sair correndo. — *Fica*. — Paro por um instante. — Bom trabalho, amigão!

Eu dou uma risada e ele praticamente rosna para mim, o que só me incentiva a fazer mais piadas sobre adestramento, mas decido segurar a língua.

— Nós dois podemos tirar proveito disso — digo em vez disso.

— Tenho certeza de que, seja lá o que esteja pensando agora, não vai ser útil pra mim. Então vamos cuidar do estoque e vou tentar esquecer que isso aqui aconteceu.

— A gente vai cuidar do estoque já, já. Primeiro, vamos falar da Sophia.

Ele estreita os olhos.

— *Com certeza* não vamos falar da Sophia.

Nathan se vira e começa a abrir caixas. Engulo a irritação e continuo falando.

— Todo mundo sabe que você gosta da Sophia. Até a *Sophia* sabe que você gosta dela, e mesmo assim não rolou nada entre vocês.

— Não tô te ouvindo.

— Mentira, ou você não estaria dizendo "não tô te ouvindo". — Começo a andar de um lado para o outro, seguindo-o pela sala. — O Lucas me disse que a Sophia só quer saber do que não pode ter. E o seu problema...

— Eu não tenho problema nenhum.

— ... é que você deixou claro demais que quer ficar com ela. Agora tem que se fazer de difícil. Precisa fazer ela ir até você.

Ele continua esvaziando caixas em silêncio, então eu sigo insistindo:

— E, se eu for tão boa em ler as pessoas quanto sei que sou, está bem claro que ela é do tipo ciumento. Você deveria ter visto a cara dela quando eu falei que a gente ia passar muito tempo juntos aqui. Ela ficou furiosa com a ideia. E aí começou a... se *esfregar* em você.

Eu sinto arrepios só de lembrar.

Nathan paralisa e, lentamente, começa a se virar.

— Foi isso que aconteceu? Eu não estava entendendo nada.

— Foi por minha causa. — Sorrio e coloco as mãos na cintura. — Não foi intencional, mas funcionou mesmo assim. Então, minha proposta é a seguinte... — Faço uma pausa, esperando que ele diga "não" outra vez, mas ele só me examina com um olhar cauteloso. — Você age normalmente com o Paul. Se ele perguntar, pode falar que a gente está namorando e, se ele nos ver juntos na escola, a gente finge que somos mais do que amigos.

— Desde quando somos amigos?

Reviro os olhos.

— Tá bom. Mais do que colegas de trabalho que não se suportam. E, em troca, eu faço a mesma coisa com você na loja.

— E o que isso significa exatamente?

— Vou deixar a Sophia com ciúme. Vou... Sei lá... — Preciso conter um arrepio de repulsa. — Vou flertar com você.

Ele deixa escapar uma risada.

— Você vai *flertar* comigo? — repete Nathan, com um tom incrédulo.

— Sabe, não o tempo todo. Mas, quando ela estiver por aqui, posso flertar com você. E isso vai deixar Sophia com ciúme o bastante pra começar a prestar mais atenção em você. O que acha? Até que não é uma ideia ruim. E você vai me poupar a vergonha de ter que admitir para o meu ex que eu inventei um namorado falso.

— Nada desse plano vai funcionar do jeito que está pensando.

— Você acha que eu não dou conta?

— *Hum*, não. Você se viu lá na frente?

— E você dá conta?

Ele dá de ombros e se vira.

— Para mim, seria tranquilo. Sou bom em fazer personagens. Faz parte da minha experiência com RPG.

— *Escuta aqui*, eu tenho bastante experiência com atuação. Não vou ter a menor dificuldade com isso.

Nathan olha por cima do ombro.

— Aham. — Ele aponta para as caixas de miniaturas de Warhammer. — Vai, a gente tem que colocar aqueles para vender na loja.

Suspiro, pego uma pilha e o sigo para fora do estoque. Não deixo de notar que Nathan ainda não me deu uma resposta final. Só que eu sei ser determinada — alguns diriam até teimosa — e não vou desistir dessa ideia. Pode dar certo. Resolveria nossos problemas. Eu simplesmente *não posso* explicar para Paul que inventei um namorado. Não vou conseguir suportar a cara dele ou a pena irritante na voz. Preciso convencer Nathan.

Trabalhamos em silêncio por alguns minutos e eu o deixo em paz, torcendo para que esteja refletindo sobre a ideia e vendo o quanto isso pode dar certo.

— Vou buscar o resto — murmura ele, e volta para a sala de estoque.

Um minuto depois, a cabeça de Lucas aparece na porta da sala de jogos dos fundos.

— Você viu o Nathan?

— Vi, ele está na sala de estoque. A gente deve acabar já, já. Coloco outra caixa na estante.

— Você pensou sobre se juntar à campanha? A oferta continua de pé.

Meia hora atrás eu não tinha tanta certeza, mas agora hesito. Entrar em um jogo de D&D? Não é algo que me interessa muito, mas faria sentido se Nathan concordasse com o plano, já que nos daria um motivo para ficar juntos na presença de Sophia. E eu gosto da ideia de fazer uma pausa no meu turno, presumindo que meu pai concordaria com isso. Ele sempre quis que eu me envolvesse com a loja — mostrar algum interesse em D&D seria um ótimo jeito de convencê-lo a pegar mais leve comigo.

— Bom, eu teria que falar com o meu pai — respondo. — Não sei se ele vai querer me deixar folgar do trabalho assim.

Lucas balança a cabeça.

— Você não conhece muito bem o seu pai. — Ele se vira para a sala de jogos. — Ei, Joel.

Um instante depois, papai se junta a Lucas na porta.

— Que foi? — Ele me vê. — Riley, está tudo bem aí na frente?

— Tá sim, só estou terminando de ajeitar o estoque.

— Joel, você não acha que seria uma boa ideia a Riley entrar na nossa campanha de D&D?

Papai quase desaba contra o batente, chocado.

— Seria bom ter mais uma jogadora comprometida, e seria ótimo poder conhecer melhor a Riley. — Lucas está praticamente fazendo uma carinha de filhotinho abandonado, um pouco exagerada na minha opinião. — Além do mais, ela não sabe nada sobre D&D, e seria o melhor jeito de aprender. Ela seria uma vendedora melhor se conhecesse o jogo.

— Não sei... — Papai olha para mim. — Isso foi ideia sua? Achei que você não tivesse interesse em jogar.

— *Er...*

Olho de Lucas para papai, depois para a porta da sala de estoque pela qual Nathan vai passar a qualquer segundo. Ainda estou indecisa. Seria incrível dar um tempo do trabalho, e Lucas e os outros garotos parecem até ser legais, mas eu queria poder usar meu tempo livre para preparar o musical. Tenho quase certeza de que Nathan vai odiar a ideia, o que me faz querer aceitar ainda mais.

Dou de ombros.

— Quer dizer, seria bom tentar fazer uma coisa nova enquanto eu estiver aqui.

Meu tom não é exatamente confiante, mas Lucas dá um aceno de cabeça encorajador.

— Bom... — Papai franze a testa. — É bom ter duas pessoas no caixa em uma noite de sexta... mas o Curtis tem dado conta sozinho há meses, então não vejo problema. E eu *adoraria* ver você se envolver mais por aqui. — Ele sorri. — Beleza, então está combinado.

— Show!

Lucas e papai fazem um "bate-aqui" e me levam até a sala dos fundos, aparentemente esquecendo que ainda estou no meio do processo de abastecer as estantes.

— Você vai adorar, Riley — diz papai. — Não sei porque não pensei nisso antes, mas D&D é perfeito pra você. Pense nisso como um exercício de teatro.

— De teatro?

— Isso. Você vai interpretar sua própria personagem: decidir como ela vai falar, como vai se vestir, quem vai matar. É tudo escolha sua! — Ele me olha com um sorriso radiante. — Tenho um bom pressentimento.

— O que está rolando?

Eu me viro e vejo Nathan, o rosto quase invisível atrás de uma pilha de cinco jogos de tabuleiro.

— A Riley vai entrar na sua mesa de D&D! — exclama papai. — Coloca isso no chão. Vou cuidar do resto para vocês poderem começar.

Nathan me fuzila com os olhos enquanto seguimos papai e Lucas até a outra sala.

— Sério? — sussurra ele. — Fico fora por cinco minutos e você se mete no meu jogo? Eu nunca concordei com esse seu plano.

— Eu não *me meti* em coisa nenhuma. Se quiser reclamar com alguém, vai falar com o Lucas. A ideia foi dele.

Como se quisesse provar meu ponto, Lucas corre até a mesa onde os outros garotos estão esperando.

— Ei, adivinha só! A Riley vai começar a jogar com a gente!

John mal ergue os olhos antes de voltar a ler o *Livro do Jogador* de D&D, mas Anthony vira a cabeça na minha direção de súbito.

— O quê? Maravilha!

Nathan fecha a cara, irritado, o que me dá um prazer perverso. Puxo uma cadeira.

— É isso aí. Achei que seria um jeito divertido de praticar minhas habilidades de atuação.

Sorrio para todos na mesa.

Papai abre um sorriso enorme, como não vejo há um bom tempo.

— Ótimo! Divirtam-se!

Nathan olha por cima do ombro enquanto papai vai embora, depois diz baixinho:

— Posso falar com você?

— Claro. — Eu me viro e abro um sorriso doce para ele. — O que foi?

— Em particular — resmunga ele.

Ergo as sobrancelhas de modo sugestivo para ele.

— *Hum*, certo. Vamos fazer isso. Em *particular*.

Nathan dá meia-volta, tempestuoso, e me levanto.

— A gente volta já.

Eu o sigo até o canto da sala, onde ficam os banheiros. Estamos parcialmente escondidos atrás de uma tela que papai ergueu na frente das portas dos banheiros, mas ela não oferece muita privacidade.

— É isso que eu chamo de ser dramático — digo.

Ele me encara com raiva, depois suspira. (De novo, dramaticamente. Depois a galera do teatro que é sempre dramática.)

— Riley, o que é isso? Agora você está no meu grupo de D&D? Sério? Você odeia D&D. Por favor, não estraga o jogo para mim. Pode achar que é idiota, mas eu adoro.

— Não vou estragar o jogo. E não foi ideia minha. O Lucas e o meu pai ficaram animados, e não queria decepcionar os dois, principalmente se você concordar com a minha proposta. Além disso, se eu estiver jogando, não preciso trabalhar.

Ele revira os olhos.

— É claro que essa é a sua motivação.

— Se você não topar o meu plano, beleza. É claro que eu não posso te obrigar, apesar de ter certeza que vai funcionar. A Sophia ia comer na sua mão se percebesse que você não está mais interessado. Mas deixa quieto. Você é quem sabe. Vamos só tentar jogar hoje sem um querer matar o outro.

Nathan dá um passo minúsculo na minha direção.

— Eu não disse que não estava interessado no plano.

A voz dele perdeu o tom agressivo que tinha um instante atrás.

— Ah. — Pisco, surpresa. Depois da reação raivosa dele, imaginei que a proposta já tinha ido para o espaço. — Bom, ótimo. Achei que você tivesse odiado a ideia.

Nathan dá de ombros e se aproxima mais. Ele com certeza invade a bolha invisível de espaço pessoal ao meu redor e meu coração palpita com a proximidade dele.

— Pensei no assunto lá na sala de estoque e decidi que você tem um bom argumento. Além disso... — Ele ergue o braço e lentamente afasta o cabelo do meu rosto. Sinto um arrepio nos braços quando desliza o polegar pela curva da minha mandíbula até aninhar meu rosto na mão dele. — Pode ser divertido te conhecer melhor.

Hã... o quê? Achei que ele gostasse da Sophia? Tento engolir a saliva, mas minha garganta está seca demais.

— Eu... *Hum*... — começo, hesitante.

Diante das minhas palavras (ou da falta delas), ele abre um sorriso irônico e recua.

— Foi o que eu pensei. — A voz dele fica inexpressiva. — Eu já disse, você não vai durar um minuto nessa história de flerte falso.

— Espera, o quê? — Sou tomada pelo horror e cruzo os braços. — Você estava... Isso foi... — Eu o encaro, chocada. — Você estava só *fingindo*?

— É claro.

Agora ele ri, mas é um tipo de risada irritante e arrogante que me faz querer empurrar Nathan para dentro da privada mais próxima. E posso garantir que os banheiros daqui não são limpos todo dia.

— Foi o que você me pediu pra fazer. É para fingirmos que estamos flertando, certo? — concluiu ele.

Jogo as mãos para o alto.

— Bem, agora não conta! Você tem que me avisar. Preciso estar preparada. Pensei que talvez você...

Ele ri de novo.

— Ah, não. Acho que não.

— Meu Deus, você é péssimo. *Por que* eu tive que deixar seu nome escapar?

Fecho os olhos com força, frustrada. E envergonhada. Não acredito que achei que ele pudesse estar falando sério por um segundo — eu sou uma boba. Só que preciso admitir: Nathan é um ator melhor do que eu imaginava. Talvez ele esteja disposto a fazer um teste para o musical de primavera quando eu conseguir resolver esse problema — isto é, se eu não o matar até lá.

Respiro fundo, sem pressa, para me acalmar. Então encaro Nathan diretamente nos olhos.

— Eu sou uma profissional. Não literalmente, porque não ganhei nenhum dinheiro com as minhas apresentações, mas me considero profissional mesmo assim. Se você consegue dar conta dessa história de flerte de mentirinha, então eu com certeza também consigo. E a gente só precisa fazer isso por tempo suficiente pra Sophia ficar interessada e pro Paul acreditar que eu não estava mentindo. Aí a gente termina e volta a ignorar um ao outro com o maior prazer.

— Se ao menos eu tivesse uma TARDIS e pudesse viajar para o futuro agora.

— Que fofo. — Reviro os olhos. — Então, tudo certo? Você não vai me dedurar para o Paul na segunda?

Nós nos encaramos. Nathan espreme os lábios em uma linha fina, mas não parece mais bravo. É mais como se ele estivesse me examinando.

— Tudo certo. Se você der conta.

— Não esquenta com isso.

Ele ergue uma sobrancelha, depois volta para os amigos, me deixando para trás. Acho bom Sophia acordar para a vida e notar ele logo, porque eu não vou aguentar Nathan Wheeler por muito mais tempo.

Capítulo Seis

Lucas, Anthony e John nos encaram com expectativa quando Nathan e eu voltamos para a mesa.

— Tô pronta pra jogar! — digo, fingindo animação. — Como começa?

Lucas olha de Nathan para mim.

— O que está rolando? Sobre o que vocês dois estavam conversando lá trás?

— Nada. Só coisa de trabalho — responde Nathan.

— Coisa de trabalho? — Anthony levanta as sobrancelhas. — Uma coisa de trabalho secreta?

— Riley, primeiro você precisa criar sua personagem — diz Nathan, ignorando-o. — Precisa preencher essa ficha do personagem.

Ele me passa um papel com um olhar sério. Ainda estou aprendendo a decifrar as expressões de Nathan, mas acho que está tentando me dizer que não quer falar sobre o nosso acordo com os amigos. Por mim, tudo bem, mas eles com certeza vão descobrir assim que Sophia aparecer e eu tiver que botar o charme para jogo.

A ideia faz meu estômago embrulhar. Estava tão focada em tentar me livrar dessa confusão com Paul que não parei dois segundos para pensar nas consequências de Nathan ter topado a minha ideia. Ainda posso sentir a carícia do polegar dele na minha bochecha. Enchi a boca para falar das minhas habilidades, mas será que eu dou conta mesmo? Não sei nem se vou saber o que fazer perto de Sophia. Piscar para Nathan e dizer coisas ousadas? Tocá-lo? *Beijá-lo* em algum lugar que não seja o braço? Talvez nós precisemos de mais algumas discussões em particular para combinar os detalhes.

— Riley? Está acompanhando? — pergunta Lucas.

Balanço a cabeça para limpar a mente e depois faço um gesto afirmativo de cabeça. Examino a mesa e fico atordoada logo de cara, apesar da expressão amigável de Lucas. Há uma espécie de divisória de três folhas na frente dele para impedir que alguém veja o que está fazendo. Há também pilhas de livros sobre a mesa: *Livro do Jogador*, *Livro do Mestre*, *Livro dos Monstros* e o *Guia de Xanathar para Todas as Coisas*. Todos os jogadores têm dados — do tipo chique que papai vende na loja, não os comuns de seis lados em preto e branco que mamãe e eu usamos para jogar Banco Imobiliário —, além de iPads, cadernos e bonequinhos posicionados em *grids* no meio da mesa.

Olho a ficha que Nathan me deu. Vejo dezenas de caixinhas com rótulos tipo *Destreza*, *Inteligência* e *Carisma*. Minha imaginação entra em combustão ao pensar em todos os personagens possíveis que posso criar. Toda a diversão que eu posso ter atuando... não, *fazendo role-play*.

— Posso escolher todas essas características? Porque eu com certeza quero Inteligência, Sabedoria e Carisma altos. E talvez Destreza, porque sim.

— Ok, vai com calma — diz Nathan, suspirando. — A primeira coisa que você precisa fazer é escolher de qual raça e classe você quer ser. — Ele abre um dos livros e me mostra as opções. — E você não pode simplesmente escolher as pontuações mais altas em tudo. Depende do tipo de personagem que você vai criar. Se for um guerreiro, então é melhor escolher

Força e Constituição como seus maiores atributos. Só que se você quiser ser um mago, então é melhor escolher Inteligência.

— Você não pode ser um mago — intervém John. — Eu já sou o mago do grupo.

Agora é a vez de Lucas suspirar.

— Tudo bem se ela quiser ser um mago. Talvez algumas pessoas queiram ser magos que fazem mais do que conjurar Bola de Fogo.

— Mas não seria útil. Já temos um paladino, um ladino, um ranger e um mago. Não precisa de um segundo mago. Acho que você deveria ser um clérigo.

— Um clérigo? — Leio a descrição. — Eu teria que servir uma divindade e curar pessoas? Não sei, não parece muito divertido.

— *Enfim* — continua Nathan —, dá uma olhada nas classes e vê com qual você acha que quer jogar.

Folheio o *Livro do Jogador*, lendo sobre alguns termos que não conheço, como *tiefling* e *halfling*, e outros que reconheço, como *mago* e *bruxo*. Então, uma classe específica chama minha atenção. Aponto para ela.

— Isso é o que eu estou pensando?

Nathan olha para a palavra e murcha antes de assentir.

— É. Bardos cantam e contam histórias juntos. Eles têm as maiores pontuações em Carisma e Destreza e podem conjurar magias relacionadas às músicas que tocam.

— Um bardo seria ainda menos útil do que um segundo mago — acrescenta John.

Só que é tarde demais. Abro um sorriso imenso.

— É isso! Eu *com certeza* quero ser uma barda.

John solta um grunhido e Nathan e Lucas trocam olhares.

— Para a surpresa de zero pessoas — murmura Nathan.

Minhas preocupações sobre o jogo e meu acordo com Nathan desaparecem conforme vou lendo mais sobre os bardos. Posso cantar! E vou ter instrumentos musicais e minha personagem pode dançar e se apresentar! Papai tinha razão quando disse que isso seria um bom treino para mim.

— Posso usar um violão como meu instrumento? Eu sempre quis aprender a tocar violão.

— O nome correto é alaúde, mas tudo bem. Só que você não escolheu sua raça. Tem todas essas...

— Quero ser humana.

— Uma barda humana. Então você quer jogar com uma personagem que seja o mais parecida com você na vida real quanto possível?

Dou de ombros.

— É perfeito demais para eu não fazer isso.

— Beleza — diz ele com outro suspiro. — Isso foi bem fácil.

Preencho a ficha da personagem, depois mando uma mensagem rápida para Hoshiko dizendo que entrei no jogo. Sinto saudade dela e queria que desse para ela passar as noites aqui comigo assim como os garotos. Se ao menos eu pudesse ver a expressão na cara dela quando perceber que estou virando uma jogadora de D&D... Só que não falo nada sobre meu novo arranjo com Nathan. Isso é algo que com certeza precisa ser explicado pessoalmente.

Estou inventando uma história de vida sofrida para a minha personagem — algo relacionado a ser abandonada na floresta e sobreviver graças ao canto — quando Lucas chama nossa atenção.

— Vamos começar. Então, como sempre, vocês três deixaram a Sophia para trás numa taverna para dormir depois da última noite de depravação.

Nathan grunhe.

— Você precisa mesmo fazer isso? Não dá para dizer que a Sophia ficou pra trás pra ajudar crianças órfãs só pra variar?

— Não. Quando você for o Mestre, pode inventar o que quiser. Para mim, ela está curtindo a ressaca que veio na hora errada. Agora, da última vez, a gente parou quando o grupo decidiu ir atrás de uma espada mágica sobre a qual vocês ouviram falar na cidade. Os rumores são de que a espada está escondida no cofre de um antigo rei. O reino dele ficava na costa leste. Vocês vão viajar para lá imediatamente ou explorar mais esta área?

Os garotos trocam olhares para confirmar sua escolha.

— É melhor seguirmos em frente — responde John, a voz ligeiramente mais baixa e arrogante do que de costume. Imagino que essa seja a voz que ele usa para o personagem dele. — Do contrário, não temos chance de derrotar a hidra.

— Mas uma caminhada de um dia pelas florestas não seria uma má ideia — responde Nathan. — E tenho certeza de que o Spruce iria gostar de passar tempo na natureza antes de pegarmos a estrada aberta.

Anthony fuzila Nathan com os olhos.

— Não use as afinidades do meu ranger como desculpa para ficar por aqui pra Sophia conseguir alcançar o grupo da próxima vez. Se ela não quisesse que a personagem dela ficasse para trás, então deveria ter aparecido para a sessão.

Olho de Nathan para Anthony, sentindo o entusiasmo crescer dentro de mim. Não tenho certeza do que está acontecendo, mas estou rodeada de pessoas que interpretam personagens, fazem vozes e seguem um enredo, e já estou amando. É como uma mistura de teatro de improviso e teatro de escolha-sua--aventura. Por que faz tanto tempo que não jogamos esses jogos entre os ensaios do musical? Mal posso esperar para contar tudo a Hoshiko.

— Não saiam dos personagens, por favor — responde Lucas. — Então foi decidido que vão continuar na aventura. No caminho, vocês encontram uma moça na beira da estrada — continua ele, e me dá um sorriso discreto de encorajamento.

Endireito a postura e tento canalizar minha melhor barda.

— Bom dia, senhores! Para onde vão nesta linda manhã? Permitam-me oferecer-lhes uma canção em troca de uma moeda?

Anthony dá uma risadinha e todos os outros trocam olhares.

— Hã, que voz é *essa*? — solta Nathan.

— Eu estou entrando na personagem!

Nathan olha para os outros garotos, fingindo estar confuso.

— Desculpa, a gente está num romance de Charles Dickens? Bom dia, governador! Precisa que sua chaminé seja limpa?

Ele faz um gesto de abaixar o chapéu para mim.

Reviro os olhos, irritada. Sinceramente, eu estava fazendo a voz do pai de Eliza na versão cinematográfica de *Minha Bela Dama*. Amo fazer um sotaque de Cockney.

— Achei que a personagem fosse minha e eu pudesse interpretar do jeito que eu quisesse.

Lucas assente, sério.

— E é.

— Eu acho ótimo, Riley — diz John. — Fico feliz de você estar entrando no jogo. Já pensou em um nome pra personagem?

Reflito por um segundo e depois estendo as mãos.

— Meu nome é Elphaba — anuncio, pensando na famosa protagonista de *Wicked*.

— Bom dia, Elphaba — responde John. — Meu nome é Vafir, e sou um mago de evocação.

— Eu sou um ranger anão que atende pelo nome de Spruce Wayne. — Anthony faz uma reverência e sorri. — Mas não deixe o termo *anão* confundir você. Posso ser pequeno em estatura, mas meu coração é muito maior. E outras coisas também.

Nathan e John grunhem. Eu dou uma risada e assinto, aprovando.

— Uau, bom saber. Adorei o nome.

Eu me viro para Nathan, que diz:

— Eu sou um paladino meio-elfo. Meu nome é Sol Daddo.

Eu o encaro.

— Soldado? Que tipo de nome é esse?

— Um nome incrível, obrigado por perguntar. E não é Soldado, é Sol Daddo. — Nathan aponta para a ficha onde ele escreveu o nome do personagem. — Primeiro nome Sol, sobrenome Daddo. Como um paladino, sou um guerreiro da divindade do sol. Daí o nome. Mas eu também luto e protejo o grupo, então sou um soldado: Sol Daddo.

Ele abre um sorriso enorme, muito satisfeito consigo mesmo.

— Err... legal.

Ainda não sei bem o que é um paladino, mas respeito a atenção aos detalhes.

Lucas pigarreia para chamar nossa atenção.

— Todos percebem que a moça é simpática e pode renovar as energias do grupo. Vocês precisam decidir se vão convidá-la para se juntar ao bando.

John — Vafir — se vira para mim com um olhar criterioso.

— Não precisamos de uma canção agora, Elphaba, mas ajuda em uma aventura seria bem-vinda. Está interessada?

— Haverá cantoria e dança? — pergunto.

— Para mim, música é sempre bem-vinda — responde Anthony. — E mal posso esperar para dar o fora dessa cidade, ficar longe das multidões. Sua música pode me fazer companhia à noite.

Ele me lança um sorriso.

— Não estou convencido — diz Nathan, a voz mais dura do que de costume. — Quanto menor for o nosso grupo, mais furtivos podemos ser. Uma barda poderia anunciar nossa presença a outros se ficar cantarolando o tempo todo. — Ele fixa os olhos em mim. — Principalmente uma que não parece reconhecer a gravidade da missão em que estamos. Isto não é um jogo.

Estreito os olhos para ele.

— Não é tudo um jogo na vida?

Tanto Lucas quanto Anthony riem.

— Talvez para você, mas não para mim.

— Seja razoável, Sol — interfere John. — Uma barda pode ser útil quando chegarmos à cidade antiga. A espada deve estar protegida por armadilhas e uma sala fechada, e os poderes dela podem nos ajudar com isso. Até porque não podemos contar com a nossa ladina para ajudar dessa vez.

Nathan franze a testa, mas não se dá por vencido. Beleza. Olho para a ficha da minha personagem. Vou fazê-lo ceder.

Eu me viro para Lucas.

— Eu gostaria de usar meus poderes de persuasão para convencer o Nathan. Quer dizer, Sol Daddo.

Lucas arregala os olhos.

— *Hum...* Você pode tentar usar uma das suas magias nele.

— Tente acalmar as emoções dele — sugere Anthony com uma piscadela, apontando para uma magia no livro.

Nathan balança a cabeça.

— Espera aí, você não pode usar magias contra os integrantes do seu próprio grupo.

— Bom, ainda *não* sou uma integrante do grupo porque você está sendo teimoso. Então vou usar uma magia. Como eu faço?

Ergo o queixo em desafio, feliz por Sophia não estar aqui hoje para eu não precisar fingir que gosto de Nathan quando ele está sendo irritante.

— Tecnicamente, é para você falar e gesticular para lançar alguma coisa, mas tudo bem se você só falar que vai conjurar uma magia — explica Lucas.

— Na verdade... Tenho uma ideia melhor — respondo.

Nathan gesticula para Lucas como se dissesse: *Qual é, cara.* Lucas o ignora.

— Vá em frente, Elphaba.

Eu me levanto, virando-me ligeiramente na direção de Nathan. O medo atravessa as feições dele, o que me faz sorrir. Ah, sim, já estou adorando isso. Limpo a garganta e começo a cantar a primeira estrofe de "Say My Name". Não a música do Destiny's Child — a que estou usando é a que Beetlejuice canta para Lydia Deetz no espetáculo da Broadway. Já ouvi a trilha sonora tantas vezes que sei a canção de cor.

Todos na sala dos fundos param o que estão fazendo e se viram para me encarar. Projeto um pouco mais a voz e me afasto da mesa para poder balançar e fazer gestos coordenados na direção de Nathan. Faço até a voz solene e levemente assustadora que o ator usa. O rosto inteiro de Nathan fica vermelho, e ele desliza devagar para baixo da mesa, o que faz com que aquele momento seja glorioso.

Fico tentada a continuar, mas a música é um dueto e sem Hoshiko — minha eterna parceira de duetos — não fica tão divertido, então encerro a minha parte e me sento com um floreio. Para minha surpresa, vários estranhos na sala começam a aplaudir em deleite, junto com Anthony, John e Lucas (possivelmente por conta do constrangimento de Nathan). Fred e Arthur, os dois aposentados a quem papai me apresentou no meu primeiro dia, pedem bis. E papai deve ter aparecido na porta enquanto eu estava cantando, porque está aplaudindo e os olhos dele parecem um pouco marejados. Não achei que ele fosse se importar tanto.

— É *assim* que se joga como um bardo, galera! — grita Lucas para todos na sala.

— Você não precisa cantar de verdade — sussurra Nathan.

— Ah, eu sei que não preciso. Mas eu quero.

— Bom, boa sorte para me persuadir com o meu bônus. — Ele se endireita e pega um dos dados. — Vou rolar um teste de resistência de Carisma.

O dado cai em um 5. Ele arregala os olhos, e os outros garotos caem na gargalhada. Acho que isso significa que ele não tirou o número de que precisava.

— A canção de Elphaba persuadiu *mesmo* Sol e agora ela faz parte do grupo oficialmente — anuncia Lucas.

Os outros garotos vibram e eu abro um sorriso para Nathan. Papai tinha razão. Isso *é* divertido.

Capítulo Sete

Respiro fundo e aperto as alças da mochila. É segunda-feira à tarde, depois do último sinal, e passei o fim de semana inteiro criando coragem para conversar com a srta. Sahni depois da aula de hoje. Fiquei com meu pai, e não foi melhor do que todos os outros fins de semana que passamos juntos, mas pelo menos tive bastante tempo sozinha no meu quarto para me preparar.

Hoshiko acena para mim na porta da sala do coral — ela precisa ir para a aula de dança, então não vai poder ficar para me dar apoio moral —, eu aceno de volta. Ela faz um gesto de mandar mensagens e concordo com a cabeça. Assim que a conversa terminar, vou contar tudo, mesmo que ela só vá ver as mensagens à noite, quando sair da aula.

— Senhorita Sahni? — chamo quando ela entra no escritório minúsculo ao lado da sala do coral. Minha voz falha, e minhas bochechas esquentam. Preciso soar mais confiante. Tento outra vez. — Senhorita Sahni, posso conversar com você rapidinho?

O escritório dela é pouco maior que um closet, com uma janela de vidro enorme que dá para a sala do coral. É bem evidente que ela não teve tempo para decorá-lo, mas dispôs alguns porta-retratos com fotos que devem ser da sua grande família sul-asiática e uma em que está caracterizada, abraçando outra moça. Estão em cima de um palco, como se tivessem acabado uma apresentação antes de a foto ser tirada. Lembrar que a srta. Sahni também é artista me dá um pouco de confiança. Ela vai ficar do nosso lado.

— Sente-se, Riley. Algum problema? Está tudo bem com o seu solo?

Eu me sento e me forço a abrir um sorriso.

— Tudo bem, sim. Obrigada de novo pela oportunidade.

— Você mereceu. Sua voz é linda. — Ela me olha da cabeça aos pés. — Como posso ajudar?

— Queria conversar sobre o musical de primavera.

A expressão dela se fecha e eu insisto antes que ela possa interromper.

— Ele é muito importante para mim, Hoshiko e muitos de nós. Não podemos deixar a escola simplesmente cortar o projeto.

— Eu sei como isso é difícil para todos. Vários alunos já comentaram comigo a mesma coisa. Sinto muito, de verdade.

Ela parece sincera, mas daquele jeito de quando todo mundo sabe que o resultado é inevitável e só nos resta lamentar a injustiça da coisa toda. Não estou pronta para lamentar. Estou pronta para agir.

— Ainda dá tempo de fazer a administração mudar de ideia.

Ela arregala os olhos.

— Não acho que seja possível.

— Você mencionou que estão tentando economizar e escolheram cortar o musical porque o interesse diminuiu. Bom, eu tenho certeza de que a gente pode mostrar a eles que o musical pode ser muito popular. É só uma questão de escolher a peça certa para atrair interesse e ter uma diretora nova que todo mundo possa apoiar. — Aponto para ela. — E essa pessoa é você. E eu ficaria feliz em ajudar no que for possível. Posso organizar as audições e os ensaios, ajudar com os cenários e os figurinos, o que for necessário.

Uma vozinha em minha mente me lembra de que meus pais talvez queiram contrariar essas promessas. Que, na verdade, mamãe me disse que não posso fazer nada disso até meu castigo acabar. Porém, com sorte, minha punição vai ser coisa do passado quando chegar a hora de ajudar a srta. Sahni. E, de qualquer forma, não posso me preocupar com isso agora. Essa é, com certeza, uma situação de "melhor pedir perdão do que permissão".

A expressão da srta. Sahni se suaviza ao ouvir minhas palavras. Ela se debruça sobre a mesa na minha direção.

— Ah, Riley, é muito gentil da sua parte. Mas acho que você está se precipitando. Convencer a administração a reverter os planos é... — Ela balança a cabeça sem terminar. — Bem, seria uma tarefa muito difícil. Eu nem saberia por onde começar.

— Mas eu sei. — Sorrio e pego meu celular. — Andei pesquisando musicais que podemos apresentar. Sei que deveríamos considerar algo de baixo orçamento, como *You're a Good Man, Charlie Brown*, mas... Sei lá, na minha opinião é mais importante escolher um musical que vai deixar os alunos mais animados. Na verdade, aposto que o pessoal amaria fazer algo mais recente, tipo *Six* ou *Hadestown*, mas acho que não conseguiríamos a licença e tem também a questão do elenco e...

A srta. Sahni ri um pouco e eu paro de falar.

— Adoro sua paixão. Se quiser se dar bem no ramo da arte, vai precisar de bastante. E isso é um bom começo. — Ela aponta para meu celular e abre um sorriso gentil, mas meus ombros murcham. O tom dela não é o que eu estava esperando ouvir. — Mas é *muito* trabalho. E, mesmo que eu concorde em dirigir o musical, você precisaria convencer o resto da administração e os Music Boosters, sem falar no resto do corpo estudantil e a comunidade. Precisaríamos de pessoas no palco, claro, mas também precisamos de mais gente nos bastidores e na plateia, comprando ingressos. — Ela passa a mão pelo longo cabelo preto, parecendo mais cansada do que deveria na casa dos 20 e tantos anos. — Você vai levar isso a sério mesmo? A sério *de verdade*?

Eu tinha parado de respirar quando ela entrou no final da frase, esperando que me dissesse para desistir, mas a pergunta renova meu ânimo.

— Vou. Vou levar muito a sério. Vou fazer o que for preciso para convencer quem for preciso. Por favor, srta. Sahni. Eu preciso disso. A escola inteira precisa disso.

Ela me examina por um instante e então suspira.

— Eu concordo que é uma tragédia acabar com os programas de artes desse jeito e sempre quis dirigir um musical. Fiz teatro durante todo o ensino médio e a faculdade. — Sou tomada por uma alegria e dou pulinhos na cadeira, não consigo me segurar; mas ela ergue uma mão para me conter. — Não se empolgue demais. Só estou concordando que o musical vale o esforço, e não que vai de fato acontecer. Vou conversar com o diretor Holloway sobre a possibilidade de marcar uma reunião para discutir o assunto. Mas já estou sobrecarregada, então, se estiver falando tão sério quanto parece, você vai precisar ser a responsável por acertar todos os detalhes para convencer a ele e aos outros. Algumas anotações no seu celular não vão ser o suficiente; vai precisar de uma apresentação séria se quiser impressionar todo mundo. Vou tentar marcar para o mês que vem, depois do baile de boas-vindas. Estou cuidando desse comitê também e não consigo nem pensar em assumir mais nada até isso acabar.

Meu entusiasmo de um segundo atrás se dissipa. Uma grande apresentação com a gestão da escola? Isso parece intimidante para valer.

— Não estou dizendo para perder as esperanças — completa srta. Sahni baixinho. — Não é impossível; só vai ser uma luta difícil.

Assinto e tento aparentar mais confiança do que sinto.

— Obrigada. Vou continuar trabalhando.

Saio da escola com a cabeça a mil. A boa notícia é que ela não disse "não". E pareceu estar do meu lado. Não vou desistir. Pego meu celular e mando uma mensagem para Hoshiko. A resposta dela vem imediatamente.

Vai dar certo! Vou ajudar o máximo que eu puder. Você acha que a sua mãe vai me deixar ir na sua casa alguma hora?

Aperto os lábios.

Não, ainda tô de castigo.

☹ E o seu pai? Ele acharia ruim?

Eu tenho que trabalhar sábado de manhã porque ele vai entrar mais tarde. Você pode passar lá assim que a loja abrir? A gente pode trabalhar juntas até ele chegar.

😊😊 Combinado!

Capítulo Oito

Na noite de sexta, quando Nathan entra na loja para o jogo de D&D, vem direto até mim, pega meu braço e me arrasta para um canto dos fundos. Está friozinho considerando que estamos na metade de setembro, e ele está usando um suéter azul-marinho grande demais com o capuz levantado para proteger o rosto, como se estivesse se escondendo. Os olhos estão arregalados por trás dos óculos pretos.

— Não consigo fazer isso. Esquece o acordo.

Ele tenta sair andando, mas eu o puxo de volta.

— Espera aí, o que rolou? Por que você surtou?

Não posso deixar de olhar para o corredor onde eu estava com Paul e Lainey na semana passada e passei a maior vergonha. A expressão de pena de Paul continua vívida. Não quero que esse acordo com Nathan desande até convencer meu ex de que ele estava categoricamente errado a meu respeito, e até agora não surgiu nenhuma oportunidade de Paul nos ver juntos.

— Eu não estou surtando.

— Está sim. Sossega.

Nathan suspira e abaixa o capuz. Agora seu cabelo está bagunçado, mas ele não parece notar.

— Ela está lá fora. Vi estacionar quando estava entrando.
— Tá bom...
— Ela vai sacar na hora. Ou vai ficar irritada por eu estar passando tempo com você e aí vou perder o pouco de chance que ainda tenho com a Sophia.

Coloco as mãos na cintura.

— Olha só, parece que o jogo virou, não é mesmo? Não foi você quem disse que era *eu* quem não ia dar conta?
— Riley...
— Tá, tá. Escuta, não tem motivo pra se preocupar. Nada disso vai acontecer. As pessoas conversam e flertam o tempo todo. Mesmo que ela fique irritada, só vai ficar irritada comigo, e eu não ligo para o que pensa de mim.

A porta é aberta, o sininho toca, e Nathan se vira na direção dela, ansioso, como um dos cachorros de Pavlov à espera de um petisco.

— Não. — Pego o braço dele e o viro até Nathan ficar de costas para a porta. — Nada de procurar pela Sophia assim que ela passar pela porta. Você não vai acenar. Não vai correr até lá.

Eu o encaro, estreitando os olhos.

— Não vou ser grosso com ela.
— Isso não é ser grosso. Você só vai tratar a Sophia como trataria qualquer outra pessoa. Se fizer isso, ela vai achar que você está perdendo o interesse. Ela precisa se esforçar para chamar a *sua* atenção, pra variar.
— Até parece que isso iria acontecer.

Ele tira os olhos de mim, como se procurasse por Sophia inconscientemente.

— Nathan. — Coloco a mão no peito dele, e ele dá um pulinho, assustado. Depois, fixa os olhos nos meus. — Vai por mim, vai funcionar. Tenta só hoje à noite e, se der tudo errado, a gente esquece o acordo.
— Você veio para outro jogo! — exclama Anthony, e eu logo tiro a mão do peito de Nathan. — Viu, Nathan? A Riley já é uma jogadora melhor do que a Sophia.

Nathan revira os olhos.

Faço uma voltinha no lugar.

— Gosto de pensar que acrescento um elemento de entretenimento ao jogo.

— Acrescenta mesmo. Você é minha nova parte favorita das noites de D&D. — Ele me lança um dos sorrisos grandes e charmosos. — Principalmente quando faz o Nathan passar vergonha. Essa é a melhor parte.

Dou uma espiada em Nathan, que agora está fuzilando nós dois com os olhos. É divertido zoar Nathan, mas como nossa farsa vai dar certo se não conseguimos passar dois segundos sem nos estranhar?

Seguimos Anthony até a sala de jogos. Fred e Arthur me chamam para o canto onde os dois sempre jogam. Estamos nos dando bem ultimamente. Acho que começaram a pensar em mim como uma neta.

— Trouxe uma coisa para você — diz Fred, estendendo uma sacolinha cheia de tomates. — Do meu quintal. Não sei porque planto tantos sendo que moro sozinho, mas preciso ocupar meu tempo de aposentado. Pode levar. Você sabe que seu pai não come nada que não seja frito ou coberto de queijo.

— Ou as duas coisas — acrescenta Arthur.

— Isso. Então, pode ser mais útil para você e a sua mãe — sugere Fred. Ele tem um rosto gentil, com muitas rugas de sorriso ao redor dos olhos e da boca.

Assinto de imediato.

— Tenho certeza de que a minha mãe vai adorar. A gente não tem quintal.

— Eu não tenho comida para usar de suborno — diz Arthur —, mas acho bom você estar planejando cantar de novo hoje à noite.

Caio na risada.

— Vocês não ligam de eu interromper os jogos?

— Se ligamos? Você me lembra minha sobrinha cantando. Ela é mais velha, mas sempre participou do coral da escola.

— Então vou ver se consigo incluir mais uma música.

Agradeço a Fred pelos tomates e vou até a nossa mesa de D&D.

— Riley! — chama Arthur. — Me avise se esses meninos não estiverem te tratando bem! Vamos mostrar para eles o que é bom pra tosse.

Faço um sinal de positivo para ele, agradavelmente surpresa pelos aposentados terem decidido fazer amizade comigo. Agora, se Nathan me irritar demais, posso mandar Fred e Arthur darem um jeito nele. Dou uma risadinha ao pensar nisso, mas sei que preciso botar o charme para jogo antes que Sophia chegue à mesa. Respiro fundo. *Certo, é hora do show.*

Paro ao lado de Nathan e sorrio para ele. Um sorriso verdadeiro que chega até os olhos, não os exasperados e sarcásticos que exibi até agora. Ele parece confuso só por um instante. Então engole em seco e devolve o sorriso.

Meu estômago dá uma cambalhota. Ele é muito mais fofo e menos irritante quando não está carrancudo.

— Você devia fazer isso mais vezes — sussurro.

— Isso o quê?

— Sorrir. Assim fica mais fácil para eu olhar pra sua cara. Sem isso, é bem doloroso.

Nathan estreita os olhos. Ele está tendo que se esforçar para manter a expressão simpática e eu não consigo evitar, meu sorriso aumenta.

— É isso que você chama de flertar? — sussurra ele.

— Insultar você de leve enquanto tenta esconder sua irritação? Meio que é, sim. Pode não funcionar pra todo mundo, mas com você é uma combinação certeira. — Ergo o queixo em desafio. — A gente está bem pertinho, não tá? E eu tô analisando suas expressões como se não conseguisse tirar os olhos de você. — Balanço a cabeça. — É, isso vai funcionar muito bem.

— Até alguém ouvir nós dois.

Eu me inclino.

— Aí é só eu sussurrar ofensas no seu ouvido.

Alguém funga atrás de nós e nós nos viramos ao mesmo tempo, dando de cara com Sophia.

— E aí? — pergunta ela.

— Que bom que você veio — diz Lucas, com uma voz que sugere o exato oposto. — Nosso grupo tem uma nova jogadora. A Riley entrou para a mesa.

— O quê? Por quê? — pergunta Sophia.

Trinco os dentes. Isso é que eu chamo de ser bem-recebida.

— Porque a gente precisa de jogadores comprometidos e a Riley quis entrar.

— Como você sabe, estou passando bastante tempo aqui. E queria fazer amizade com todo mundo.

Observo o grupo, me demorando um pouco mais do que o necessário em Nathan. Os olhos de Sophia faíscam. Ótimo. Pelo menos ela é esperta.

John chega à mesa em seguida, carregando uma sacola de compras parecida com a que eu acabei de receber. Aponto para a sacola.

— Ah, você também ganhou tomates?

Ele me encara, confuso.

— Isso é uma nova piada interna? Não consigo acompanhar.

— Não, são tomates de verdade. — Pego um tomate para mostrar à mesa e os outros trocam olhares entre si, dando sorrisinhos. — Mas não estão podres, então ninguém pode jogar em mim quando eu começar a cantar.

— *Hum*, tá bom. Parabéns por ser saudável ou sei lá, mas o Jordan e eu saímos para comprar tecido. — John abre a sacola e mostra o conteúdo ao grupo. — Pele falsa para dar acabamento para o meu novo manto.

— Uau, vocês dois estão levando o LARP a sério mesmo — diz Nathan, e puxa uma cadeira da mesa.

Essa conversa parece de outro mundo para mim. Sei que John namora Jordan, mas não faço a menor ideia do que é um LARP e sempre há coisas demais na conversa para acompanhar o tempo todo. Agora, preciso focar para que a noite de hoje seja bem-sucedida com Sophia.

Corro para a cadeira ao lado de Nathan antes que Sophia possa chegar lá. Ela dá uma volta para ficar sentada de frente para ele. Sorrio para Nathan outra vez e tento conter uma onda de nervosismo. Ainda não consigo acreditar na situação em que me meti. Eu deveria ter corrido para a sala dos fundos assim que Paul e Lainey entraram. Ou dito qualquer nome estranho que me viesse à mente em vez de Nathan. Ou, é claro, ter sido uma pessoa madura e ignorado os comentários de Paul. Só que, sejamos realistas, não ia rolar.

— Então, Sophia, como é a sua personagem? — pergunto.

— Sou uma ladina meio-elfa.

— Ah, legal.

Nem sei porque perguntei. É óbvio que eu não faço ideia do que é uma ladina.

— Ladinos são ágeis e furtivos. — O tom de Sophia agora é condescendente.

Ela lança um olhar para Nathan como se os dois compartilhassem uma piada interna. Para o meu alívio, Nathan não diz nada que a encoraje. Acho que eu não conseguiria fingir estar a fim dele se estivesse sendo ativamente babaca comigo.

— Podemos entrar e sair de lugares sem ser percebidos e temos Carisma e Persuasão altos — continua Sophia. — Eu sou tipo uma espiã para o grupo.

— Hora de começar — diz Lucas, com uma voz mais autoritária do que de costume. Ele nos lembra que ainda estamos viajando em busca da antiga civilização onde se acredita haver uma espada mágica escondida. — Enquanto examinam a área, vocês avistam umas ruínas de pedra à esquerda. À direita, uma estrada bastante usada. Há marcas frescas de rodas de carroça na lama.

— Parece que pode haver uma cidade naquela direção. Poderíamos arranjar mais comida e comprar mais armas — diz John para o grupo.

— *Argh*, a gente acabou de sair de uma cidade — responde Sophia. Ela se vira para Lucas. — Eu estou mais interessada nas ruínas. De que tipo elas são?

Ele parece insatisfeito e um pouco desnorteado.

— Hum... São... ruínas de anões. No pé de uma encosta rochosa gigante.

Ela endireita a postura.

— Ah, é? Ok, quero ir até lá.

John suspira.

— Não precisamos explorar mais ruínas. Precisamos de comida e de mais informações sobre essa espada.

— Mas são ruínas de anões, então pode haver pedras preciosas. Certo, Spruce?

Anthony balança a cabeça.

— Não sei, não sou esse tipo de anão.

Ela joga charme para Nathan.

— O que acha, Sol? Você está a fim de uma aventura, né?

Tento chamar a atenção de Nathan, mas é tarde demais. Ele assente.

— Estou, sim. Vamos explorar.

Os outros garotos trocam olhares.

— Tá bom. Callista, você vai na frente.

— Claro que vou.

Sophia se empertiga, claramente feliz por ter conseguido o que queria, e eu decido que não entendo mesmo o que Nathan vê nela. Ela é bonita, claro, e entende de D&D, mas não parece se importar em fazer o que é melhor para o grupo.

Cutuco o pé de Nathan por baixo da mesa e ergo as sobrancelhas para ele.

— Acorda — sussurro.

Ele faz uma careta.

— Callista — diz Lucas —, ao chegar mais perto das ruínas, você ouve um barulho e então uma pedra atinge uma das construções, causando uma rachadura.

Ela franze a testa.

— Vou rolar um teste de Furtividade.

Sophia joga o dado e grunhe.

— Três ogros saem das ruínas e veem você. Um deles ergue o braço, pronto para jogar uma pedrona na sua direção.

Ao ouvir isso, os ombros de John murcham e Anthony se atira no encosto da cadeira.

— Sabia que a gente deveria ter ido para a cidade.

— O que você quer fazer agora? — pergunta Lucas para Sophia.

— Eu corro de volta para o grupo!

— Acabou a furtividade da querida — murmuro baixinho, e então pergunto em voz alta: — Tem alguma coisa que eu possa fazer? Posso botar os ogros para dormir com uma música ou coisa do tipo?

Lucas nega com a cabeça.

— Os ogros têm preferência de ataque. — Ele olha para alguma coisa atrás do escudo de papel e depois ergue o olhar para os jogadores. — Certo, os três ogros estão atacando o grupo. Os dois primeiros vão na direção de Elphaba e Callista, e o último na de Spruce Wayne.

Nathan se endireita, ajustando os óculos e arregaçando as mangas do suéter.

— Vou usar minha reação de proteção para proteger Elphaba.

A mesa inteira congela. Os garotos encaram Nathan, boquiabertos, depois eu, e de novo ele. A julgar pelas expressões de choque, presumo que o que ele acabou de fazer seria o equivalente Nathan anunciar que vai se tornar dançarino de salão profissional. Ou praticar lacrosse.

— O *quê?* — pergunta Lucas.

— Vou proteger a Riley.

Ele se vira e me lança um sorriso discreto e nervoso.

Agora sim. Coloco uma mão no braço dele.

— Obrigada, Nath... *er*, Sol.

— Só pode estar zoando — diz Sophia, incrédula. — É para você ser o meu paladino, Nathan. Você me protege.

— Na verdade, eu não sou o *seu* paladino. Minha função é proteger o grupo, principalmente o jogador mais valioso em combate.

— Você nunca me protege — resmunga John.

Lucas rola o dado.

— O primeiro ogro ataca Elphaba com desvantagem e... erra. — Ele abre um sorrisinho para mim. — O ogro seguinte ataca Callista e... é um acerto crítico.

Sophia atira os braços para o alto.

— Ótimo, vou ficar caída aqui no chão até o fim do turno de combate. Acho bom alguém me proteger da próxima vez. — Ela se vira para Nathan. — Você tem algum trocado para eu pegar uma Coca Zero?

— Desculpa, usei minhas últimas moedas com isso.

Ele ergue um pacotinho de M&Ms. Sophia se levanta, mas não sem antes lançar um olhar demorado para Nathan. Lucas passa para o personagem de Anthony.

— Qual é a sua cor favorita? — Nathan me pergunta em voz baixa. Ele percorre meu corpo com os olhos. — Ou isso é uma pergunta idiota, considerando o que você está usando hoje?

Olho para baixo, insegura. O tempo friozinho de outono significa que eu pude vestir um dos meus suéteres favoritos — bolinhas nas cores do arco-íris — junto com minha calça jeans vermelha. Não entendo o motivo de precisar me limitar a usar só uma cor quando posso usar todas elas.

— Primeiro, parabéns pelo que fez agora há pouco. Está pegando o jeito — sussurro. — E segundo, você não pode mais zoar as minhas roupas. Precisa ser legal comigo.

— Acho que já estabelecemos que insultos leves são aceitáveis se feitos do jeito certo. E é por isso que eu estou encarando sua calça vermelha muito chamativa como se não conseguisse tirar os olhos dela. — Para provar o que está dizendo, ele ergue os olhos lentamente até o meu rosto e arqueia as sobrancelhas. — Ela ainda está prestando atenção?

Olho por cima do ombro e pego Sophia nos encarando do outro lado da sala.

— Está.

— Perfeito. Talvez você não estivesse completamente errada a respeito disso.

Ele se inclina um pouco mais para perto. Os garotos continuam conversando — discutindo algum feitiço de mago — e presumo que seja falta de educação ignorá-los, mas é difícil dividir minha atenção entre jogar, monitorar Sophia e conversar com Nathan. Principalmente quando os óculos dele escorregam pelo nariz.

— Você ainda não me disse qual é sua cor preferida.

Estico o braço e ajeito os óculos no nariz dele com delicadeza. Nathan pisca, surpreso. É estranhamente íntimo ter minhas mãos tão perto do rosto dele.

— Seus óculos vivem escorregando. Acho que você deveria dar uma ajustada. E, se eu precisasse escolher, acho que seria vermelho. É uma cor tão vibrante.

O olhar de Nathan volta para minha calça jeans vermelha e eu cruzo as pernas numa tentativa desesperada de parecer indiferente. É muito estranho ter Nathan me encarando desse jeito, mas preciso me lembrar do motivo de estarmos fazendo isso. E que fui eu quem o convenceu a topar esse plano.

— Vermelho também é minha cor preferida.

Ele sorri e pega dois M&Ms vermelhos para mim.

— Hum, *alô*? Sol e Elphaba? Terra chamando?

Lucas nos encara do outro lado da mesa, boquiaberto.

— Opa — respondo rápido. — Estou pronta pra lutar. Ou cantar. O que o grupo precisar.

Anthony tosse, disfarçando uma risada.

Às 20h45, papai aparece e pousa uma mão no meu ombro.

— Você cantou muito bem mais cedo. Se continuar assim, vou precisar montar um palquinho aqui atrás.

Arregalo os olhos e me viro para encará-lo.

— Você ouviu?

É claro, eu sabia que qualquer pessoa que estivesse jogando na sala dos fundos me ouviria, mas não tinha visto papai aqui atrás como da última vez.

— Entrei de fininho assim que ouvi as primeiras notas. — Ele aperta meu ombro de leve. — Nunca perco uma oportunidade de ouvir você cantar. Sua mãe ficaria com ciúme por estar perdendo isso.

Sinto uma agitação no peito ao descobrir que papai estava ouvindo. Ele nunca foi ativamente *contra* meu envolvimento com teatro e música no passado. Costumava ir aos meus recitais e apresentações, e até se lembrava de levar flores de vez em quando, mas parecia estar cumprindo uma obrigação. Ele sempre se sentava nos fundos em vez de na frente e no centro como mamãe, e saía de fininho logo depois de me dar parabéns depois da performance. Achei que fosse tudo uma chatice para ele. Preciso admitir, é bom saber que meu pai estava ouvindo. Só espero que tenha voltado para o caixa antes de notar qualquer flerte entre Nathan e eu.

— Odeio interromper uma ótima sessão — continua papai —, mas é hora de fechar a loja. Riley, você se importa de me ajudar com o caixa?

— *Hum*, ajudo, claro — digo, e me levanto.

Nathan olha de Sophia para mim, claramente indeciso entre ficar para conversar com ela antes que precise ir embora ou deixá-la mais enciumada ao me seguir. Depois de um instante, ele se levanta e vai até a frente comigo. Espio por cima do ombro.

— Ela está olhando pra você — digo com um tom de *eu te disse*.

Ele balança a cabeça e me segue até o balcão do caixa.

— Tá, pode se gabar. Você tinha razão. Não acredito que está dando tão certo.

— De nada.

— Mas eu estava pensando que a gente deveria conversar um pouco mais sobre isso. Talvez...

— Tem gente vindo — interrompo.

Aponto para os fundos da loja com a cabeça, de onde Lucas vem marchando na nossa direção. Está claro que Sophia não foi a única a notar algo de diferente entre Nathan e eu hoje à noite.

— Qual é o plano? — pergunto para Nathan. — Vamos contar para os outros?

Ele hesita, então Lucas está perto o bastante para nos ouvir.

— O que está rolando com vocês dois hoje?

Nathan dá de ombros.

— *Hã…* Escuta…

Só que Nathan está ocupado demais com Lucas para notar que Sophia também está vindo até nós. Se eu não o impedir, ela vai ouvir tudo e aí não teremos mais volta.

— A gente só está se divertindo com o jogo — falo. Apoio a cabeça no ombro de Nathan. — E o personagem paladino dele é bem bonitinho.

— Você não tem como saber isso — argumenta Lucas, debruçando-se sobre o balcão. — Talvez ele tenha dentes tortos.

— Quem tem dentes tortos? — pergunta Sophia.

— O paladino do Nathan — responde Lucas, exasperado.

— Não tem, não. Minha personagem jamais namoraria alguém com dentes tortos.

Nathan se vira na direção dela.

— Não sabia que nossos personagens estavam namorando.

— Talvez não agora — diz Sophia com uma piscadela. — Mas ela sempre quis.

Nathan se afasta de mim e eu preciso me segurar para não me estatelar no chão. *Sério, cara?* Engulo minha irritação. Isso é que eu chamo de perder a compostura ao menor sinal de interesse.

— Nathan, se você já tiver acabado, pode me acompanhar até o meu carro? — pergunta Sophia. — Não quero ficar sozinha no escuro.

Nathan mal olha para mim ao atravessar a porta com ela. Suspiro. Se ele me largar toda vez que Sophia der um pouquinho de atenção, ela vai perceber que não existe um motivo para ficar com ciúme e todo esse esforço será em vão. Preciso que Nathan siga com o plano até termos convencido Paul de que estou fora da pista.

John e Anthony aparecem ao lado de Lucas, os três me encarando firmemente.

— Você está a fim do Nathan agora? — pergunta John. — Porque isso é mudança demais no nosso grupo. Como é que vamos derrotar a hidra com todo esse drama rolando?

— Eu...

Olho para o estacionamento mal iluminado através da porta de vidro, mas não consigo ver nem Nathan, nem Sophia. Ele vai ou não contar para os amigos o que está rolando?

— Desculpa, galera. Meu pai quer encerrar por hoje, então preciso fechar o caixa. A gente conversa sobre isso depois.

— Sem chance — responde Anthony. — Estava na cara que vocês dois estavam de conversinha hoje, e foi superdesconfortável assistir. — Ele inclina a cabeça para mim. — Vou te dar um conselho: não perca tempo com um garoto que está a fim de outra pessoa. Se quer flertar com alguém, eu estou bem aqui e não estou caidinho por nenhuma ladina ruiva.

Ele ergue as sobrancelhas, malicioso.

Balanço a cabeça.

— Não vou me esquecer disso.

Papai sai da sala de estoque e para quando vê nós quatro amontoados perto do balcão.

— A Riley nunca vai terminar se vocês continuarem batendo papo. Hora de ir para casa, meninos.

Ele gesticula para a entrada.

Lucas faz uma careta, obviamente querendo discutir, mas sabendo que não pode.

— A gente se fala mais tarde — sussurra ele ao sair.

Os outros o seguem, parecendo igualmente intrigados e descontentes.

Capítulo Nove

Mamãe me deixa na loja no sábado de manhã e se despede às pressas. Ela e a sócia também designer de interiores vão a um mercado de pulgas no interior para procurar peças raras. Nathan deve ter uma chave, porque ele é o único lá dentro quando eu entro.

Eu me sento ao lado dele no balcão da frente, onde ele está pintando miniaturas de jogos de mesa. A loja está tranquila nesse horário, mas já estou trabalhando aqui há duas semanas e sei que o movimento vai aumentar na hora do almoço. É por isso que papai pede para os alunos de ensino médio cobrirem o turno da manhã — para que ele possa dormir até tarde.

Pego meu notebook. Hoshiko deve chegar em breve, mas, até lá, vou focar no meu trabalho de história.

— Valeu mesmo por ontem à noite — diz Nathan.

— De nada.

— Você acha que deu certo? Não estou imaginando coisas, né?

— A Sophia praticamente virou a mesa quando você ajudou minha personagem em vez da dela. E pediu para você ir com ela até o carro. — Arqueio uma sobrancelha. — Isso só pode ser um bom sinal.

— Ela me deu um beijo na bochecha antes de entrar no carro.

Nathan está com os olhos colados na pintura, mas posso ouvir o entusiasmo na voz dele.

— Bom, não é um beijo esquisito no antebraço, mas já é alguma coisa.

Ele ri, e preciso admitir que o som me enche com a adrenalina do sucesso. Nathan não ri muito, pelo menos não perto de mim. Dá para ver que ele tem um grupo muito pequeno de amigos e é difícil entrar nele. Mas, de alguma forma, talvez eu esteja fazendo isso.

Nathan apoia o pincel no balcão e se vira para me encarar.

— Então. Você achou mesmo que eu fosse um ladrão naquele primeiro dia, hein? Andando por aí e roubando mercadorias bem na frente da filha do dono?

Arregalo os olhos. Ele ainda está pensando nisso?

— Você tem que admitir que foi um jeito estranho de te conhecer. E eu não sabia que você sabia que eu era filha do meu pai. Como é que adivinhou, afinal? Somos parecidos ou coisa do tipo?

— Um pouquinho, na região dos olhos. Mas eu sei quem você é há anos. Desde que comecei a frequentar a loja.

Essa informação me causa uma sensação estranha no estômago.

— Como assim?

— Não esquenta, eu não sou apaixonado por você nem nada. É que às vezes seu pai mostra fotos suas pra gente no celular dele. E ele adora falar sobre os seus recitais e essas paradas que você faz.

Ele *gosta*? Eu me inclino para a frente e lanço um olhar incrédulo para Nathan.

— Sério? Meu pai nunca fala *comigo* sobre as minhas apresentações.

— Pois é, já ouvi muito sobre suas habilidades de canto e atuação nos últimos anos. — Ele revira os olhos, mas de um jeito brincalhão, como se quisesse mostrar que isso não o incomoda de verdade. — Todos os clientes regulares sabem sobre a sua carreira. Se a gente se esforçasse, provavelmente conseguiria listar todos os seus papéis no teatro. Por que você acha que os velhotes gostam tanto de te ouvir cantar durante as sessões de D&D?

Eu o encaro, sem me importar com o fato de estar de queixo caído. É difícil absorver o que ele está dizendo. Papai fala sobre mim? E mostra fotos minhas para as pessoas? De repente, sinto um nó na garganta. Não tinha ideia de que ele se importava o bastante para fazer isso.

Nathan esfrega a nuca, parecendo desconfortável.

— Não lembro da maioria dos seus papéis, então nem me pergunte sobre eles. Mas acho que no ano passado foi... — Ele fecha os olhos com força por um segundo. — *Hã...* Edith, alguma coisa assim? Naquele musical de piratas?

Levo a mão à boca.

— Isso — sussurro. — *Pirates of Penzance*.

Ele parece satisfeito.

— Edith é o nome da minha tia, então esse foi mais fácil de lembrar do que a maioria. Enfim... — Ele inclina a cabeça como se não soubesse o que mais dizer. — Eu teria te reconhecido de qualquer forma. Você sabe como se destacar na escola.

Ele aponta para o meu suéter verde-neon largo.

Tento ignorar os pensamentos sobre o meu pai. Preciso processar essa nova informação, mas dá para ver que Nathan está tentando acabar com a tensão da conversa. Eu me endireito e aponto para a camiseta preta dele, com uma estampa do Homem-Aranha jogando dados.

— É melhor que isso aí. *Sabia* que você tinha um monte de camisetas do Homem-Aranha. O que significa?

— Se você não é descolada o suficiente para saber, então não vou te contar.

Bufo e gesticulo ao nosso redor.

— Ah, claro, porque nós dois estamos passando o sábado de um jeito *super* descolado.

— Fale por você. Eu não trocaria estar aqui por nenhum outro lugar do mundo.

Ele congela, como se percebesse como esse comentário pode ser interpretado — como um elogio para mim —, mas não retira o que disse.

Ficamos em silêncio por alguns instantes e meus pensamentos voltam para o assunto anterior.

— Então você deve passar muito tempo na loja, né? Para conversar tanto assim com o meu pai.

— Passo. A gente brinca que eu devia arranjar uma cama para colocar na sala dos fundos.

— E os seus pais não ligam?

A expressão dele se fecha.

— Não. Não ligam. — Antes que eu possa dizer mais, ele pigarreia e se levanta, apontando para um bilhete no balcão. — Seu pai quer que a gente faça o inventário das tintas da Games Workshop hoje.

Agora é minha vez de distrair Nathan das emoções que sublinham as palavras dele, por mais misteriosas que sejam. É legal estar numa boa com ele hoje, e não quero estragar isso falando de qualquer coisa que possa deixá-lo chateado.

— Para garantir que ninguém vai roubar nada? — pergunto com uma sobrancelha erguida.

Ele ri.

— Exato. Não dá para confiar em ninguém por aqui.

— Ah, *disso* eu tenho certeza.

Quando começamos a trabalhar, fico feliz ao perceber que não preciso procurar por produtos como costumava fazer algumas semanas atrás. Posso não saber como jogar tudo o que tem na loja, mas pelo menos aprendi o suficiente para reconhecer os nomes e as caixas.

Cutuco Nathan com o cotovelo.

— Ei, acho que é um pouco tarde pra isso, mas desculpa *mesmo* por te acusar de roubo. Não foi nada pessoal.

— Ah, foi culpa minha. Eu poderia ter dito alguma coisa pra você quando te vi atrás do balcão. Só achei que seria divertido zoar com a sua cara. — Ele arruma os óculos, acanhado. — Mas também imaginei que você não ia tentar me dedurar para o seu pai logo de cara.

— Bom, agora você sabe que é melhor não me testar.

— Não sabia que você era tão certinha.

Dou uma risada.

— Ah, vai por mim, não sou mesmo. E é por isso que eu estou aqui com você num sábado de manhã.

— Espera, eu *sabia* que tinha alguma coisa nessa história. Por que você está trabalhando aqui? De verdade? — Ele percebe minha hesitação, porque balança a cabeça. — Como seu namorado de mentirinha, eu mereço respostas verdadeiras.

Espremo os lábios, me perguntando se existe um jeito de me livrar dessa situação, mas ele parece muito determinado.

— Tá bom. — Suspiro. — Então, eu e a Hoshiko, minha melhor amiga, tínhamos ingressos para ver *Waitress* em Columbus e estávamos muito animadas. Passamos meses esperando pelo espetáculo.

— Esse é o nome do espetáculo? Tipo, Garçonete? E agora, vão chamar peças de *Cozinheiro*? Ou, espera, talvez *Açougueiro*? Na verdade, esse parece promissor...

Solto um grunhido.

— Me lembra de te mostrar *Sweeney Todd* uma hora dessas. Acabou?

— Nunca. Mas estou intrigado, então continua, por favor.

— Então, no dia do espetáculo, o carro da Hoshiko quebrou. Minha mãe não podia me levar, mas a gente tinha que dar um jeito de chegar lá.

— Você pediu para o seu pai?

Pisco. Mesmo que ele more por perto, pedir a ele nunca passou pela minha cabeça.

— Não, não pedi — respondo devagar. — Eu peguei o carro. Da minha mãe. Sem contar para ela. E, *hum*... ainda não tenho carteira de motorista.

Ele cai para trás como se alguém o tivesse empurrado.

— Está falando sério?

— Quando eles descobriram, me botaram de castigo, e agora venho aqui todo dia porque não me deixam mais ficar sozinha em casa.

Ele joga a cabeça para trás e ri.

— Ok, isso faz *muito* mais sentido. Sinceramente, estou quase impressionado. Valeu a pena?

— Valeu. Com certeza — digo, dando uma risadinha.

— Legal.

A porta é aberta e por um momento fico chateada por um cliente estar nos interrompendo, mas em seguida percebo que é Hoshiko.

— Oba, você veio!

— Oi! — Ela olha ao redor, abaixando a cabeça timidamente quando vê Nathan. — Eu sou a única cliente aqui?

— É, o movimento é bem fraco de manhã — respondo. — Você conhece o Nathan da escola.

Aponto para ele, e os dois trocam acenos breves.

— Tudo bem se eu e a Hoshiko usarmos a sala do estoque por um tempinho? — pergunto. — A gente ia trabalhar numas coisas antes do meu pai chegar.

— Tranquilo, vou ficar aqui pintando minhas miniaturas.

Hesito. Sinto um pouco de culpa por deixar Nathan sozinho agora que não estamos mais trocando comentários sarcásticos o tempo todo.

— Não esquenta — diz ele. — Fico de boa aqui sozinho. E tenho certeza de que tenho zero interesse no que vocês vão fazer, seja lá o que for.

Reviro os olhos e levo Hoshiko até a sala do estoque. O lugar continua incrivelmente bagunçado, mas papai tem uma pequena escrivaninha e algumas cadeiras dobráveis enfiadas em um canto. Puxo as cadeiras até o centro e empurro uma pilha de caixas de papelão amassadas para o lado a fim de abrir espaço.

Hoshiko examina a sala, cética. Naquela manhã, ela trançou o cabelo na forma de uma coroa e está usando uma camiseta de manga comprida do nosso musical do primeiro ano, *A Noviça Rebelde*. Espero mesmo que esse ano tenhamos uma camiseta de musical nova.

Ela me passa uma caneca térmica de algum líquido e dou um gole. Chocolate quente.

— *Hmm*, obrigada.

— Imaginei que a gente ia precisar de alguma coisa quente pra nossa reunião matinal, mas não tenho dinheiro pra comprar *pumpkin spice lattes* pra nós duas.

— Chocolate quente caseiro está perfeito. — Pego um caderno e me sento ao lado dela. — Tudo pronto?

— *Hum*, acho que não. *Primeiro*, preciso saber mais sobre o que está rolando com o Nathan. Você me disse que ele é superirritante, mas depois entrou no grupo de D&D dele e agora há pouco pareciam estar conversando sem problemas. O que está rolando?

Suspiro. Parte de mim não acredita que ela reparou, e a outra ficaria triste se ela não tivesse. Essa é a melhor (e pior) coisa de ter uma melhor amiga: ela te conhece muito, *muito* bem.

Rabisco uma flor no caderno e evito contato visual. Todo esse esquema é bem constrangedor quando tenho que falar sobre ele em voz alta.

— Que tal a gente focar no teatro agora e eu te conto depois?

Ela ergue uma sobrancelha.

— Sem chance. Isso é ainda melhor do que eu estava pensando. Você gosta dele agora? Ou ele está te passando uma *vibe*? Preciso saber de tudo.

Ela apoia o queixo nos punhos como se estivesse se preparando para assistir a um filme.

Suspiro outra vez.

— Não esquece que você é minha melhor amiga, o que significa que você não pode me julgar muito. Se é que pode. Eu estava desesperada, Hoshiko!

— Para de enrolar.

— Tá bom.

Começo a explicar meu acordo com Nathan.
Ela se joga no encosto da cadeira.
— *Ai meu Deus.*
Cantarolo os versos seguintes da música de *Legalmente Loira: O musical* sem pestanejar. É uma regra não escrita que uma de nós não pode dizer "ai meu Deus" sem a outra cantar o resto da estrofe.
— Você está num daqueles relacionamentos falsos igual nos filmes? — pergunta ela.
— Não é um relacionamento. Não é como se a gente estivesse namorando oficialmente. Se estivesse, ele não poderia flertar com a Sophia sem me trair.
— Essa frase saiu muito estranha. — Ela me encara, piscando devagar, e um sorriso se espalha em seu rosto. — Então, vocês dois estão, tipo, se pegando agora? Só de mentirinha, é claro.
Ela dá uma piscadela.
— Não! É tudo bem família. Estou pensando nisso como treino de atuação.
Ela ri.
— *Hum*, sei, você é muito dedicada à sua arte. E por sorte não tem a menor chance de mais nada acontecer já que atores *nunca* se apaixonam uns pelos outros.
Ela ergue uma sobrancelha sugestiva.
— *Shiu*, essas paredes talvez sejam finas! — sussurro. — Será que a gente pode, por favor, passar para coisas mais importantes agora? A srta. Sahni não me deu muita esperança sobre as nossas chances de salvar o musical, mas prometeu uma reunião com o diretor Holloway daqui a três semanas, assim que ela terminar os preparativos para o baile de boas-vindas. Tem tanta coisa para organizar até lá que meu cérebro trava quando penso nisso. Ainda não fiz *nada*.
Hoshiko faz que está respirando fundo e depois aponta para minha caneca térmica.
— Primeiro, bebe mais chocolate. Depois vamos começar a pensar em um possível cronograma. O prazo para o licenciamento, audições, lista do elenco, cronograma de ensaios,

possíveis datas para o espetáculo. — Ela enumera os itens com os dedos. — Assim que estiver tudo definido, aposto que você vai se sentir bem melhor.

Tomo um bom gole do meu chocolate quente e sorrio para ela por cima da caneca. Deus abençoe as melhores amigas.

Às 11h45, dou uma olhada na loja para ver como andam as coisas. Papai vai chegar daqui a pouco, e não quero que ele me pegue conversando nos fundos com Hoshiko. Felizmente, ela tinha razão — ter um cronograma provisório me acalmou.

Nathan continua sentado atrás do balcão, pintando.

— Terminaram?

— Bom, a gente está fazendo um intervalo. Tudo bem por aqui?

— Tranquilo como sempre.

A porta se abre e Lucas entra com o pai, que acena para nós e se dirige para a sala de jogos nos fundos. Lucas corre até Nathan e eu.

— Certo, não tentem me distrair. O que estava rolando na...

Ele pausa no meio da frase quando Hoshiko aparece do meu lado.

— Achei que ia perder a diversão — sussurra ela.

— Ah, oi, Hoshiko. Eu sou, *er*, o Lucas. Caso você já não saiba disso.

As bochechas dele ficam adoravelmente vermelhas.

— Eu sei. Oi, Lucas.

Hoshiko é uma pessoa calma e fala baixinho, e eu a observo discretamente. É incrível o quanto ela age de formas diferentes em contextos diferentes. Hoshiko é toda-poderosa e confiante quando está dançando ou atuando, mas foge dos holofotes no dia a dia. Na verdade, várias vezes nossos colegas de classe não a reconheceram no palco porque, em cima dele, ela se porta de um jeito totalmente diferente da sua humilde personalidade.

— Perdeu a língua? — pergunta Nathan para Lucas com um sorrisinho.

— Eu... — Ele vacila. A aparição de Hoshiko sugou toda a fúria de Lucas. — O que estava rolando com vocês dois ontem à noite? Vocês estão...

— Não — responde Nathan.

Solto um suspiro de alívio. Fico muito feliz por Nathan não querer mentir para os amigos sobre isso.

— *Definitivamente* não — acrescento. — A gente só está tentando deixar a Sophia com ciúme. E acho que está funcionando.

Lucas nos encara, boquiaberto.

— Espera, então aquilo tudo era fingimento? Vocês estão falando sério?

Troco um olhar com Nathan e depois explico rapidamente o acordo outra vez, mas não falo nada sobre Paul.

— Não é a coisa mais louca que você já ouviu? — pergunta Hoshiko para Lucas quando eu termino. — Como se isso não fosse explodir na cara deles.

Nathan e eu reviramos os olhos. Exagerados.

Lucas assente para ela, concordando, claramente animado por estarem conversado.

— Né? É exatamente o que eu estava pensando! Cara, mesmo que isso funcione, Sophia vai perder o interesse assim que perceber que você é "dela". E quem é que quer estar com alguém se precisa enganar essa pessoa para ela gostar de você? Isso não vai dar em nada.

— Não dá para ter certeza — argumenta Nathan. — Acho que, assim que a Sophia e eu começarmos a conversar mais, ela vai perceber o quanto temos em comum e o resto vai acontecer naturalmente. Vai ser uma história engraçada que vamos contar para todo mundo quanto estivermos velhinhos.

Nós três grunhimos ao mesmo tempo.

— Isso foi triste — diz Lucas. — Tipo, eu estou deprimido de verdade só de ouvir você falar isso.

— É muito bom poder contar com o seu apoio.

— Sou um amigo legal que acha que você merece coisa melhor que a Sophia. Não acredito que concordou com isso, Riley. Pensei que você tivesse sacado qual é a dela.

Pessoalmente, concordo com Lucas, mas não posso correr o risco de Nathan desistir do acordo antes de Paul estar totalmente convencido. Ergo os braços, me dando por vencida.

— Sou neutra nessa história.

— E eu sou a observadora casual que está chateada de não poder ver essa loucura se desenrolar com os próprios olhos — acrescenta Hoshiko.

— Você *super* pode vir e ver essa farsa implodir — convida Lucas de imediato. — Vou até trazer pipoca. Venha para o nosso próximo jogo, você é sempre bem-vinda.

— Isso! — exclamo. — Hoshiko, vem, por favor! Você pode até fazer uma personagem. Podemos ser bardas juntas! — Eu me viro para os garotos. — Tudo bem, certo? Mais gente nunca é demais.

Nathan balança a cabeça.

— Na verdade, não...

— Mais gente *nunca* é demais. — Lucas lança um olhar firme para Nathan. — Considere-se a mais nova integrante do grupo.

Capítulo Dez

Eu deveria ter prestado mais atenção. Se tivesse feito isso, talvez teria visto Paul se aproximando no refeitório durante o almoço na segunda-feira. Poderia ter me virado casualmente sem que ele percebesse que eu o estava evitando. Teria corrido para o banheiro se necessário. Em vez disso, estou com a cara enterrada no celular quando o escuto.

— Riley?

Ergo a cabeça de súbito e quase resmungo em voz alta. *Por que* ele continua falando comigo? Não temos mais nada para conversar.

— *Hã*, oi.

Olho ao redor à procura de Hoshiko para ter uma desculpa para sair correndo, mas lembro que ela ficou na sala para conversar com nosso professor de francês sobre a próxima prova.

— Então... Andei pensando sobre o que aconteceu na loja do seu pai e queria esclarecer as coisas.

Ele enfia as mãos nos bolsos, parecendo relaxado e confiante.

Sinto um nó se formar no estômago, mas me forço a manter uma expressão calma.

— Não tem nada pra esclarecer. Está tudo bem claro agora.

O que raios eu estou dizendo? Preciso parar de falar coisas constrangedoras perto dele.

— Escuta, eu deveria ter dado a você mais tempo depois do término pra... sabe, se sentir melhor ou sei lá, em vez de levar a Lainey lá na loja. Aquilo não foi legal.

Ele tem razão, não foi legal, mas isso não quer dizer que eu queira falar sobre o assunto. Além disso, nunca entendo o motivo de ele fazer as coisas. Paul está mesmo preocupado com meus sentimentos ou só está tentando ficar com a consciência limpa? Deve ser a segunda opção. Fico tentada a dizer umas boas verdades para ele, mas não quero começar uma briga no meio do refeitório.

— Não esquenta.

— Sério? Legal. E vamos só esquecer toda aquela história do Nathan.

Ele dá uma piscadela, depois faz um gesto de fechar os lábios e jogar a chave fora. É como se tivesse jogado um balde de água fria em mim. Preciso me conter para não pegar aquela chave imaginária e enfiá-la em um outro certo lugar de Paul.

— Que história de Nathan? — Minha voz sai um pouco mais alta que um sussurro.

Ele se aproxima como se estivéssemos trocando segredos.

— Sabe... Quando você fingiu que ele era seu namorado. Não esquenta, não vou contar a ninguém o que aconteceu.

Sinto a raiva percorrer meu corpo com tanta velocidade que fico surpresa por meu vestido floral preferido não ter entrado em combustão espontânea e me deixado pelada como em um dos meus pesadelos clássicos. Não me importa que ele esteja cem por cento certo. Paul não deveria simplesmente *presumir* que eu estava mentindo.

Se antes havia a mais ínfima das possibilidades de eu contar a verdade para ele, Paul acabou de destruí-la. Agora, *nunca* vou admitir a verdade. Não quando ele está agindo como se estivesse me fazendo um grande favor ao guardar um segredo vergonhoso para me salvar. Vou bater o pé até as solas dos meus sapatos derreterem com o magma do núcleo terrestre.

— Não estava fingindo nada.

Ele bufa.

— Fala sério, Riley. Estava muito na cara.

Fico nervosa e passo os olhos pelo refeitório, mesmo que eu não faça a menor ideia de onde Nathan possa estar agora ou em qual horário ele almoça. De repente, fico desesperada para tê-lo ao meu lado. Se estivesse aqui, nós poderíamos arrancar aquela expressão do rosto de Paul. É tudo que eu quero no mundo: ver Paul perceber que está errado.

Então vejo Nathan vindo na minha direção, do nada. Ele abre um sorriso tímido e reconfortante, como se soubesse exatamente o que estou pensando e estivesse me reassegurando: *Vamos cuidar disso.*

— Oi. — A voz dele é afetuosa. — Estava te procurando.

Estou tão grata que sequer penso; só jogo os braços ao redor dele e o puxo com força. Ele enrijece por um brevíssimo momento antes de devolver o gesto. Respiro fundo. A camiseta dele tem um cheiro bom.

Eu me afasto e Nathan continua com o braço ao redor da minha cintura. Ele olha para Paul.

— Tudo certo, cara?

Paul alterna os olhos entre nós dois.

— Eu... — Ele para de falar, franzindo as sobrancelhas ao nos observar. — *Hã*, só estava falando com a Riley.

— É, deu pra ver.

Nathan aperta minha cintura com delicadeza. Meu coração acelera e fico distraída por ele estar me tocando. Nossos corpos se encostam, de modo que consigo sentir a costura áspera da calça jeans dele através do meu vestido.

Eu me viro para Nathan. Atrás dos óculos, os olhos dele são de um verde cintilante.

— A gente estava falando de você. — Eu me viro para Paul e abro um sorriso. — Não é?

Paul parece tão chocado pela reviravolta que está de queixo caído. Quero desfrutar deste momento como se fosse o banho de espuma mais luxuoso do mundo. É *delicioso*.

— *Hã*, bom...

Paul joga o peso do corpo para o outro pé, inquieto.

— A gente estava falando sobre o nosso namoro — continuo. Não vou deixar Paul se livrar dessa situação tão fácil.

— Não me diga — responde Nathan. — Esse é o meu assunto preferido.

Ele chega mais perto e mexe a mão de leve, deixando cinco marcas quentes nos pontos onde os dedos estavam.

— O meu também.

Ele se vira para Paul.

— Tá tudo bem mesmo, cara? Você parece meio enjoado.

A voz de Nathan é calma e natural, com uma leve dose de preocupação, mas também com um quê de desafio. A atuação dele é uma coisa linda de se contemplar. Digna de um prêmio Tony, com certeza.

Paul balança a cabeça.

— Eu estou bem. Estou só... Sabe, vendo como a Riley está. Fico feliz por vocês dois.

Ele dá um passo para trás, mas não deixa de alternar os olhos entre Nathan e eu, como se nós fôssemos um enigma que ele não consegue desvendar.

— Valeu. Mas você só não está tão feliz quanto eu. — Nathan aperta minha cintura outra vez. — Eu estava indo pegar uma pizza. Quer uma fatia, vida?

Vida? Beleza, precisamos pensar melhor nos apelidos, mas estou grata demais para me importar com isso agora. Assinto enfaticamente.

— Quero sim, estou morrendo de fome. Até mais, Paul.

Não esperamos ele responder. Nathan me solta, mas só para poder segurar minha mão. Entrelaçamos os dedos, e é uma sensação estranha. A última pessoa a segurar minha mão foi Paul, e a mão dele era grande e macia. A de Nathan é gelada e esguia, os dedos mais compridos que os de Paul.

Caminhamos até o balcão de pizza, sem dizer uma palavra até conseguirmos nos afastar a uma boa distância de Paul.

— Tá bom, tenho que admitir, aquilo foi bem divertido.
— Nathan dá uma risada. — Fiz bem?

Meu coração está prestes a pular para fora do peito, do mesmo jeito que fica quando a cortina do teatro se fecha depois de um espetáculo e eu sei que arrasei na minha atuação.

— Foi incrível. Você é incrível. *Obrigada.*

— Não foi nada. — Ele afrouxa a mão. — Quer que eu solte a sua mão? Ou isso vai parecer suspeito se o Paul ainda estiver olhando?

Olho ao redor. Não estou vendo Paul, mas é melhor não arriscar depois do que acabamos de fazer.

— Vamos continuar por mais um tempinho. Se você não se importar.

— Não me importo. Não estou mais no jardim de infância. Sei que você não tem piolho. — Ele aponta para a frente. — Eu ia *mesmo* pegar uma fatia de pizza. Você quer uma?

Faço que sim com a cabeça.

— Eu topo.

Ainda estou atordoada demais para pensar com clareza.

Ele me olha de relance, a expressão preocupada.

— Então… Tudo bem eu ter chegado daquele jeito? Vi o Paul falando com você e imaginei que era hora de agir.

— Foi perfeito. — Balanço a cabeça, sentindo o corpo todo ficar tenso ao lembrar do que Paul falou. — Ele tinha acabado de me acusar de ter inventado o namoro com você.

Nathan arqueja em espanto de forma extremamente sarcástica.

— Ele é mais esperto do que parece.

— Não importa se ele está certo ou não. É o princípio da coisa — digo baixinho. — Você não pode simplesmente acusar uma pessoa disso! A menos que o objetivo seja deixar ela nervosa até admitir que é uma idiota completa. Fora o jeito como ele fez aquilo… Como se fosse tão bonzinho por se preocupar comigo. *Argh.* — Eu me viro para encarar Nathan, fazendo-o parar. — Você vai continuar fingindo comigo, né? Por um tempo.

— Eu estou aqui, não estou?

— Está, sim. Bom argumento. E *como* é que você está aqui?

— A gente tem o mesmo horário de almoço, Riley — responde ele, como se fosse a coisa mais óbvia do mundo.

— Temos?

— Temos. A gente tem o mesmo horário de almoço faz dois anos. Eu sento ali.

Ele aponta para o outro lado do refeitório, e vejo Anthony, John e Lucas nos encarando descaradamente.

Olho para Nathan e de volta para a mesa.

— *Hum.*

Não acredito que nunca notei a presença deles antes. Se bem que Hoshiko e eu costumamos mesmo ficar no nosso mundinho quando estamos juntas.

Chegamos ao balcão e pedimos uma fatia de pizza cada. Então olhamos um para o outro, como se percebêssemos ao mesmo tempo que não sabemos o que fazer em seguida. Flertar na loja de jogos é uma coisa, mas estar na escola é outra completamente diferente. Eu não tinha pensado nas implicações. Precisamos comer na mesma mesa agora? Devemos andar de mãos dadas pelos corredores? Trocar olhares apaixonados e nos beijar quando os professores não estiverem por perto? Pelo menos não temos nenhuma aula juntos, então não precisamos nos preocupar como isso funcionaria.

— Na verdade, vamos sentar aqui rapidinho. — Ele aponta para a ponta de uma mesa comprida e vazia. — Queria ter falado sobre uma coisa antes, mas aí fomos interrompidos na loja.

Nós dois nos sentamos e eu mordisco minha pizza.

— Então, se a gente for continuar com isso por um tempo, talvez seja melhor conversar sobre as... *er*, regras da coisa toda. Tipo, o que a gente pode ou não pode fazer.

Balanço a cabeça.

— Como assim?

— Tipo, quando a gente está de mãos dadas. E quando eu passei o braço ao redor da sua cintura. A gente nunca conversou se esse tipo de coisa era tranquilo de fazer ou não.

Recuo, surpresa diante da consideração dele.

— Nathan, se eu não te conhecesse, ia pensar que você está sendo atencioso comigo.

Ele revira os olhos.

— Ah, para. Você continua me irritando, mas não sou um babaca. Não quero fazer nada que te deixe desconfortável.

— Você não fez.

Ele parece aliviado.

— E no futuro? Se a gente continuar com isso, então podem surgir outras coisas, coisas que a gente não planejou. Precisamos saber qual é o limite. Ou ter um código ou alguma coisa para saber quando a outra pessoa não está confortável.

Minhas bochechas coram.

— Tipo… uma palavra de segurança?

Ele se engasga com um pedaço de pizza. Nossos olhares se encontram e começamos a rir.

— Uau, isso evoluiu bem rápido — comenta ele, e depois tosse e ri ao mesmo tempo. — Uma palavra não, isso seria óbvio demais. E esquisito.

— E se a gente se beliscar?

Abro um sorriso, estico o braço e belisco o antebraço de Nathan.

— Ai! Não precisa ser forte! — Ele esfrega o braço. — Já estou arrependido, mas beleza. Desde que você não belisque a ponto de sair sangue.

Capítulo Onze

Para minha surpresa, é mamãe quem aparece para me buscar na terça-feira, com a aparência de alguém que acabou de sair de um ensaio fotográfico de outono. Nesse momento, o cabelo está avermelhado e tanto a roupa quanto a maquiagem seguem uma paleta de tons quentes e amarronzados; e vai ser assim até dezembro. Se pudesse andar por aí segurando uma abóbora, ela faria isso.

— Cadê o papai? — pergunto a ela ao entrar no SUV.

— Ele está ocupado na loja e perguntou se eu podia passar aqui. Como foi a escola?

— Tudo bem. — Faço uma pausa e sorrio ao ouvir a música que toma conta do carro. — Voltou a ouvir isso?

— O tempo passa, mas a qualidade continua a mesma.

Mamãe e eu passamos uns bons seis meses ouvindo a trilha sonora de *Hamilton* em *repeat* quando eu estava no fundamental. Na verdade, quase sempre tem a trilha sonora de algum musical tocando quando estamos no carro. Tento lembrar se fazíamos isso quando papai ainda andava no carro conosco, mas acredito que não. Sempre foi uma coisa especial que guardávamos para nós duas.

Pensar nisso me faz sentir uma pontada de culpa, o que é estranho. Nunca me senti culpada por deixar meu pai de fora antes.

Olho de relance para mamãe.

— Você sabia que o papai falou sobre as minhas apresentações para o pessoal que fica na loja?

Ela ergue uma sobrancelha.

— Como é que eu ia saber disso?

— É mesmo. É só que... Não é estranho? Achei que ele não se importava.

— Bem... — Minha mãe hesita. — Ele não ama o teatro como nós duas, mas ama você. Talvez ele quisesse se gabar um pouquinho da filha talentosa que tem. Pelo menos eu me gabo.

Ela me dá um tapinha afetuoso na perna.

Respiro fundo, pensando em como ele fica feliz quando está na loja. Parece até que eu não estou lá de castigo pela forma como sorri para mim e vive perguntando como eu estou e se preciso de alguma coisa. Não é que ele fique amuado quando passo os finais de semana na casa dele, mas sempre há uma tensão no ar, como se não soubéssemos como agir na presença um do outro. Meu tempo na loja foi a primeira vez que passamos tempo juntos fazendo algo que ele conhece e gosta de verdade.

— Talvez você devesse perguntar para ele — continua mamãe. — É bom você ter uma boa relação com seu pai. Sei que, desde o divórcio, nós nem sempre facilitamos as coisas para você... que *eu* não facilitei as coisas. É difícil dividir você. — Ela me olha de relance a abre um sorriso. — Mas talvez esse tempo na loja te dê uma oportunidade de conhecer melhor o seu pai.

— Certo. Talvez eu pergunte.

— Mas não vou abrir mão das nossas noites de musical. Vamos fazer outra essa quinta. Talvez esteja na hora de revermos *Hamilton*?

— Isso! — concordo e aumento o volume. Cantamos "Wait For It" juntas e então penso em outra coisa sobre a qual estava querendo conversar. — Então, o baile de boas-vindas vai acontecer no primeiro fim de semana de outubro.

Ela ergue uma sobrancelha.

— Que fato interessante e aleatório de se mencionar de forma tão natural na conversa.

— Mãe — suplico. — Você acha que tem chance de eu poder ir? Eu sei que fiz besteira, mas você não quer me privar de uma tradição americana tão consagrada e importante, quer?

Ela balança a cabeça e grunhe.

— Você pode fazer melhor do que isso.

— Hoshiko e eu sempre vamos juntas. É só uma noite.

— Não sei, Riley. Esse castigo é para te ensinar uma lição. Se dermos tudo o que você quer, então qual é o sentido?

— Mas eu estou aprendendo a lição. Já aprendi. — Apoio a cabeça no braço dela, o que talvez seja perigoso, já que ela está dirigindo, mas preciso fazer uma manha. — Você pode pelo menos pensar a respeito?

Mamãe fica em silêncio por alguns instantes e eu acho que perdi minha chance, mas então ela me dá um beijinho rápido na testa.

— Vamos ver. Mas não vá criando muita expectativa.

Sorrio e endireito a postura.

— Prometo.

Quando entro na loja, Sophia está parada na frente do caixa no meio do que parece uma conversa íntima com Nathan.

Estalo a língua. Ele é claramente inútil sem mim. Jogo os ombros para trás e ando até o balcão.

— Oi, Sophia. Nathan.

— Oi. — Ele mal olha para mim, e então se sobressalta, como se me visse de verdade. — Ah, quer dizer, *oi*.

Santo Deus, ele não está sendo nem um pouco convincente.

— Sobre o que vocês estavam conversando? — pergunto.

— Só coisas de jogo. — Sophia me olha de cima a baixo. — Isso que é visual.

— Obrigada — digo, mesmo sabendo que não foi um elogio. — Digo o mesmo do seu.

Nós duas nos destacaríamos em meio a uma multidão. Sophia parece estar prestes a viver a vida *cottagecore* dos sonhos, usando um vestido floral esvoaçante com um decote fundo o bastante para atrair todos os olhares para o peito dela. Enquanto isso, estou com minha calça xadrez preto e branca preferida, um suéter largo laranja e brincos de emojis amarelos sorridentes. Não sou nem elegante, nem recatada.

Lanço um olhar significativo para Nathan, esperando que me elogie. Em vez disso, ele mantém os olhos em Sophia. Reprimo um suspiro. Claramente esqueceu o plano todo diante do vestido dela.

Coloco a mão no braço dele.

— O almoço hoje foi divertido.

Digo isso para lembrá-lo de que estou ali, mas não deixa de ser verdade. Os meninos começaram a se sentar com Hoshiko e eu. A princípio não sabia se ela gostaria de ter mais gente se metendo na nossa dupla, mas Hoshiko tem levado numa boa. Hoje à tarde, entramos em um debate estranhamente histérico sobre o que é melhor: Pop-Tarts com ou sem glacê. Insisto que os com glacê são melhores, porque mais açúcar é *sempre* melhor, mas Lucas e Anthony discordaram veementemente. Eles dizem que os sem glacê têm mais recheio. Ao final do almoço, estávamos prestes a atirar comida uns nos outros.

— Time Glacê pra sempre — responde Nathan, me dando um bate-aqui.

— Pra sempre. — Dou uma risadinha. — Se eu tivesse um carro, ia correr para o mercado e comprar umas caixas só pra gente poder comer todos bem devagar durante o jogo só pra zoar com o resto da galera.

— A gente deveria fazer isso! Eu posso dirigir.

Pisco, surpresa. Estava só brincando, mas Nathan parece estar falando sério.

— *Hã*, quer dizer, duvido que meu pai vá me deixar ir agora, mas adorei seu entusiasmo.

Olho para Sophia, que está de cara fechada, claramente confusa diante da nossa piada interna. Quase me sinto mal pela forma como estou tentando excluí-la — e o fato de que estamos tentando deixá-la com ciúme para começo de conversa —, mas então me lembro como ela menospreza Nathan (e eu também) e minha empatia desaparece.

Nathan verifica a hora no celular.

— O jogo vai começar daqui a pouco, mas tem um mercadinho no final da rua. Aposto que a gente chega a tempo. Quer ir?

— Claro, se a gente conseguir convencer meu pai. Quero de morango.

— É bom você dividir. — Ele pega as chaves. — Vou falar com seu pai.

Ele sai correndo até a sala de estoque, e Sophia e eu ficamos nos encarando, desconfortáveis. Depois de um momento, ela sai andando sem mais uma palavra. Eu vou até onde Fred e Arthur estão e puxo conversa por alguns minutos sobre os filhos e netos deles.

Nathan retorna com uma expressão triunfante. Eu o sigo porta afora em vez de fazer perguntas.

— Precisamos pegar refrigerante diet para a loja. Não me deixa esquecer.

— Não acredito que você convenceu o meu pai — respondo enquanto coloco o cinto de segurança e tento achar um lugar confortável para apoiar os pés sem que eles toquem as sacolas de fast-food descartadas. Pelo menos o carro não fede. — Achei que eu não podia pegar carona com ninguém além dele e minha mãe.

— Bom, é melhor não contar nada para sua mãe só para garantir. Mas seu pai confia em mim implicitamente.

— Isso ficou óbvio. E meu pai quer refrigerante diet? Ele odeia tudo que é zero.

— Eu sei — diz Nathan, dando de ombros. — Mas o médico dele mandou ele começar a fazer exercícios e cortar o açúcar, e isso é o melhor que ele consegue fazer. Pelo menos está tentando ser mais saudável.

Mordo os lábios e assinto. Eu não sabia de nada disso. Um médico mandou meu pai mudar de dieta? E, dentre todas as pessoas, ele contou para Nathan? Talvez a pergunta certa seja por que ele não falou comigo? Acho que mamãe tem razão. Eu deveria tentar construir uma relação melhor com meu pai.

Nathan liga o carro e uma música estoura meus tímpanos, me dando um susto. Ele a desliga rapidamente, mas já ouvi o suficiente para reconhecer.

— Você escuta música das antigas? — pergunto com um sorriso.

— Não exatamente.

Eu debocho.

— *Hum*, tenho certeza de que era Michael Jackson saindo dos alto-falantes.

— Ah, é? — Ele aumenta o volume e manobra para fora do estacionamento.

A música volta a tocar, e é "Beat It", do Michael Jackson... mas também não é. Estreito os olhos e presto atenção na letra. Ele está falando "*eat it*", tipo comer? Que tipo de música esquisita é essa?

Nathan ri quando vê minha expressão confusa.

— Isso é Weird Al Yankovic. Ele fazia paródias antigamente. O pai do Lucas nos apresentou as músicas quando a gente era criança.

— E você continua ouvindo até hoje. Que descolado.

— Achei que você já tinha percebido que eu sou *super* descolado.

— Bom... — Dou um tapinha no painel. — É maneiro ter o próprio carro. Queria ter um, mas duvido que isso vai rolar agora.

O sorriso dele vacila.

— Você precisa do próprio carro quando seus pais não podem te levar nos lugares. Tirei carta assim que possível.

Pisco, surpresa pela mudança de tom. Nathan nunca age desse jeito perto dos amigos. Ele nunca fica melancólico ou emburrado — mas também nunca menciona os pais ou a vida em casa. Fico me perguntando se é possível que eu esteja vendo um lado dele que a maioria das pessoas não conhece. Isso me deixa ainda mais curiosa, mas não sei se eu deveria sair perguntando. Talvez caiba a ele escolher compartilhar.

— Acho que eu também deveria ter tirado carta, hein? — declaro, decidida a deixar a conversa mais leve.

Ele ri.

— Acho que isso teria te poupado de uma encrenca.

— E poupado *você* de uma baita encrenca. — Gesticulo para o carro. — Imagina como sua vida seria fácil se eu não tivesse sido pega voltando para casa depois de assistir a *Waitress*. Você estaria saindo com os seus amigos em vez de flertando de mentirinha e comprando Pop-Tarts com glacê.

— Na verdade… Estou começando a curtir essa linha do tempo.

Ele desvia os olhos da rua por tempo suficiente para nossos olhares se encontrarem, mas também é tempo suficiente para meu estômago dar um salto como se estivéssemos na descida de uma montanha-russa.

Nós nos separamos no mercadinho — Nathan corre para pegar o refrigerante enquanto eu pego os Pop-Tarts —, depois voltamos às pressas para o carro e para a loja de jogos. Não devemos ter ficado mais de quinze minutos fora, mas eu me sinto diferente quando retornamos à Tabuleiros e Espadas, com delícias sabor morango em mãos. Sorrio para Nathan, e ele devolve o sorriso sem o menor sinal de animosidade.

Acho que agora somos amigos de verdade.

Capítulo Doze

Entramos na loja de braços entrelaçados.

— Aqui vamos nós. Lembre-se que você não está pensando nela. Você está ocupado demais conversando comigo.

Nathan ergue as sobrancelhas.

— Você quer dizer zoando a sua calça?

— Você ama a minha calça — digo, sem pestanejar. — Ela é maravilhosa.

— Dá para jogar xadrez nela.

Sorrio para ele.

— Quem disse que a moda não pode ser prática?

Abro a porta da sala dos fundos e vamos até a mesa de D&D. Todos nos encaram quando nos aproximamos. Nathan balança a sacola do mercado para eles.

— Adivinha o que a gente trouxe? — falo.

— Não entendi. Qual é a dos Pop-Tarts? — pergunta Sophia, fazendo biquinho enquanto Nathan pega uma caixa e a balança no ar.

— Espera, vocês trouxeram Pop-Tarts pra gente? Show! — exclama Anthony.

— Você percebeu de que tipo eles pegaram, né? — indaga John, que então me olha à espera de uma confirmação.

Abro um sorriso perverso.

— Pop-Tarts com glacê pra todo mundo — respondo.

Anthony solta um grunhido.

— Nathan? — A voz de Sophia é baixa, e resisto à tentação de olhar para ela. — Acabei de terminar o primeiro livro de *A Roda do Tempo*, e amei. Principalmente o final.

— Uau, que legal você ter lido! — responde ele. — O que você achou da última cena de luta com Ba'alzamon?

Mordo o lábio inferior, sem saber se deveria atrair a atenção de Nathan de volta para mim ou deixar os dois conversarem. Depois de um instante, tiro meu braço do dele e viro a cabeça para o outro lado. Não quero atrapalhar uma conversa real, já que esse é o objetivo do acordo. Se bem que esse namoro falso é tão complicado que é difícil entender quais são os limites.

Felizmente, Hoshiko aparece bem na hora, nervosa, olhando ao redor. Corro até ela.

— Você veio!

À nossa esquerda, um grupo de homens de meia-idade irrompe em gargalhadas por causa do jogo de tabuleiro e Hoshiko dá um pulo, assustada.

— No que você me meteu? — sussurra ela.

— A gente vai se divertir horrores juntas!

Eu a levo até a mesa. Lucas ajeita a postura e John e Anthony também parecem mais despertos.

— Oi — diz Hoshiko com um aceno tímido.

— Tô muito feliz que você conseguiu vir — diz Lucas, praticamente vibrando de entusiasmo, e a apresenta para os outros.

Sophia mal olha para ela; está muito ocupada conversando com Nathan sobre livros.

— Então… Como é que isso tudo funciona? — pergunta Hoshiko, pedindo minha ajuda com o olhar.

Hesito um instante e então balanço a cabeça.

— O especialista aqui é o Lucas. Ele vai te ajudar a criar uma personagem.

Hoshiko se senta e ele arrasta a cadeira mais para perto dela.

— Mas eu sei qual deve ser a sua classe — acrescento. — Uma barda!

— Beleza. — Ela se vira para Lucas. — Quero ser a mesma coisa que a Riley.

— Eba! Talvez a gente possa fazer uns duetos! — exclamo.

— Pode isso em D&D? — pergunta ela. — Por que a gente nunca jogou isso?

— *Hum*, não, isso não é comum. Mas... Olha...

— Agora temos duas bardas? — interrompe John. — Isso está ficando ridículo. Por que estamos aceitando elas no nosso grupo?

— Cala a boca, cara — diz Anthony, e sorri para Hoshiko e eu. — Está bem melhor do que antes.

John revira os olhos e dá de ombros.

Percebo que acabei ignorando Nathan, então me viro. Ele parece perfeitamente feliz batendo papo com Sophia. É uma situação tão esquisita. Devo interromper a conversa e começar a flertar? Só que a ideia toda é ajudá-lo a falar com ela. E se ele quiser que eu não me meta para eles poderem conversar por mais tempo?

Com a ajuda de Lucas, Hoshiko não demora a criar sua personagem e então voltamos para a nossa aventura atual. Fizemos uma trilha até a costa leste a fim de encontrar a espada para o paladino de Nathan, mas agora descobrimos que ela é vigiada por um troll. Para a surpresa de ninguém, isso nos leva a outra batalha.

— O que eu posso fazer? Bardos só cantam e contam histórias, não é? — pergunta Hoshiko para Lucas.

— Você pode usar sua habilidade de inspiração para me dar uma força — diz Anthony, arrastando a cadeira para mais perto dela.

Acho que ele direcionou todo o flerte para ela, já que estou muito ocupada com Nathan para retribuir a iniciativa dele. Espero a reação de Lucas.

Hoshiko franze a testa.

— *Dar uma força?*

— Anthony, sossega — diz Lucas, fuzilando o amigo com o olhar.

Aí está. Lucas claramente está a fim de Hoshiko.

— Ele quer dizer que sua habilidade vai fortalecer o ataque dele — explico para ela. — Essa é oficialmente minha parte preferida do jogo. Fique observando. — Eu me viro para Lucas. — Vou usar minha habilidade de inspiração para fortalecer o Sol.

— E o que você vai cantar para a gente desta vez? — pergunta Lucas.

— Estou no clima de um clássico. — Eu me viro para Nathan. — O que acha?

Em vez de me encarar com raiva ou escorregar para baixo da mesa como no nosso primeiro jogo juntos, Nathan assente.

— Estou preparado pra ser apropriadamente inspirado.

Abro um sorriso brincalhão e começo a cantar "People Will Say We're In Love", do musical *Oklahoma!,* alguns caras do outro lado da sala dão risadinhas — estão se acostumando com minha cantoria —, e Nathan cobre a boca com a mão para abafar o riso. Eu estava esperando pela oportunidade de cantar essa música em específico.

Não acredito que me deixam começar a cantar do nada e que isso é de fato útil para a campanha. E a reação de Nathan foi da água para o vinho. É claro, talvez isso seja porque o personagem dele fica mais forte depois de eu usar minhas incríveis habilidades de canto para inspirá-lo. Ou talvez ele só esteja fingindo gostar para chamar a atenção de Sophia. De um jeito ou de outro, aceito o que for. Convido Hoshiko para se juntar a mim e ela assume a parte de Curly, e nós duas tentamos harmonizar ao terminar o refrão.

Lucas aplaude mais do que pega bem para o Mestre.

— Incrível!

De canto de olho, vejo papai voltar para a frente da loja. Acho que ele estava me ouvindo outra vez. Deve ter um sexto sentido para sacar quando vou começar a cantar. Ou os ouvidos dele estão sintonizados na minha voz. Ainda é difícil reconciliar isso com a forma como ele agiu no passado.

— Incrível! — exclama Fred.

Ele se tornou um fã especial. Tenho certeza de que Sophia revira os olhos, mas não dou muita atenção a isso.

— Viu só? — falo para Hoshiko. — A gente vai se divertir horrores.

Assim que John começa sua rodada, Sophia desliza a mão pelo braço de Nathan.

— Preciso de uns dados novos para o jogo. Me ajuda a procurar?

— Claro.

Eles se levantam e saem pela porta até a frente da loja. O grupo se vira para mim assim que eles desaparecem.

— Ainda não entendo por que você está *ajudando* o Nathan a se aproximar da Sophia — comenta Anthony.

— A gente só está... trocando favores.

John balança a cabeça.

— Se você quer fazer um favor para ele, então deveria estar afastando os dois. Ele vai te agradecer depois.

— Você sabe que é o Nathan quem vai comprar esses dados novos pra ela, né? — pergunta Lucas.

— Ela paga ele depois?

— *Hum, não.* Ela sempre usa o Nathan pra ganhar coisas da loja. Esse é o único motivo de ela dar atenção pra ele para começo de conversa: o desconto de funcionários e a disposição de abrir a carteira sempre que ela está por perto. Sophia deve estar é com medo de você roubar a conta corrente *gamer* dela.

— É sério isso? — Começo a ferver de repulsa, e dou uma olhada por cima do ombro para ter certeza de que os dois ainda não voltaram. Ela está usando Nathan por dinheiro?

Não que ele tenha muita grana, até onde eu sei, mas isso só deixa essa situação ainda pior. — Não sabia que ela fazia isso. Que coisa horrível.

Anthony acena devagar com a cabeça, como se eu fosse uma criancinha com dificuldade para entender conceitos complexos.

— Aham. E é por isso que a última coisa que queremos é que os dois se aproximem.

Mordo o lábio, tomada de preocupação. De repente, vejo meu plano com Nathan sob uma nova perspectiva. Não quero dar a Sophia mais oportunidades para tirar vantagem dele.

— Talvez eu devesse interromper os dois…

— Por favor. — Lucas me enxota com um gesto. — Se não, ela vai prender ele lá a noite toda e a gente não vai conseguir fazer mais nada.

Respiro fundo e vou até a frente da loja, caminhando até o display de dados elaborados que papai deixa perto da caixa registradora.

— Ei, a gente precisa de vocês para o jogo.

— Só um minutinho, estou na dúvida entre esses dois — diz Sophia por cima do ombro.

Vou até o outro lado de Nathan e o puxo para longe.

— Não compra esses dados pra ela — sussurro.

Ele pisca, surpreso.

— Por que não? Eu não ligo de comprar.

Uma ideia me ocorre de súbito.

— Na verdade, você deveria comprar alguma coisa para *mim*.

— Sem chance. Você tem seu próprio desconto de funcionário.

— Eu te pago depois. Se você quer mesmo que a Sophia pense que eu tomei o lugar dela como seu novo *crush*, então você não pode comprar nada pra ela.

Só tenho cinquenta por cento de certeza de que minhas palavras fazem algum sentido. Não tenho tempo para analisar mais a fundo; só sei que não posso deixar que Nathan compre algo para Sophia hoje. Do contrário, vou ficar com um baita peso na consciência.

Ele assente devagar, então não devo estar falando abobrinha.

— Bem pensado. — Ele volta a olhar para o display enorme onde Sophia finge estar escolhendo dados. Na verdade, ela está nos observando. — Que tipo você quer?

— Não importa. Fique livre para escolher.

Abro um sorriso sedutor, dou um beijo na bochecha de Nathan e volto para a sala de jogos antes de poder compreender o que acabei de fazer.

Levo os dedos aos lábios. Acabei de beijar Nathan. Quer dizer, não *beijei* beijei de verdade, mas meus lábios tocaram a pele dele. Não acredito que acabei de fazer isso.

Lucas e Hoshiko estão conversando quando volto para a mesa. Lucas fala animado, com uma expressão de adoração no rosto. É bem fofo, na verdade, mas não tenho tempo para pensar neles. Ainda estou presa ao fato de que beijei Nathan. Meu coração acelera ao pensar nisso.

Eles interrompem a conversa e esperam meu relatório, ansiosos.

— Missão cumprida — informo a mesa ao me sentar. — Eu acho.

Quando Anthony termina sua rodada, Nathan e Sophia voltam para o jogo.

— Desculpa a demora. Foi difícil escolher — diz Nathan ao se sentar.

— Qual você escolheu? — pergunta Anthony a Sophia.

Ela dá de ombros.

— Decidi não comprar nada. A loja mete a faca. Vou comprar pela internet.

Nunca pensei que seria leal a esta loja, mas cerro os punhos de raiva ao ouvir as palavras dela.

— Aqui — diz Nathan, deixando um saquinho de pano na minha frente.

Eu o pego e deixo cair um conjunto de sete dados. Solto um arquejo ao observá-los. Nunca pensei em dados como coisas que poderiam ser belas ou pessoais, mas estes são. Eu os pego, um a um, girando-os de modo que as faces reflitam a luz sobre a mesa. Eles têm manchas de tons coloridos e vivos de pedras preciosas — azul-cobalto, verde-jade, verde-limão, bordô —, todas as minhas cores preferidas no mundo, com números em dourado brilhante gravados nas laterais. Balanço a cabeça devagar.

— São... — começo, tentando encontrar as palavras.

Nathan dá uma risadinha.

— São *você*.

Ergo os olhos, chocada. Ele tem razão. Os dados são *eu*. É como se estivessem gravados com as letras do meu nome em vez de números. Lucas agora está descrevendo o antigo cofre onde a espada é guardada, mas estou distraída demais para ouvir. Meu coração bate acelerado por saber que Nathan escolheu estes dados. Achei que ele fosse pegar a coisa mais barata possível em nome da farsa.

— São... uau. Como pequenas pedras preciosas.

— Eles te deixam mais animada pra jogar? — sussurra Nathan.

Assinto com fervor.

— Então já cumpriram o trabalho deles.

Ainda não sei bem o que dizer, então volto a examinar os dados. Já passei tempo suficiente com papai para saber que o dado grande com formato de bola se chama d20. E, é claro, reconheço o dado comum de seis faces. Só que não conheço os outros.

— Sinceramente, ainda não sei pra que servem todos esses.

Nathan se inclina mais para perto, de modo que nossos ombros se tocam, e pega o d20.

— Este é o que a gente mais usa, para testes de habilidade, iniciativa, um monte de coisa. Este é um d4. A gente usa pra feitiços de baixo nível. E os outros vão depender da situação. Você vai pegar o jeito se continuar jogando. E, enquanto isso, eu te ajudo.

— Obrigada — sussurro.

Por impulso, repouso a cabeça no ombro dele. É parte da encenação, é claro, mas agora não estou fazendo isso por causa de Sophia.

Estou fazendo isso porque gosto da sensação de apoiar a cabeça no ombro de Nathan.

Capítulo Treze

Espero até o fim da aula de coral na quinta-feira para falar outra vez com a srta. Sahni. Ela está no atril na frente da sala, mas chama minha atenção enquanto o resto da turma vai embora.

— Progredi bastante nos meus planos para o musical e queria que a senhorita desse uma olhada — digo.

Ela assente.

— É claro, adoraria ouvir o que você anda planejando.

— Então, escolhi três possíveis musicais que funcionariam melhor e já pesquisei as taxas de licenciamento, montei uma lista de possíveis figurinos e cenários e outra com quantas pessoas precisaríamos para o elenco. Também estimei possíveis orçamentos para cada uma das opções, mas não tinha certeza sobre alguns números, então acho que vou precisar de ajuda para ajustar isso — falo, entregando a ela um maço de folhas grampeadas que imprimi em casa ontem à noite.

— Muito impressionante, Riley — comenta ela, folheando as páginas. — Não esperava que você fosse fazer tanta coisa.

— Você acha que vai ser o suficiente para convencer a administração? — pergunto.

Ela deixa os ombros caírem.

— Não quero que crie expectativas. Isso aqui é ótimo, e dá para ver o quanto você se esforçou, mas...

Aguardo, impaciente, me perguntando o que eu deixei passar. Preciso acrescentar mais detalhes? Será que escrever uma redação sobre a importância do teatro os convenceria?

— Você é só uma pessoa — diz ela por fim, a voz resignada.

Franzo a testa.

— Não entendi.

— É verdade que o orçamento é uma grande preocupação, mas o motivo de eles terem escolhido cortar o musical em vez de outra coisa é porque o interesse dos alunos e da comunidade tem diminuído. Sei que você tem uma paixão por musicais, mas eles querem ver todos compartilharem dessa mesma empolgação. E, infelizmente, isso é algo que não podemos controlar.

Pisco, tentando processar as palavras. Ela está perdendo as esperanças. Não posso deixar isso acontecer — preciso de pelo menos um adulto da escola do meu lado.

— Tá... tá bom, podemos dar um jeito nisso. Vou pensar em alguma coisa.

Ela dá uma risadinha.

— Você vai ser uma grande diretora de teatro algum dia, já dá para ver. Essa crença inabalável e resiliência vão te levar longe.

— Obrigada. Vou pensar em alguma coisa. Não cancele a reunião com o diretor Holloway.

— Não, é claro que não vou fazer isso. Se existe alguém capaz de pensar em uma solução, essa pessoa é você.

Solto um longo suspiro e caminho na direção do estacionamento. Nada está saindo do jeito que eu esperava com o musical, mas a srta. Sahni tem razão sobre uma coisa: eu tenho determinação.

O que não tenho são novas ideias.

Para minha surpresa, Nathan também está caminhando em direção à porta, e fico grata por vê-lo. Vou até ele e o cutuco no ombro.

— Oi, namorado — sussurro.

Ele dá um pulo e olha ao redor.

— Oi. O Paul está por perto?

— Não. Pelo menos eu não vi. — Abro as portas duplas que levam ao estacionamento. — Você estava no seu armário? Nunca percebi que os nossos ficavam no mesmo corredor.

— É, parece que você ignorava completamente a minha existência antes de contar para o Paul que estávamos namorando. Não me surpreende ele não ter acreditado em você.

Faço uma careta. Nathan estreita os olhos diante da luz do sol repentina e vasculha a área.

— Está procurando alguém?

— O Lucas. Tem dias que ele pega carona para a loja comigo, mas acho que já foi embora. Não estou conseguindo acompanhar. Ele anda esquisito esses dias.

— Como assim, esquisito?

— Só... distante. Acho que está com a cabeça em outro lugar — explica ele.

Nathan ergue uma sobrancelha para mim.

— Ele está super a fim da Hoshiko, não tá? — falo.

Nathan ri.

— Pois é. Ele acha que disfarça, mas está na cara.

— Bom, acho que você não tem muita moral pra julgar seu amigo nesse departamento.

— *Touché.*

Sorrimos um para o outro. Procuro o carro do meu pai no estacionamento, mas não o vejo. Sei que deveria ir até a porta e esperar por ele. Não é como se eu não fosse ver Nathan de novo daqui a cinco minutos no trabalho, mas é bom conversar com ele sem mais ninguém por perto — principalmente Sophia.

Eu me apoio na mureta que separa a calçada principal do jardim. Algumas garotas do coral saem pelas portas da frente e acenam para mim, mas seus olhos se demoram sobre Nathan.

— Acho que as pessoas estão começando a notar nós dois juntos. Espero que você não ligue pra isso — digo, apontando para elas com a cabeça.

— Não, tá tranquilo — responde ele. — Fofocas sobre a gente já são melhores do que as coisas que estavam falando sobre mim.

Endireito a postura, alarmada.

— E o que estavam falando?

— Nada. Ninguém nem sabia que eu estudo aqui. Incluindo você.

Solto uma risada e sacudo o braço dele.

— Acho que isso não é culpa minha. Talvez, se você se envolvesse mais com a escola, as coisas fossem diferentes.

Ele dá de ombros.

— Só que eu não ligo para essas pessoas. Sem ofensa. Sei que você gosta dessas coisas, mas, daqui a dez anos, será que vou lembrar o nome de alguém? Vou me importar em ter feito parte do time de sei lá o que da escola? Nem um pouquinho.

— Você vai lembrar do Lucas. E do Anthony e do John.

— É claro, mas não vai ser porque a gente tinha aula de biologia juntos.

— E talvez você se lembre do meu nome?

Ele volta a olhar para a entrada da escola por um instante e então chega tão perto que puxo o ar, surpresa. De repente, minha visão inteira é tomada por Nathan. O cabelo preto bagunçado, os olhos verdes brilhantes, os óculos de armação larga. Meu coração palpita com força mesmo que eu diga a meu corpo para não reagir desse jeito a ele. Nathan inclina a cabeça de leve e sou capaz de jurar que ele está prestes a me beijar. Eu deveria me afastar — deveria beliscá-lo para que ele não passe dos limites —, mas a sensação não é de que está indo longe demais. Parece ser exatamente o que eu preciso. Perceber isso me deixa atordoada, e me apoio com mais força na parede.

Nathan pressiona as mãos na mureta, nas laterais do meu corpo, e se inclina um pouquinho mais sobre mim. Ele torce os lábios em um sorrisinho como se estivesse lendo meus pensamentos.

— Talvez eu me lembre. — A voz dele é um sussurro. — Mas não vou prometer nada.

Deixo o queixo cair, chocada, e os olhos dele se iluminam de satisfação.

— O que você está fazendo? — sussurro de volta.

— Estou seguindo suas instruções. Seu ex está vindo.

Ah.

Claro.

É claro que é por isso que ele do nada começou a fingir que está afim de me beijar. Que outro motivo haveria? E, mais importante, por que a presença dele está fazendo meu corpo entrar em curto-circuito?

Eu me mexo para procurar por Paul, mas Nathan coloca um dedo embaixo do meu queixo e vira meu rosto de volta para ele.

— Olha para mim. Finge que eu estou dizendo algo romântico.

O rosto de Nathan — e a *boca* dele — continuam surpreendentemente perto. Preciso engolir em seco antes de conseguir pensar em algo inteligível para dizer.

— Tipo o fato de você ter uma caixa fechada de Pop-Tarts de morango no seu carro que você comprou só para mim?

— Já abri e comi metade da caixa, mas o resto é seu se você quiser.

— Vou literalmente desmaiar de paixão.

Uma buzina soa e nós dois viramos ao mesmo tempo. Papai acena para nós pela janela. Nathan pula para longe de mim como se meu pai tivesse pegado uma escopeta de cano serrado do banco traseiro. Agora meu coração está acelerado por um motivo totalmente diferente. Será que meu pai viu alguma coisa?

Ele bota a cabeça para fora da janela.

— Nathan, está com problema no carro?

Nathan nega com a cabeça. As bochechas dele estão bem mais vermelhas do que alguns segundos atrás.

— Não, tudo certo — responde ele.

— Então a gente se vê na loja. Riley, vamos embora.

Nathan e eu trocamos olhares nervosos antes de eu me dirigir ao carro. Quando me sento no banco do passageiro, meu pai tem um olhar incisivo e uma expressão sugestiva no rosto.

— *Então*... Parece que você e o Nathan são amigos agora.

— É. — Fico mexendo com o cinto de segurança em vez de fazer contato visual. — Acho que sim.

— Você acha? *Hum*.

Ele ri consigo mesmo, e eu e afundo mais no banco. Está claro que ele viu *alguma coisa*, e eu não quero mesmo falar sobre esse assunto com ele. Mal consigo lidar com isso na minha própria cabeça. O que estava rolando ali? Quando foi que deixei de detestar Nathan para tolerá-lo e agora fico decepcionada por ele não ter me beijado? Não era para existir nenhum beijo. Não era para existir nada *real* — só o suficiente de atuação para manter a farsa.

Fecho os olhos com força e desejo que papai me deixe na casa da minha mãe em vez de me levar para a loja. Preciso de tempo para processar tudo antes de ficar perto de Nathan outra vez. Se eu disser para papai que não estou me sentindo bem, ele provavelmente vai concordar em me levar para casa, mas também vai ligar para mamãe.

Pelo menos papai não está resmungando sobre Nathan e eu ou fazendo perguntas incisivas, como mamãe provavelmente faria. Talvez agora seja a hora de começar outros assuntos antes que ele tenha ideias.

— Pai?

Minha voz sai baixa e um pouco trêmula. Fico surpresa ao perceber como fico nervosa para falar com ele sobre um assunto sério.

Ele desliga o rádio.

— O que foi?

— Você... andou contando pro pessoal da loja sobre as minhas apresentações de teatro?

— Bem, sim. Não era para contar?

— Não. Quer dizer, eu não ligo. É que o Nathan comentou um negócio, e eu fiquei surpresa.

Fico cutucando uma ponta solta do suéter.

— Nada te deixa mais feliz do que se apresentar — diz meu pai. — E você é muito talentosa. É claro que vou espalhar isso aos quatro ventos.

Meu coração bate mais forte ao ouvir aquilo, mas também fico confusa e um pouco magoada. Se era assim que ele se sentia, por que nunca disse essas coisas para mim antes? Quase faço essa pergunta em voz alta, mas tenho medo de começar uma discussão.

— Tem algum papel meu de que você gosta mais? — pergunto em vez disso.

Ele mexe no rádio.

— Isso é como perguntar qual é a minha campanha de D&D preferida, amo todas elas. Só que se tivesse que escolher... Acho que eu diria que foi quando você fez aquela menininha em *Mary Poppins* no sétimo ano. Você foi simplesmente perfeita.

Engulo em seco. Fiquei tão nervosa quando interpretei Jane Banks naquela apresentação. Foi minha primeira performance em um papel principal e estava com medo de não lembrar minhas falas ou acidentalmente esquecer de fazer o sotaque britânico no meio de uma cena. Mamãe me deu um buquê tão gigantesco depois da peça que eu mal conseguia segurá-lo, e todo mundo vinha me dar os parabéns ou me dar abraços e... Bom, não sei bem se lembro de papai estar lá. Será que ele foi conversar comigo depois? Vai ver ele só fala de mim para outras pessoas.

Reflito sobre contar ou não que o musical foi cancelado este ano e quais são meus planos para trazê-lo de volta. Mamãe não gostou muito quando mencionei a ideia, mas me pergunto se papai me daria mais apoio já que acabou de dizer o quanto ama meus papéis no teatro. Só que não posso descartar a possibilidade de ele dedurar tudo para minha mãe. Os dois não se falam muito, mas chegaram a conversar sobre o incidente de *Waitress*, então poderia acontecer outra vez.

Mordo a parte interna da bochecha, deliberando.

— Riley — chama papai, me acordando dos meus pensamentos. — Só quero que você saiba como estou feliz por você estar trabalhando na loja. Adoro poder te ver mais durante a semana, os clientes também adoram. O Fred e o Arthur não param de te elogiar! Acho que gostam mais de você do que de mim. — Ele dá uma risadinha e estaciona o carro. — Quem sabe, talvez depois dessas oito semanas, você decida que gosta tanto da loja que fique com vontade de continuar trabalhando por lá.

Qualquer pensamento sobre abrir o jogo a respeito do musical desaparece. Porque, se eu convencer mesmo a escola a trazer o musical de volta, e se puder voltar para o teatro depois do castigo, não existe a menor chance de eu ter um emprego de meio período e também ser a diretora do espetáculo. Mais importante ainda, não existe a menor chance de eu querer fazer uma coisa dessas. Porém, papai está sorrindo para mim com uma esperança tão maldisfarçada que não tenho coragem de dizer nada disso em voz alta.

Capítulo Catorze

Entramos na loja minutos depois e, de alguma forma, Nathan chegou antes de nós outra vez. Papai olha de Nathan para mim com um pouco de interesse demais para o meu gosto.

— Vou cuidar dos pagamentos lá nos fundos. Se precisarem de mim, é só chamar — diz ele, lançando um último olhar por cima do ombro.

Eu me sento atrás do balcão, ao lado de Nathan, e digo a mim mesma para relaxar. Entre a conversa com papai e o que rolou com Nathan do lado de fora da escola, minha cabeça virou um turbilhão de emoções. Está tudo bem, lembro a mim mesma. É só o Nathan. É só a loja.

— Como você sempre chega tão rápido aqui? — pergunto a ele.

Nathan olha para mim por cima dos óculos.

— É segredo.

Dou uma bufada.

— Você é tão irritante.

— Já esqueceu? Você só pode me insultar se estiver usando aquela voz baixinha que você faz quando está fingindo flertar comigo.

Meu coração acelera. Eu faço uma voz especial? Decido ignorar o comentário e pegar meu dever de casa de inglês.

— A Sophia me mandou uma mensagem. Disse que talvez ela dê uma passadinha aqui hoje.

Levanto a cabeça.

— Mas não é noite de D&D.

— Eu sei.

Nathan dá de ombros, mas dá para ver pela expressão dele que está satisfeito.

— Ah. Legal.

Eu me esforço para controlar minha voz. Os dois estão trocando mensagens? Seja lá o que for essa sensação estranha que ando tendo perto de Nathan, posso deixar isso de lado. Porém, é difícil esquecer como ela agiu da última vez, tentando usá-lo para ganhar coisas de graça. O que me lembra... Tiro vinte e cinco dólares da carteira e deslizo as cédulas pelo balcão até ele. É muito mais caro do que eu teria pagado por um conjunto de dados, mas não dá para negar que eles são lindos, então o preço é compreensível.

— Pelos dados.

Ele franze a testa e empurra o dinheiro de volta para mim.

— Não, não esquenta. Pode ficar com o dinheiro.

— Você não vai comprar coisas para mim. Vai aceitar esse dinheiro nem que eu tenha que enfiar na sua boca e fechar ela com fita adesiva — insisto, estendendo as cédulas para ele.

— Nossa, calma. Tá bom, eu aceito a porcaria do dinheiro. — Ele estende o braço para pegá-lo e então hesita no caminho. — Espera, você pintou as unhas para combinarem com os dados?

Fecho as mãos, envergonhada. Tive a ideia ontem à noite, bem tarde. Tenho esmaltes de todas as cores dos dados, e fiquei curiosa para saber se conseguiria misturá-las nas unhas da mesma forma que elas se misturavam nos dados. Definitivamente não parece um trabalho profissional, mas acho que ficou decente.

— Deixa eu ver.

Ele estende a mão com a palma para cima.

Hesito um segundo e então repouso a mão sobre a dele, ignorando o fato de que meu coração acelera com o toque. Isso aconteceria com qualquer outra pessoa que segurasse minha mão.

— Ficou muito bom. Talvez você devesse me ajudar a pintar umas miniaturas de Warhammer qualquer dia desses.

— O esmalte antigo já estava lascado.

— Ei, pessoal, estou precisando de uma ajudinha com... — A voz de papai se esvai quando ele vê Nathan segurando minha mão. Ele olha para nós dois e recolhemos as mãos bem rápido. — Aqui atrás. — Papai aponta para a sala de estoque, que também serve de escritório. — Agora.

Ele chama Curtis, que está na sala dos fundos, para ficar cuidando da caixa registradora.

Nathan e eu trocamos olhares horrorizados antes de ir atrás do meu pai. Meus pensamentos giram a mil quilômetros por hora na tentativa de decidir o que vamos dizer para ele. Tecnicamente, acho que não quebrei nenhuma regra do castigo. Meus pais só disseram que eu precisava de um trabalho depois da escola, não que eu não podia fazer amigos ou namorar alguém nesse trabalho.

Não que Nathan e eu estejamos de fato namorando.

Papai aponta para as cadeiras dobráveis.

— Sentem-se.

Nós dois nos sentamos e depositamos as mãos no colo.

Ele anda de um lado para o outro à nossa frente.

— Preciso dizer, eu já tinha minhas suspeitas assim que vocês começaram a jogar D&D juntos. Na minha experiência, nada aproxima as pessoas tão bem quanto esse jogo. E aí vi o clima entre vocês dois na escola hoje, seja lá o que for, e agora... — Ele balança a cabeça. — Queria que vocês tivessem me dito em vez de eu ter que descobrir dessa forma.

— Pai...

Ele ergue uma mão.

— Era para este trabalho ser um castigo, Riley. E isto ainda é um ambiente profissional. Não é lá muito apropriado que dois funcionários namorem.

Olho para Nathan, mas ele está encarando as mãos.

— *Mas* também não posso negar como a ideia de vocês dois juntos me deixa feliz. Não consigo pensar num casal melhor.

As palavras me causam um sobressalto e, de canto de olho, vejo Nathan ajeitar a postura. Papai repousa a mão na barriga redonda com uma expressão tão alegre que sequer consigo compreender.

— Riley, um dos meus maiores sonhos sempre foi você aprender a gostar de jogos. Agora que está fazendo amigos e jogando aqui...

Santo Deus, os olhos dele estão marejados com as lágrimas. Ele está prestes a *chorar* só porque estou passando tempo com Nathan?

— E Nathan... — continua papai.

Nathan congela.

— Vi você crescer na loja nesses últimos anos, e sei que posso confiar qualquer coisa a você. Inclusive a vida da minha filha.

— Ai, pai, não!

Papai solta uma risada e ergue a mão outra vez para me deter. É claro que ele está adorando zoar com a nossa cara, mas estou tão estressada que meu corpo está se contorcendo em inúmeros nós. Não faço ideia de como Nathan está se aguentando. Fico surpresa por ele continuar com a postura ereta na cadeira, mas é provável que esteja chocado demais para reagir.

— Desculpa, desculpa! — continua papai. — Sei que não estou prestes a te levar para o altar nem nada do tipo. Só estou animado! Mas não sei se a sua mãe vai reagir do mesmo jeito, Riley. Vou ver se consigo fazer ela aceitar esse namoro.

— Meu Deus — sussurro, cobrindo o rosto com as mãos. Espio Nathan por entre os dedos. Ele está tão pálido que parece que acabou de doar sangue suficiente para toda a população necessitada de Ohio. — Pai, por favor, você precisa se acalmar.

Não é nada disso que você está pensando. Eu e o Nathan somos só amigos.

Papai ergue as mãos como se finalmente se rendesse.

— Tá bom, seja lá como vocês jovens chamam hoje em dia. — Ele dá uma piscadela como se fosse tudo uma grande piada interna. — Beleza, acho que já torturei vocês dois o bastante. Voltem lá para a frente. Só sejam profissionais perto dos clientes — diz ele, apontando para a porta.

Eu me levanto, cautelosa. Estou tão atordoada que mal consigo andar. Nathan e eu voltamos para o balcão do caixa em silêncio. Fico aliviada por papai não ter nos dado uma bronca, mas me sinto estranhamente... *culpada* por toda essa conversa. Não é nenhum segredo que meu pai adora Nathan, e agora meu "relacionamento" é mais uma parte da minha vida que enche papai de orgulho e que é baseada em uma grande mentira.

— O que... acabou de acontecer? — sussurra Nathan depois de um tempo. Balanço a cabeça e ele continua: — Seu pai estava a dois segundos de reservar uma igreja para o nosso casamento.

Ficamos nos encarando com olhares perplexos, até que deixo escapar uma gargalhada maníaca.

— Não, não, uma igreja seria convencional demais. Ele vai querer que o casamento seja aqui. E a festa vai ser na sala dos fundos.

— Há, é real. — Nathan relaxa um pouco os ombros antes tensos. — Refrigerante e salgadinhos para o coquetel. E a gente pode tirar as mesas de jogo do caminho para fazer uma pista de dança.

Ele ri, e vê-lo assim me dá vontade de rir também.

— Ah, a gente vai dançar? Achei que você não ia curtir a ideia. Que música a gente deveria escolher para nossa primeira dança?

Ele nem hesita.

— Qualquer uma do Weird Al, óbvio.

— Óbvio. Ah, e um bolo de Pop-Tarts! — Começo a bater palmas de entusiasmo. — A gente pode fazer uma pirâmide com eles, igual as pessoas fazem com cartas de baralho.

— Você é um gênio.

Faço uma mesura para agradecer e nós dois caímos na gargalhada, balançando a cabeça ao pensar na absurdidade da nossa situação. É fácil esquecer a culpa de decepcionar meu pai quando estou rindo com Nathan.

— Mas você tá bem? — pergunto. — Parecia que ia desmaiar lá dentro.

O sorriso dele desaparece.

— Não gosto de mentir para o seu pai.

— Eu também não gosto. Mas eu falei a verdade pra ele, que somos só amigos. A menos que a gente ainda seja colegas de trabalho que se odeiam.

Isso faz um sorriso tímido reaparecer no rosto dele.

— Se estamos falando sobre bolos de casamento feitos de Pop-Tarts, acho que oficialmente superamos essa parte do relacionamento.

Um entusiasmo irracional percorre meu corpo quando ouço aquelas palavras.

— E se a gente voltar lá e contar a verdade para ele? A história completa?

Nathan estremece.

— Putz, isso seria constrangedor. Sabe, sr. Morris? A menina que eu curto não está interessada em mim, então sua filha resolveu flertar comigo por pena pra chamar a atenção dela. — Ele faz uma careta e passa a mão pelo cabelo. — Fica ainda mais patético quando eu falo em voz alta.

Não consigo conter o riso.

— Olha... não soa muito bem, não.

Ele me encara.

— Nem tente fingir que a sua parte nessa história toda também não é constrangedora. Você é a única pessoa que não pode me julgar.

— Não estou te julgando. Eu preciso de você.

Ele fixa os olhos em mim e eu me chuto mentalmente. Não posso soltar esse tipo de coisa perto dele.

— Você entendeu. Preciso de você para esfregar a condescendência do Paul na cara dele. — Começo a mexer nas unhas para evitar contato visual. — Então não vamos contar nada para o meu pai?

— A menos que você queira. Não quero causar problemas entre vocês dois.

— Tudo bem. E… tudo certo entre a gente? Ainda somos parceiros de crime no flerte?

— Somos. Se você acha que aguenta — provoca ele com um sorrisinho malicioso.

— Aguento — respondo, confiante, embora aquele sorrisinho esteja me deixando toda derretida por dentro.

Capítulo Quinze

— Como foi? — pergunta Hoshiko quando me sento na mesa do refeitório na sexta-feira.

Ela está usando uma camiseta velha do Columbus Children's Theater e prendeu o cabelo em duas tranças embutidas. Meu visual é um pouco mais discreto do que de costume: um vestido xadrez preto e cinzento com botinhas de cano baixo. É menos colorido do que o normal, mas não consigo resistir a um look de outono.

— Bom, eu consegui mais cinco nomes, o que já é alguma coisa — respondo. — *Todos* querem que a gente escolha um musical diferente se for rolar este ano, mas os convenci a fazer a audição, não importa para qual peça seja.

Releio os nomes. Com esses cinco, além dos quatro que Hoshiko conseguiu convencer, já são quase quarenta alunos constatando que teriam interesse em fazer testes para um papel com falas ou participar do coro em um futuro musical. Andei apresentando a ideia para todo mundo que encontrei na última semana na esperança de conseguir mostrar à administração que temos bastante interesse do corpo estudantil este ano.

Tenho duas semanas e meia até a grande reunião e ainda não sei ao certo se terei provas o bastante para convencê-los.

— Você está fazendo um trabalho incrível — elogia Hoshiko.

— Mas nem todo mundo que assinou essa folha vai fazer os testes. — Balanço a cabeça. — Não sei se isso vai ser suficiente.

— Não dá pra fazer tudo, Riley. Não se cobre tanto.

— Não dá pra fazer tudo pra quê? — pergunta Lucas ao se sentar na nossa mesa.

— Estou tentando angariar apoio para o musical — explico, depois dou de ombros e roubo uma batatinha de Hoshiko.

— Ela precisa convencer o diretor Holloway que tem bastante gente interessada no musical este ano — acrescenta Hoshiko.

— Por que vocês não fazem uma apresentação ou coisa do tipo? — sugere ele enquanto mergulha um *nugget* no ketchup.

— Uma apresentação? Como assim?

Ele balança o *nugget* na minha frente.

— Sabe, igual vocês fazem na loja. Não daria para juntar o pessoal dessa lista e cantar alguma coisa na frente do diretor? Talvez isso ajude a mostrar que existe bastante interesse.

Hoshiko solta um arquejo de entusiasmo.

— Lucas, isso é brilhante! — Ela se vira para mim. — Você pode escolher uma música, ou talvez até mais de uma, e montar uma performance. Aposto que a srta. Sahni deixaria a gente usar alguns dos figurinos antigos. — Ela pega minha lista e a examina, apontando para os nomes. — Aqui tem gente o bastante para escolher algumas como protagonistas e outras para fazer o coro. Seria incrível, Riley!

Olho de Lucas para Hoshiko e para Anthony, que deixou o grupo de garotas com quem estava conversando para se sentar à nossa mesa.

— Você acha que dá tempo?

— Com certeza. São três semanas. Você consegue fazer qualquer coisa em três semanas.

Volto a olhar para a lista de interessados, o coração batendo acelerado. Isso seria uma tarefa *monumental*, e eu teria que arranjar tempo para participar dos ensaios sem que meus pais descobrissem... Mas pode ser mesmo incrível se a ideia der certo. Na verdade, quanto mais penso a respeito, mais percebo que não existe um jeito melhor de convencer a administração a manter o musical. Uma coisa é falar sobre teatro hipoteticamente; outra totalmente diferente é vivenciá-lo. *Senti-lo*. É isso que precisamos fazer.

Solto um gritinho e Hoshiko começa a dançar no seu assento. Lucas se curva sobre os *nuggets* e batatas fritas, fingindo agradecer.

— Minhas noites já estão lotadas, não dá para acrescentar mais nada — diz Nathan para John enquanto os dois se aproximam da mesa. — Mas valeu pela proposta.

— Garanto que você vai se divertir — argumenta John.

— O que está rolando aqui? — pergunta Nathan, sentando-se ao meu lado. — Vi vocês dançando.

— O Lucas teve uma ideia genial. Vamos montar uma performance pra convencer o diretor a manter o musical — explico. — Do que vocês dois estavam falando?

— Estou fazendo um último esforço para convencer Nathan a entrar no meu grupo de LARP — responde John. Com cuidado, ele tira um sanduíche da marmita de Tartarugas Ninja e dá uma mordida. — Estava torcendo pra ele aceitar, já que os outros recusaram.

Hoshiko me lança um olhar confuso.

— O que é LARP mesmo?

— É uma sigla em inglês que significa *live-action role-playing* — explica John.

— Ah, é mesmo! — Abro um sorriso. — As pessoas usam fantasias, não é?

— Isso. É como jogar D&D, mas na vida real.

— Espera — diz Hoshiko. — Então vocês vestem armaduras e carregam espadas?

— Bem, tentamos deixar o mais realista possível, mas todo mundo tem um orçamento bem apertado. — Ele dá de ombros. — Eu adoro.

— Desculpa mudar o assunto, mas tem uma outra coisa muito importante que a gente precisa discutir — anuncia Lucas. Ele apoia as mãos na mesa e se inclina para a frente. — Tive uma epifania: precisamos apresentar Monty Python para as meninas.

— Essa é uma *excelente* ideia — diz Anthony.

Nathan assente à minha esquerda, onde ele agora se senta todos os dias.

— Vocês precisam assistir. É obrigatório.

— Na verdade — digo —, já conhecemos Monty Python. Somos nerds do teatro de carteirinha e foram eles que inspiraram *Spamalot*.

Os garotos trocam olhares.

— Vocês já viram a série? — pergunta Nathan.

— Na verdade, não — admite Hoshiko.

— E vocês viram algum dos filmes de Monty Python?

— Não exatamente — respondo com os olhos semicerrados.

— Foi o que eu pensei. Precisamos começar com *Em Busca do Cálice Sagrado* — diz Lucas, sem perder tempo. — Se for pra verem só um filme, então tem que ser esse.

— Mas esse é o melhor — argumenta Anthony. — Depois é só ladeira abaixo.

John solta um ruído indignado.

— Que sacrilégio! Tudo que eles fizeram é um clássico!

— Mas esses filmes não são *velhos*? — pergunto.

— Nem vem — responde Nathan. — Ontem mesmo no trabalho você estava exaltando as virtudes de *Alô, Dolly!* e da Barbra Streisand.

— Esse filme é um clássico — protesto.

— *Enfim*. Eu voto em *Cálice Sagrado* — continua Nathan. — Quem mais?

John e Lucas erguem as mãos. Anthony bufa, mas também os acompanha.

— A gente pode votar? — pergunto.

— Ah, sim, claro — responde Nathan. — Não queremos deixar vocês de fora. É só falar que outros filmes de Monty

Python vocês querem assistir que possam concorrer e a gente vota.

Ele apoia o queixo na mão e pisca para mim com um ar de inocência. Empurro o braço dele, e ele cai na gargalhada, triunfante. Quero ficar irritada, mas em vez disso minhas bochechas coram e eu desvio o olhar.

— Não esquenta, vocês duas vão amar — diz Lucas.

— Tem música e dança?

— Um pouquinho. E tem os cavaleiros que dizem "Ni"! — diz Nathan.

— Ni! Ni! — exclama John, e cai na gargalhada.

Hoshiko e eu trocamos olhares exasperados. Esses meninos são tão bobos.

— Se for para aguentarmos isso, vocês precisam assistir a um dos nossos filmes — negocia ela.

Isso arranca o sorriso do rosto deles, dá até gosto de ver.

— Isso, Hoshiko! — Dou batidinhas no queixo, pensando. — Algo tipo *Oklahoma!* Ou... *Alô, Dolly!*

— *Grease* poderia ser divertido.

— Ah, isso! Eles iam amar. — Agora é minha vez de soltar uma gargalhada. — *Aaaaah*, já sei. Vocês já viram *A Noviça Rebelde*?

Nathan faz uma careta.

— Aquele com a mulher que fica rodopiando na montanha e todas aquelas freiras?

— Esse mesmo. Vocês nunca viram? Isso *sim* é um sacrilégio. Como vocês sobreviveram tanto tempo no mundo?

Nathan bufa e come uma batatinha.

— *Hum*, até agora foi tranquilo.

— Isso é discutível.

Lucas pigarreia.

— Você não tá de castigo?

Lanço os olhos para Nathan rapidamente. Considerando o que papai disse na sala do estoque ontem, parece que ele abriria uma exceção para quase qualquer coisa se for para Nathan e eu passarmos um tempo juntos.

— Talvez meu pai abra uma exceção — digo em tom casual. — Vou passar o próximo fim de semana com ele. Talvez eu possa perguntar se a gente pode assistir ao filme lá na casa dele? Tudo bem se for meio apertado?

Todos assentem.

— Eu ia adorar conhecer a casa do Joel — diz John. — Ouvi dizer que ele tem uns exércitos incríveis de Warhammer 40K.

— Isso, pede pra ele — diz Lucas com um sorriso ávido, olhando para Hoshiko.

De repente, Nathan está a poucos centímetros de mim.

— Ele está vindo — sussurra ele.

Eu me viro para Nathan assim que ele entrelaça os dedos nos meus e leva minha mão para perto dos lábios. Nossos olhos se encontram e ele inclina a cabeça como se pedisse permissão. Assinto, sem fôlego. Não sei o que está acontecendo comigo, mas, quando ele me olha desse jeito, é como se um ímã estivesse me puxando até ele. Nathan leva os lábios à minha pele e meu corpo explode ao sentir a pressão delicada. Sei que é idiota — o gesto é totalmente inofensivo —, um levíssimo beijo no dorso da minha mão. Não significa nada. Só que não é o que o meu corpo pensa — não quando meu peito fica apertado e um formigamento desce pela minha coluna e minhas pernas. Preciso me recompor.

Fico grata pelo coro de grunhidos ao redor da mesa, porque me dá uma desculpa para desviar o olhar. Anthony e John estão sacudindo a cabeça, enojados. Eu não queria ter contado para eles sobre Paul ser um fator no meu acordo com Nathan, mas foi impossível guardar segredo já que meu ex faz o mesmo horário de almoço que todos nós. Tenho bastante certeza de que o respeito que eles têm por mim diminuiu um pouco, mas, para ser sincera, é justo.

Nathan não solta minha mão enquanto passa os olhos pela mesa, sério.

— Vocês vão estragar tudo.

— Só vai parecer que estamos irritados com a fofura de vocês — diz Hoshiko.

Os olhos dela estão brilhando de um jeito malicioso que não me agrada nem um pouco. Os garotos podem não saber interpretar minhas expressões, mas imagino que Hoshiko já tenha desvendado o que está acontecendo no meu cérebro.

— Essa coisa toda é tão idiota — reclama Lucas.

— Sério, qual é a de vocês dois? Até onde vai isso tudo? — pergunta Anthony. — Vão juntos pro baile também?

Olho para Nathan, surpresa. Nós *definitivamente* não conversamos sobre isso, mas duvido bastante de que vamos precisar discutir essa questão. O baile é daqui apenas duas semanas, e mamãe não falou mais nada sobre me deixar ir. Estou prestes a dizer isso quando Nathan balança a cabeça veementemente e solta minha mão.

— O baile não é um evento extracurricular da escola? Com roupas desconfortáveis, fotos ruins e música ainda pior? Então sem chance. É só falar para o Paul que você vai trabalhar.

Anthony bufa.

— Boa sorte pra convencer o Nathan a fazer qualquer coisa de escola que não seja absolutamente obrigatória.

— Você vai com alguém? — pergunto para Anthony na tentativa de mudar de assunto e esquecer o incômodo causado pelo comentário de Nathan. Posso não ter permissão para ir ao baile, mas ele não precisava ficar tão horrorizado diante da ideia de ir comigo.

— Vou, convidei a Kenzie Hunter semana passada — responde ele em tom casual.

Esse fato não deveria me surpreender. Na verdade, eu provavelmente deveria ter dito o nome de Anthony durante aquele fatídico encontro com Paul. Anthony flerta com todo mundo. Ele teria amado fingir ser meu namorado e aposto que eu não estaria sentindo todas essas coisas estranhas que sinto com Nathan.

— Eu não vou nem morto. Vai ser na minha noite de LARP e não perco isso por nada — responde John.

— Sua mãe amoleceu a respeito do baile? — pergunta Hoshiko.

Nego com a cabeça.

— Bom... ela não chegou a dizer "não", mas, quando ela diz "vamos ver", em geral isso significa que tem um "não" a caminho.

O corpo inteiro de Hoshiko murcha.

— Então você precisa convencer ela. O que eu vou fazer sem você na festa? A gente nunca perde uma oportunidade de se arrumar e ir dançar.

— Farei isso — digo, mas minha atenção se volta para outro lugar. — E você, Lucas? Algum interesse nos bailes da escola?

— *Hã*, não sei. Talvez.

Ele volta os olhos para Hoshiko por tempo o bastante para me fazer sorrir, ardilosa. Ela aperta minha perna debaixo da mesa e eu me levanto.

— A gente vai ao banheiro.

— Divirtam-se falando sobre a gente! — exclama Anthony enquanto saímos apressadas.

Eu praticamente dou um gritinho.

— O que está rolando? — pergunto assim que estamos longe o bastante dos garotos. — Estou super sentindo o clima entre você e o Lucas!

As bochechas de Hoshiko ficam rosadas.

— Ele ainda não me convidou, mas acho que vai. Talvez só esteja com medo?

— Ai, meu Deus, isso é tão fofo. Você quer ir com ele?

Abrimos a porta do banheiro e paramos diante dos espelhos. Ela morde os lábios e assente.

— É, acho que gostaria, sim.

Solto outro gritinho. Sendo sincera, estou um pouco surpresa. Lucas é um cara legal, mas não é o tipo de pessoa que eu teria imaginado com Hoshiko. Ela passou o último ano falando que queria conhecer um dançarino alto e gostoso para que pudessem se apresentar juntos e fazer todas as dancinhas virais do TikTok. Não consigo imaginar Lucas fazendo coreografias elaboradas, mas, se Hoshiko estiver feliz, então eu dou a maior força.

— Eu estou imaginando coisas? — pergunta ela.

— Não! Se você gosta dele, então tem que ir na festa! Acho que vocês iriam se divertir.

Ela ajeita o cabelo e olha para o teto.

— Você acha? Mas eu nem sei se ele vai me convidar. Falta pouco tempo para o baile.

Dou uma risada.

— Se estiver preocupada, você pode chamar. Mas eu tenho certeza de que ele quer te convidar. Lucas claramente foi arrebatado por você.

— Ah, belo uso de *arrebatado*. Mas e você? — pergunta ela, virando-se para mim com uma sobrancelha arqueada.

— O que tem eu? Não tem nada rolando.

— Ah, é mesmo, srta. Quase Caiu Para Trás Quando O Nathan Beijou A Mão Dela?

— Hoshiko! — Eu me abaixo para verificar que não há ninguém dentro das cabines. Quando tenho certeza de que estamos sozinhas, enterro o rosto nas mãos. — Foi mesmo tão óbvio assim?

— Você não consegue disfarçar o que sente. Mas acho que o Nathan ainda não aprendeu a interpretar as suas expressões.

— Pelo menos isso. — Solto um grunhido. — *Argh*, não sei o que está rolando. Não consigo acompanhar minhas emoções. A gente se odeia... a gente é amigo... a gente flerta... é tudo fingimento... eu sei lá.

Começo a rir diante do ridículo da situação, e Hoshiko me acompanha.

— Ele só deve estar escondendo o que sente. Se você insistir, o Nathan vai para o baile com você. Tenho certeza.

— Isso *se* a minha mãe deixar eu ir. E, de qualquer forma, já insisti o bastante. Só comecei isso com ele para provar uma coisa pro Paul e fizemos isso. Não precisamos continuar.

— Mas você ainda não disse isso para o Nathan.

Fecho os olhos com força, envergonhada.

— Eu só... Sei lá. Promete que não vai falar nada para o Lucas?

— Nunca! — Ela parece escandalizada com a ideia. — E, se o Nathan for teimoso demais pra te convidar, então você vai comigo. — Ela engancha o braço no meu. — Sua mãe *vai* te deixar ir, e a gente vai dançar até nossa maquiagem derreter com o suor. Acha mesmo que eu iria sem você?

Ela sorri para mim e eu abro outro sorriso em resposta, tentando afastar a leve decepção que sinto. Trinta minutos atrás, o baile estava longe dos meus pensamentos, mas agora estou magoada com a aversão de Nathan à ideia. Era para as coisas serem tão diferentes este ano. Em certa altura, imaginei que iria ao baile com Paul. Teria sido a primeira vez que iria a um baile com um namorado de verdade, e eu estava animada para ter *minha pessoa* ao meu lado — alguém que me entendesse e gostasse de mim e me deixasse toda arrepiada ao segurar minha mão. Porém, já não faz mais sentido pensar nessa possibilidade. Mesmo que eu pudesse ir ao baile, jamais iria com Paul. E Nathan... bom, ele não é meu namorado mesmo, então não importa.

Capítulo Dezesseis

— **B**eleza, pessoal, se acomodem! — digo para os alunos que perambulam pelo palco. — A gente precisa começar. Não temos muito tempo.

Levo as mãos à cintura, torcendo para não ter que gritar outra vez. Diante de mim estão vinte e cinco alunos que concordaram em fazer parte da prévia do musical. Depois que Lucas me deu a ideia na sexta-feira, passei o fim de semana mandando mensagens para todo mundo e me organizando. Por sorte, a srta. Sahni se empolgou com o plano e concordou em reservar o auditório para nós pelas próximas duas semanas, apesar de não ter tempo para supervisionar os ensaios. Temos só quarenta e cinco minutos por dia, dois dias por semana. Não é muita coisa, mas estou tentando manter o otimismo.

Depois de muito debate interno, acabei escolhendo "Mundo Grande e Feliz" e "Uma Vida Uó" de *Shrek: O Musical* como nossas músicas para a prévia do musical. Com elas, muitas pessoas vão poder mostras suas habilidades de canto; há pouquíssima dança, o que vai facilitar os ensaios, considerando nossa limitação de tempo; e há papéis pequenos como aldeões, de modo que podemos incluir todo mundo. Quero que a administração veja o nosso talento e entusiasmo. Mas, infelizmente, nem todos amaram a minha escolha.

— Mas precisa ser *Shrek*? — questiona Kelly outra vez. — Quer dizer, eu não me importaria em fazer a Fiona, mas você não escolheu uma das músicas dela. Por que a gente não faz "Desafiar a Gravidade"?

Nego veementemente com a cabeça.

— Não, já expliquei, essa música é um dueto e vai ser melhor se a gente conseguir mostrar o maior número de talentos possível.

— E se a gente fizer alguma coisa de *Querido Evan Hansen*? — pergunta Jeremy no fundo.

— Escuta só, pessoal. Vocês querem ter um musical este ano?

Todos assentem.

— Então precisamos trabalhar em conjunto. Isso não é sobre um de nós; é sobre todos nós. E só porque vamos apresentar músicas de *Shrek* nesta prévia não quer dizer que vai ser esse o musical escolhido para o ano. Só que, se a gente não consegue nem ensaiar isso, então talvez a gente não mereça ter um musical este ano — falo, encarando os outros alunos com os olhos semicerrados, analisando as reações.

Algumas pessoas parecem emburradas, mas ninguém retruca. Já participei de muitos musicais e ajudei a organizar parte dos ensaios no passado, mas nunca estive de fato no comando. Giro os ombros para transmitir um ar de confiança.

— Beleza, para facilitar as coisas, eu me antecipei e defini os papéis principais.

Começo a chamar nomes. Hoshiko será a Mamãe Ogra na prévia, o que significa que ela vai dar o pontapé inicial na apresentação, junto com Terrance, que fará o papel de Papai Ogro. A maioria dos alunos vai interpretar criaturas de contos de fada na segunda música, e todos os outros vão formar o coral de aldeões que têm medo do Shrek.

Encontro o olhar de Paul ao chamar o último nome do coro. Ele está com os olhos arregalados, a postura ereta. Não precisa dizer nada para eu saber exatamente o que está se passando na cabeça dele — quer saber se eu o escolhi para o papel de protagonista. Eu me perguntei se ele estaria ocupado demais ou se o ego dele o julgaria importante demais para aparecer hoje, mas deveria ter imaginado que Paul jamais perderia uma oportunidade de se apresentar.

Eu me forço a sorrir e faço contato visual com ele.

— Paul, coloquei você pra cantar como Shrek.

Algumas garotas, que claramente ainda estão caidinhas pela beleza dele, dão gritinhos e o aplaudem. Paul abre um sorriso indulgente e abaixa a cabeça de leve na minha direção. Minha mandíbula está tão tensa que vou ficar com dor de cabeça.

Isso é tudo prática para o futuro, lembro a mim mesma. Se eu quiser mesmo dirigir alguma coisa, seja o teatro da escola ou uma produção profissional, vou trabalhar com todo tipo de gente, algumas das quais vão ser insuportáveis. Por isso preciso manter o profissionalismo a qualquer custo. E a verdade é que preciso de Paul aqui. Entre os garotos, ele é o melhor cantor e dançarino da escola, e quero garantir que o diretor veja o que temos a oferecer. Então, sim, dou o papel de Shrek para ele. Mesmo que a contragosto.

— Beleza, pessoal. Acho que a primeira coisa que devemos fazer é ouvir a gravação oficial das músicas para sabermos qual é o nosso objetivo. — Passo os olhos pelo palco. — Depois disso, vamos ensaiar cada música como um grupo completo para ficar bem claro para todo mundo qual parte é de quem. Aí, vamos nos dividir em grupos menores para praticar. Quando voltarmos na quarta-feira, vamos trabalhar na marcação de palco, e Hoshiko fez a gentileza de montar uma coreografia simples para os aldeões e as criaturas de contos de fada.

Pego um maço de papéis com a letra das músicas impressas, já que não espero que todos saibam as canções de cor. Um instante depois, Paul aparece do meu lado.

— Deixa que eu ajudo a distribuir.

Ele estende uma mão, parado ao meu lado como se fosse meu diretor-assistente, além de protagonista. Prefiro mil vezes que Hoshiko me ajude, mas estão todos nos observando, e não quero fazer uma cena, então abro um sorriso educado e passo metade do maço para ele.

— Cada folha está etiquetada por papel na peça — explico, apontando para o topo da página.

Passei a noite de ontem preparando aquelas folhas para que cada pessoa só tenha as letras de que precisa.

— Ótimo trabalho, aliás — diz Paul baixinho. — Não deixe ninguém te fazer duvidar de si mesma. Eles não sabem como isso é difícil.

Paul se vira para distribuir os papéis e eu fico encarando as costas dele, com a testa franzida enquanto penso no que ele disse. Quem é que está me fazendo duvidar de mim mesma? Tem alguém dizendo que eu não dou conta disso? Ou sou só eu deixando as palavras de Paul mexerem demais comigo como sempre?

Respiro fundo. Não sei no que ele está pensando, e isso é irrelevante. A única coisa que importa é reunir todo mundo para produzir a melhor apresentação que pudermos. Só queria não ter que lidar com Paul, além de todo o resto. Talvez eu devesse tentar convencer Nathan a ficar depois da escola e bancar o namorado atencioso durante os ensaios. A ideia me enche de uma alegria besta, mas eu a afasto rapidamente. Isso seria superdivertido, mas ter Nathan ao meu lado me distrairia ainda mais que Paul.

Capítulo Dezessete

Os dias seguintes passam tranquilamente, provavelmente porque me tornei habilidosa na arte de mentir. A desculpa que inventei para os meus pais para ficar na escola depois das aulas para ensaiar foi que a srta. Sahni convocou ensaios extras do coral para nos prepararmos para o recital de inverno. Eles não questionaram nada, e eu estou *mesmo* passando mais tempo na escola para um tipo de ensaio com o apoio da srta. Sahni, mas não há dúvidas de que estou abusando da sorte. Espero que tudo valha a pena no final. E, porque eu não tenho *nenhuma* vergonha na cara, também estou atazanando meus pais para me darem uma resposta final sobre o baile. Eles ainda não disseram "sim", mas estão enrolando tanto que talvez estejam considerando permitir que eu vá.

Nathan está ocupado sendo o árbitro de um torneio Pokémon na sala de jogos nessa quinta-feira, então passo a maior parte do meu turno sem vê-lo. Tenho certeza de que está ocupado, mas ele também deve estar envolvido com Sophia, que apareceu no meio do torneio e foi direto para a sala dos fundos. Quero ir até lá também, mas não há a menor chance de isso acontecer, já que papai precisa de mim no caixa. Talvez seja bom dar aos dois um tempo para conversar, assim Nathan pode conhecê-la melhor e conquistá-la.

Ou, sabe, ele pode perceber que ela é péssima e desistir. Está valendo qualquer coisa.

O torneio finalmente acaba, e aos poucos os jogadores começam a sair da sala de jogos. Alguns param para conversar com papai. Ele parece conhecer quase todos pelo nome. Notei que alguns não compram nada e, em vez disso, entram carregando sacolas e caixas de suprimentos de jogo. É uma estratégia de negócios esquisita incentivar as pessoas a usar nosso espaço sem exigir que gastem dinheiro na loja, mas não há dúvidas de que deixa a atmosfera animada.

Muitos jogadores me dão um tchauzinho, e um deles brinca que eu deveria ter ficado lá nos fundos cantando músicas para trazer sorte. É estranho que muitos deles já sabiam coisas a meu respeito muito antes de eu dar as caras na loja, mas fico grata por terem sido legais.

Nathan atravessa a porta da sala de jogos sozinho e agitado.

— O que aconteceu? — pergunto.

Meus pensamentos vão imediatamente para Sophia. Será que os dois brigaram?

— Lucas me mandou uma mensagem dizendo que precisava fazer o dever de casa atrasado, mas sei lá. Ele não costuma dispensar um torneio Pokémon desse jeito.

— Sinto muito. Talvez ele tivesse mesmo bastante dever? — Franzo a testa. — Ou ele está com a Hoshiko...

— E não me contou? Você acha que pode ser isso?

— Não sei. Ela também não me disse nada a respeito. — Dou de ombros. — Mas fico surpresa por você estar pensando no Lucas com a Sophia por perto.

Tento dar um sorrisinho inocente, como se não estivesse jogando verde.

Nathan dá de ombros.

— Achei legal ela ter aparecido.

— Cadê ela? Não a vi saindo.

— Ela foi ao banheiro, mas já já volta.

— Beleza.

Ai, ai. Parece que as coisas continuam indo bem entre eles. Precisamente nesse instante, meu celular toca. É minha mãe.

— Espera aí. — Atendo o celular. — Oi, mãe. Você já está vindo?

Na maior parte das vezes, mamãe me pega na loja quando termino meu turno.

— Vou ficar presa aqui na casa dos Davidson. Os armários da cozinha foram instalados de cabeça para baixo e o marido está tendo um piripaque. Vai ser uma noite longa.

— Putz, sinto muito. Vou pedir para o papai me levar.

— Certo. E, aproveitando... Seu pai me ligou hoje.

— Ah, é?

Meu peito se enche de esperança. Talvez papai tenha ligado para dizer que acha que ela deveria me deixar ir ao baile?

— Ele me disse que você está namorando um dos garotos que trabalha na loja? Um tal de Nathan?

Solto um gritinho. Nathan se vira para mim, preocupado, mas eu o dispenso com um gesto e caminho até o outro lado da loja.

— Não! A gente não está namorando.

— Ele parecia bem convencido. Tem certeza de que não tem nada para me contar?

— Desculpa o papai ter ligado e dito isso, mas eu e o Nathan somos só amigos.

— Ele também me disse que você falaria isso.

Solto um longo suspiro.

— Prometo que a gente não está namorando de verdade.

Faz-se um momento de silêncio na ligação e eu presumo que mamãe está deliberando.

— Eu acredito em você. — Ela dá uma risadinha. — Mas o Joel está encantado com esse garoto.

— É, eu sei. Ele é muito emocionado — digo, revirando os olhos.

— Ele quer que o Nathan comece a te dar carona até a loja depois da escola. Disse que é desperdício de gasolina ele buscar você quando o menino está indo para o mesmo lugar, o que é verdade, mas não sei, Riley. Foi você quem deu essa ideia para o seu pai?

Tropeço e me seguro na prateleira mais próxima. Papai quer que eu pegue carona com Nathan? Sinto uma onda de alegria ao pensar nas novas oportunidades de passar tempo com ele e tirar sarro das músicas que escuta, mas fico surpresa por meu pai ter feito essa sugestão. Achei que ele gostava do tempo extra que passávamos juntos. Imagino que alguns quilômetros por dia não gastam tanta gasolina assim.

— Eu definitivamente não pedi para ele — respondo com fervor. — Não fazia nem ideia de que ele estava considerando essa possibilidade.

— Então seu pai está bancando o cupido — declara ela, seca. — Era de se esperar que eu fosse concordar com você no final. A ideia era você trabalhar aí para que seu pai ficasse de olho, mas, em vez disso, ele tenta juntar você com um funcionário.

Hesito. Não quero explicar o motivo de papai pensar que estamos namorando, mas também não quero deixá-lo pagar o pato e fingir que a situação é tudo coisa da cabeça dele. Vou admitir que, no passado, quando mamãe fazia algum comentário irritado ou passivo-agressivo sobre meu pai, eu não hesitava em concordar com ela... Mas agora isso não parece mais certo. E eu certamente não posso culpar papai por presumir certas coisas considerando a forma como Nathan e eu agimos quando estamos juntos.

— Em defesa do papai, o Nathan é um cara bem legal. Dá para entender porque ele ficaria feliz se esse namoro fosse real.

Mamãe funga.

— E se fizermos um teste hoje à noite? Posso pedir para o Nathan me levar pra casa e a gente vê o que acontece? E aí, se você ainda estiver tranquila com a ideia, a gente pode conversar sobre ele me trazer para a loja depois da escola também — proponho, tentando não soar desesperada ou muito animada com essa possibilidade.

Se mamãe souber o quanto quero pegar carona com Nathan, então com certeza não vai concordar. Isso, é claro, presumindo que Nathan vá aceitar a proposta.

— Posso confiar nele? Garotos adolescentes têm fama de dirigir mal.

— Ele é muito responsável — digo, embora Nathan de fato chegue à loja antes de papai e eu todo dia, o que provavelmente envolve um pezinho no acelerador. Entretanto, ele chega inteiro.

Do lado de mamãe na linha, ouço vozes gritando ao fundo.

— Preciso desligar. — Ela suspira. — Tudo bem, pode pegar carona com Nathan hoje à noite se o seu pai concordar. Não adoro essa ideia, mas você *tem* feito um bom trabalho na loja até agora. Talvez seja hora de começar a flexibilizar mais algumas coisas.

— Sério? Que ótimo!

— Mas *juízo, hein*. E acho bom estar em casa no máximo até nove e meia.

— Pode deixar. Obrigada, mãe! Te vejo mais tarde!

Encerro a ligação. Meu coração acelera diante da ideia de passar mais tempo com Nathan, mas então me lembro que Sophia ainda deve estar por aqui. Eu me viro e vejo os dois juntos. Aperto os lábios. Não sei se ele vai concordar com isso se tiver que deixá-la sozinha.

Se bem que, por outro lado, *é* para eu estar flertando com ele, e hoje fiz um trabalho péssimo nesse departamento. Talvez esse seja o jeito perfeito de mostrar para Sophia que continuo no jogo.

Respiro fundo e vou até Nathan.

— Ei.

Tanto Sophia quanto Nathan param de conversar e se viram para mim. Sophia não parece nem um pouco contente com a minha interrupção, mas não consigo decifrar a expressão de Nathan.

— Desculpa, era minha mãe. Ela não vai poder vir me buscar hoje e perguntou se você poderia me dar uma carona, se não for muito incômodo.

Ele pisca, sem reação. Deve estar tentando entender se isso é real ou mais um dos meus flertes esquisitos.

— Acho que meu pai comentou alguma coisa com ela — acrescento.

Lanço um olhar significativo para ele na esperança de transmitir a essência do que meu pai deve ter contado à minha mãe.

Nathan arregala os olhos. Ainda assim, ele hesita, e não quero admitir que isso dói. Preciso melhorar nessa coisa de me lembrar o motivo de estarmos fazendo isto para começo de conversa. Concordei em flertar com Nathan para ajudá-lo a conquistar Sophia, e não para ele *me* conquistar.

Balanço a cabeça.

— Ah, esquece...

— Eu te levo — interrompe ele. Depois, para Sophia: — Desculpa, o sorvete fica para uma próxima.

Ela estreita os olhos de leve, mas sorri.

— Tudo bem. Mal posso esperar.

Ela se retira sem nem olhar para trás. Depois que Sophia sai da loja, Nathan me encara com uma expressão cínica.

— Bom, isso com certeza chamou a atenção dela.

— Desculpa se eu estraguei alguma coisa. Isso não faz parte do flerte. Minha mãe não pode vir mesmo e eu consegui convencer ela de que não teria problema você me dar carona. A menos que eu esteja forçando a barra? Tenho certeza de que meu pai pode me levar.

— Sério? Se você está precisando, é claro que eu te dou carona.

— Ótimo, obrigada.

Vamos até a sala dos fundos para avisar meu pai. Ele está conversando com o pai do Lucas e alguns dos caras mais velhos que aparecem depois do trabalho. Todos acenam e dizem "oi" como se eu fosse da família.

Papai assente quando perguntamos sobre a carona.

— Claro. Que bom que sua mãe aceitou.

Eu o examino. Ele está vermelho, com o rosto franzido como se estivesse com dor.

— Tudo bem, pai?

Ele faz um gesto para eu não me preocupar.

— Estou bem. Só tentei pegar muitas caixas de uma vez só, então tirei um tempinho para descansar. Seu pai está ficando velho.

Nathan e eu trocamos um olhar.

— Você quer uma ajuda? — oferece Nathan.

— Não, não. Podem ir. Eu dou conta.

— Mas a loja ainda não fechou — respondo. — A gente ainda precisa limpar a sala dos fundos e tudo mais.

— Está tudo bem. Não tem muita coisa pra fazer, eu dou conta.

Alguns dos caras abrem sorrisinhos maliciosos. Não sei quem papai está tentando enganar. É óbvio que ele está usando isso como uma oportunidade de aproximar Nathan e eu. É tão constrangedor que desejo que um buraco no chão me engula, mas Nathan não hesita.

— Valeu, Joel. Vejo você amanhã.

— Beleza. — Papai aponta um dedo para ele. — Dirija com cuidado.

— Sim, senhor.

Não quero deixar papai se estiver sentindo dor, principalmente agora que sei que o médico está preocupado com a saúde dele, mas ele me enxota com um gesto. Pegamos nossas mochilas no balcão da frente e vamos até o carro de Nathan. O sol já se pôs faz horas, então as únicas luzes são as das janelas da loja e a de um poste piscando.

— Senhor? — pergunto com uma sobrancelha arqueada.

— Não custa nada ser educado.

— A menos que você esteja falando comigo, né?

Nathan vai até o lado do passageiro, abre a porta para mim e faz uma reverência profunda.

— *Senhorita*.

Solto um grunhido.

— Eu deveria ter convencido meu pai a me levar, isso sim.

Jogo minha mochila no banco de trás, que está coberto de casacos, notas fiscais antigas e sacolas de fast-food.

Nathan senta no banco do motorista, ainda com um sorrisinho no rosto, e dá play em uma paródia de uma música da Madonna.

— Beleza, para onde vamos?

Explico a ele o trajeto até minha casa, e Nathan sai do estacionamento com uma expressão pensativa. Ele alterna o olhar entre a rua e eu.

— Que foi? — pergunto.

— Quando é que a sua mãe quer que você chegue?

— *Hum...* — Dou uma olhada no relógio do painel do carro, que diz que são 20h45. — Até nove e meia. Por quê?

Ele sorri, mas tenta esconder com a mão.

— Pensei em fazer um desviozinho. Se você quiser.

Sinto uma sementinha de entusiasmo se aninhar no meu peito e, de repente, não quero fazer mais nada além de descobrir o que está fazendo Nathan sorrir dessa forma.

— Claro. Mas preciso avisar que minha mãe está encarando isso como um teste. Se eu chegar em casa na hora, talvez ela me deixe pegar carona com você pra loja depois da escola. Presumindo que você não se importe.

— Claro que não me importo, Riley. — A voz dele é baixinha. — E vou te deixar em casa na hora certa.

Ele vira para a direita quando deveria virar à esquerda e dá uma piscadela para mim. Uma faísca de eletricidade percorre minha coluna. Encosto no banco e foco na vista da janela. Não conheço esta, mas quase todas as estradas rurais de Ohio são idênticas: colinas, plantações de milho ou soja, uma ou outra casa afastada da via. O carro de Nathan é o único que passa por aqui.

Isso me faz perceber que estou sozinha com Nathan... em um espaço fechado... no escuro. Sinto outra corrente elétrica percorrer meu corpo. É bem diferente das outras vezes. Claro, passamos muito tempo juntos, mas estamos sempre cercados por outras pessoas. Acho que nunca fiquei *sozinha* desse jeito com ele. Esfrego as mãos nas pernas e respiro fundo.

Nathan apoia o cotovelo esquerdo na porta do motorista, com um sorrisinho brincando nos lábios enquanto dirige. Ele parece tão contente que é difícil tirar os olhos dele.

— Por que você está me olhando? — pergunta, sem tirar a atenção da estrada.

Desvio meu foco para o para-brisas.

— É que você parece tão... feliz.

— Essa é uma das coisas que eu mais gosto de fazer: dirigir à noite com as minhas paródias esquisitas dos anos 1980. Às vezes, quando não consigo dormir, entro no carro e fico dirigindo por horas. — Ele abre um sorriso discreto de canto da boca. — É por isso que a maior parte do meu salário vai para a gasolina.

— Imagino.

Ele acelera em uma pequena elevação na estrada e caímos do outro lado tão rápido que meu estômago quase sai pela garganta. Dou um gritinho de espanto e nós dois damos risada.

— É superdivertido dirigir nesta estrada. Não esquenta, eu conheço cada centímetro dela.

— Não estou preocupada. — Engulo em seco. — Então, era isso que você queria me mostrar? A estrada?

— Não. A gente já está chegando. Você nunca andou por aqui antes, né?

— *Er*, não. — Balanço a cabeça. — Isso pode soar estranho, mas eu não sou muito de dirigir.

— Ótimo — diz ele, dando outra risada. — É bem mais divertido pra quem nunca viu antes.

Faço uma careta, ainda sem ter a menor ideia do que ele está falando. Mas não ligo de esperar.

— Então, como é que você pode sair dirigindo no meio da noite? Seus pais não surtam com isso?

Ele ri outra vez, mas o som é oco desta vez.

— Eles não sabem. Meus pais não são muito presentes. — Nathan corrige a postura, antes relaxada. Com a mão direita, ele aperta tanto o volante que os nós dos dedos ficam brancos. — Meu pai é enfermeiro no hospital da cidade e faz um monte de turnos à noite. Minha mãe era caixa no banco, mas foi demitida uns anos atrás e depois arranjou um trabalho de segundo turno na fábrica fora da cidade. Ela foi promovida à gerente de turno ano passado, o que eu acho que é uma coisa meio importante. — Ele dá de ombros. — Tem um salário bom e benefícios. Mas, principalmente agora que posso me virar sozinho, quando eu estou em casa eles estão sempre trabalhando ou dormindo.

— Então... Você mesmo faz sua comida e tudo o mais?

— Isso. — Ele sorri. — Não vai achando que eu faço grandes coisas: é mais cereal, pipoca de micro-ondas e pizza congelada. Ou fast-food — explica Nathan, apontando para as sacolas que enchem o carro.

Fico em silêncio por um instante, processando a informação. O fato de que ele fica na loja toda noite faz muito mais sentido agora.

— Então, fico surpresa por você gostar de dirigir à noite. Me parece solitário demais.

— Eu gostaria mais se tivesse companhia, mas meus amigos não podem sair de casa às três da madrugada. — Ele sorri para mim. — E dirigir sozinho tem suas vantagens. Posso fazer esse tipo de coisa.

Ele aumenta o volume e berra o refrão de "Smells Like Nirvana", do Weird Al, a plenos pulmões. Tapo os ouvidos com as mãos ao mesmo tempo que caio na gargalhada. O Nathan Noturno é diferente do Nathan Diurno. E eu gosto disso.

Depois de um tempo, ele abaixa o volume.

— Certeza que já vou ter perdido a audição aos 30 anos, mas adoro fazer isso.

— Se eu puder botar um *Les Mis* aí, você vai ter uma parceira de cantoria.

— Me manda o nome das músicas e vai estar tudo pronto na próxima vez.

Na próxima vez. As palavras causam um arrepio em mim. Espero que exista uma próxima vez.

— Então... É por isso que você gosta tanto de ir pra loja? Porque, se não fosse, ficaria sozinho em casa?

Mordo a parte interna das bochechas, torcendo para ele não ficar incomodado com a pergunta, mas Nathan só assente, tranquilo.

— É. A loja é como um segundo lar pra mim. Na verdade, é como um primeiro lar. Durmo em casa, mas não faço muito mais do que isso. Sou muito grato ao seu pai por me deixar ficar lá toda noite mesmo que eu não tenha dinheiro pra comprar muita coisa. Ele não precisava fazer nada disso, mas acho que vê a loja como um serviço à comunidade. — Nathan ri de leve. — E ele é muito amigo do pai do Lucas, então faz sentido todos nós passarmos tempo lá juntos.

Fico em silêncio por um momento, contemplando a noite e pensando na loja. Sempre pensei que papai a mantinha porque o lugar o deixava feliz. Nunca me ocorreu como aquele lugar impacta os clientes ou a comunidade envolta. Agora vejo que faz diferença — o fato de que papai trata todos que entram por aquela porta como amigos em vez de cartões de crédito ambulantes. Uma pequena parte de mim deseja que tivesse feito esse mesmo esforço no nosso relacionamento, mas sei que isso não é totalmente justo com ele.

Nathan liga a seta e entra em uma estradinha estreita. É o tipo de estrada onde dois carros tecnicamente podem se cruzar, mas vai ser apertado. Por sorte, não há mais ninguém aqui.

— Beleza, pronta? Apresento a você... *A Casa dos Feriados*.

Nathan desacelera e estaciona no acostamento, depois reclina o banco para que eu tenha uma visão boa da janela lateral dele.

Solto um arquejo de espanto. Mas o que...

Cada centímetro quadrado do enorme quintal da casa está coberto de decorações de Halloween. Não de um jeito bonito ou esbanjando bom-gosto; é mais como se o proprietário estivesse determinado a esconder cada lâmina de grama com algum enfeite. Tem abóboras falsas da minha altura, fantasmas infláveis e uma quantidade ridícula de esqueletos. Enormes aranhas peludas rastejam pelo quintal e pela fachada.

Porém, a parte que me faz arrepiar de pavor são os manequins.

É. Manequim. Pra. Caramba.

Alguns estão vestidos de múmias ou vampiros, outros de piratas e cavaleiros, junto com princesas, bruxas e um Elmo muito zoado.

Caio na gargalhada.

— *Nathan*, que lugar é esse?

Eu me espremo na frente dele para ver melhor, esticando o pescoço de um lado para o outro na tentativa de ver tudo. É bizarro e hilário ao mesmo tempo.

— Uau... Qual foi a linha de raciocínio aqui? — continuo com as perguntas. — Quebrar o recorde mundial de manequins?

— Não faço ideia. Fazer a festa à fantasia mais assustadora que o mundo já viu?

— Aah, talvez. Você acha que eles trocam as fantasias todo ano? Talvez a gente possa pegar algumas pra usar no teatro. Tem um monte de criaturas de contos de fada pra vestir, e essas serviriam.

— É claro que foi nisso que você pensou.

— Quando você é fanática por musicais, figurinos viram uma grande parte dos seus pensamentos.

Nathan ri e a camiseta dele roça no meu braço esquerdo. É só aí que me dou conta de como me aproximei dele ao tentar ver melhor o quintal. Estou praticamente deitada no colo dele. Levanto a cabeça para ele e inspiro rápido. Se eu erguesse o rosto mais um centímetro, nossas bocas ficariam perfeitamente alinhadas.

Luzes alaranjadas iluminam o quintal de súbito. Nós dois nos viramos, os olhos fixos na porta da frente.

— Você acha que tem alguém em casa? — sussurro.

— Não tem nenhum carro na garagem e as janelas estão escuras. Devem ser só luzes de seguran...

De repente, uma silhueta enorme aparece na porta da casa e eu dou um pulo, caindo bem em cima de Nathan. Eu me levanto e me arrasto até o meu banco antes que a situação fique mais constrangedora.

— Será que ele está vendo a gente? — pergunto.

Porém, o homem responde à minha pergunta acenando para o nosso carro. Tem alguma coisa na mão dele que não consigo distinguir. Então ele sai para o gramado e eu seguro um grito.

— Aquilo é...

— É. Michael Myers vindo na nossa direção no meio do nada.

O homem caminha a passos largos na direção do carro, e Nathan ajeita o banco e liga a chave na ignição.

— Eeeee ele tá segurando uma faca — completa Nathan.

— *Nathan!* A faca é de mentira?

Ele pisa no acelerador e pegamos a estrada.

— Não vou ficar pra descobrir.

— Vai, vai, vai! — grito enquanto me apresso para prender meu cinto.

Quando a casa já diminuiu no retrovisor, Nathan cai na gargalhada, e eu faço mesmo apesar do meu batimento cardíaco acelerado.

— Meu Deus, isso foi assustador! Vou virar a noite com aquela imagem na cabeça!

— Juro que ninguém apareceu da última vez que eu estive aqui. — Nathan põe a mão no meu joelho com cuidado. — Você está bem?

Calor irradia pelo meu corpo, mas tento ignorar a sensação.

— Estou sim. — Dou uma olhada por cima do ombro. — Não tem nenhum assassino famoso de filme de terror seguindo a gente. Mais alguém conhece este lugar?

— Nunca ouvi ninguém mencionar essa casa. Talvez seja nosso segredo. — Ele olha no retrovisor. — Os proprietários mudam a decoração todo feriado. Você precisa ver os coelhinhos da Páscoa.

— É mais assustador que os manequins de princesa?

— Cem vezes pior. Vou te mostrar na primavera se você ainda estiver a fim.

Ele se vira para mim e abre um sorriso. É uma frase tão simples, mas mexe comigo. Faltam seis meses para a primavera. Será que ainda vamos ser amigos? Será que ainda vamos querer passar tempo juntos?

Cada vez mais, espero que sim.

Capítulo Dezoito

Consigo reservar o auditório para um ensaio curto na tarde de sexta-feira antes do jogo de D&D. Algumas pessoas resmungam sobre os ensaios extras, mas todos sabem que precisamos praticar o máximo possível.

— Tá, agora foi melhor, aldeões. — Aponto para um grupo de seis alunos. — Mas ainda estão muito longe no palco quando o Shrek aborda vocês. Preciso que já tenham chegado *aqui* quando o Henry terminar a próxima parte da narração. — Caminho até o centro do palco e aponto a localização com o pé. — Podemos fazer essa parte do zero mais uma vez? E, quando ele rugir pra vocês, soltem a voz e berrem com gosto. Quero dar um toque de humor nesta cena, então não tenham medo de soarem ridículos.

Faço um gesto encorajador com a cabeça e Meera — a mais nova do grupo — dá um pulinho de entusiasmo que me deixa com um sorriso no rosto. Estou adorando os alunos mais novos que se inscreveram para ajudar com a apresentação. Ainda não os conheço muito bem, mas são muito dedicados e ficam quase maravilhados no palco. Alguns deles nunca fizeram nada parecido antes.

Gesticulo para que Henry comece a narração do começo. Ver o entusiasmo dos mais novos aumenta meu ânimo para deixar essa apresentação perfeita. Eles precisam do musical tanto quanto os mais velhos. Já consigo ver Meera como a protagonista perfeita no seu último ano da escola. Já que ela é mais baixinha, aposto que conseguiria interpretar Annie.

Depois que o grupo termina uma segunda rodada, Hoshiko aparece com os dezesseis alunos que interpretam personagens de contos de fada.

— Acabamos de repassar a coreografia de "Uma Vida Uó".

— Perfeito! — exclamo para todos no palco. — Façam um intervalo. E ótimo trabalho, pessoal. — Chamo o outro grupo para o palco. — Beleza, estou animada! Vamos ver o que temos.

Hoshiko para ao meu lado enquanto coloco a versão instrumental da música para tocar no celular. Vários fios se soltaram da trança dela, emoldurando o rosto em uma auréola de frizz, e isso é tudo que eu preciso para saber que está estressada. Hoshiko está acostumada a trabalhar com dançarinos experientes no estúdio onde ela faz aulas, e nosso grupo é o exato oposto.

— *Hum*, ainda não está lá essas coisas — sussurra ela. — Tentei incluir uns passos de *shuffle* para dar uma animada, mas a Eileen e o Jack não param de literalmente cair um em cima do outro.

— Obrigada mesmo assim — respondo. — Você é um anjo.

Damos um passo para trás e arregalo os olhos enquanto vejo a apresentação se desenrolar. Felizmente, coloquei Jeremy para interpretar o Pinóquio, e ele é fantástico. Porém, não consigo ouvir metade dos personagens quando cantam sobre como é difícil ser uma criatura de contos de fada, e alguns se escodem praticamente atrás de uma outra pessoa, então também não consigo vê-los.

Faço uma lista mental de todas as coisas que precisamos melhorar, mas começo a perder a conta. E ainda tem a questão dos figurinos. Imaginei que uma das coisas legais desta música seria usar fantasias de Halloween variadas para o Chapeleiro Maluco, o Coelho Branco e outros. Para alguns papéis, podemos improvisar com partes de uma fantasia — um par de asas de fada para a Fada do Dente, camisetas rosas e orelhas de porco para os Três Porquinhos, esse tipo de coisa. Porém, não faço ideia se todo mundo vai conseguir arranjar a própria fantasia. Eu estava brincando na Casa dos Feriados com Nathan, mas eu realmente queria poder voltar lá e arrancar a roupa daqueles manequins. Todas aquelas lindas fantasias expostas ao vento e à chuva… que tragédia.

O grupo acaba conseguindo formar uma espécie de fila na frente do palco nos últimos compassos da música. E até que temos alguns excelentes cantores, apesar de uns probleminhas de projeção de voz. Balanço a cabeça. Podemos fazer dar certo. Quer dizer, vai dar *trabalho*, mas vai ser impressionante se conseguirmos ajustar algumas coisas.

Paul entra na minha visão periférica, mas não desvio minha atenção para notar a presença dele. Se conheço meu ex, ele tem uma opinião sobre a apresentação, mas não tenho tempo para ouvi-la.

A música termina e eu aplaudo com força apesar das expressões desanimadas e caretas de muitos dos atores.

— Foi um ótimo começo — digo a todos.

— Ou você não sabe o significado de "ótimo", ou você é uma atriz *incrível* — murmura Papai Ogro, ou melhor, Terrance, que está sentado na plateia.

Eu me viro para encará-lo e estreito os olhos.

— Os ensaios existem por um motivo. E *todo mundo* precisa de ajuda com alguma coisa. — Eu me viro e encaro o grupo inteiro. — Ainda temos uma semana e meia de ensaios e podemos fazer muita coisa nesse tempo. Por enquanto, só quero que todos se lembrem de projetar a voz ao cantar. Precisamos que a administração fique encantada. Finjam que a avó de vocês com problemas de audição está sentada lá nos fundos e vocês estão cantando para ela. — Aponto para a última fileira de cadeiras do auditório. — Se for preciso, podemos simplificar ainda mais a coreografia, mas vocês precisam decorar as letras e incorporá-las na interpretação. Brinquem! Sejam dramáticos! Vocês são personagens de contos de fada com raiva. Não tem problema em serem exagerados!

Canto o refrão, me excedendo no drama. Ouço algumas risadinhas no grupo. Uma pequena parte de mim sente falta dessa parte do teatro — de estar no palco, decorando falas e aperfeiçoando personagens. Porém, ser a diretora, que assiste e ajuda com tudo, é extasiante. Amo fazer isso. E me deixa ainda mais determinada a recuperar o musical.

Hoshiko aponta para o celular com as sobrancelhas erguidas.

— Beleza, acabou o tempo. Obrigada, pessoal. Continuem praticando, a gente volta a trabalhar semana que vem!

Todos vão embora, acenando e me agradecendo. É difícil sair do auditório. Eu ficaria ensaiando aqui a noite toda se pudesse.

— Já é um progresso — diz Hoshiko, mas posso ouvir a dúvida na voz dela.

— Com certeza. A gente chega lá. Você já ajudou muito hoje. Obrigada de novo.

Ela dá de ombros e joga a mochila no ombro.

— Eu fiz o que pude.

— Não sei o que eu faria sem você — falo, abraçando minha amiga.

— Tem certeza de que eu não posso te dar uma carona pra loja? — pergunta ela. — Não é justo você poder pegar carona com Nathan, mas não comigo.

Assim que cheguei em casa ontem à noite, mandei uma mensagem para Hoshiko contando tudo o que rolou com Nathan. Ela me respondeu na hora com uma playlist de músicas românticas para eu mandar para ele para ouvirmos no nosso próximo passeio noturno. *Até parece* que eu vou fazer uma coisa dessas.

— Aposto que logo meus pais vão me deixar pegar carona com você. Eles estão claramente cansados de me levar para todo lugar.

Ela faz um biquinho.

— Te vejo na loja daqui a pouco.

Dou um tchauzinho e me viro, e é só nesse instante que percebo que Paul não foi embora com os outros. Quase solto um grunhido em voz alta.

— Que foi? — pergunto enquanto junto minhas coisas.

— Arranjei uma máscara de Shrek.

Ele tira uma máscara verde de látex da mochila. Se eu escolhi *Shrek* de propósito porque sabia que o protagonista precisaria de uma máscara que cobre o rosto e deixa ele com o cabelo todo amassado? Não. Se eu amo o resultado mesmo assim? Indubitavelmente.

— Vai precisar de uns ajustes — diz ele, colocando a máscara.

Não consigo evitar e começo a rir.

— *Hum...* uau.

— É. É um pouco grande.

O riso de Paul soa abafado.

Meu sorriso vira uma careta. Não vejo problema com o rosto dele ficar coberto, mas a voz precisa ficar em evidência.

— Você pode cantar alguma coisa só para eu ver se dá pra te ouvir?

— Claro.

Ele entoa os primeiros versos e fico irritada por sentir arrepios. Ele acerta até o sotaque. No entanto, não há dúvidas de que é mais difícil escutá-lo com a máscara.

— Você acha que dá para cortar um buraco maior no lugar da boca? — pergunto. — Senão vai ter *mesmo* que projetar sua voz, e eu já sei que você está fazendo isso.

Paul tira a máscara e o cabelo dele fica todo arrepiado com a estática. Tento não cair na risada outra vez.

— Esse látex também é quente. Ainda bem que não vou precisar usar isso por muito tempo. Vamos precisar de outra solução se fizermos o musical completo na primavera.

Fecho minha mochila e vou até a porta do auditório, com Paul logo atrás. Lá fora, uma brisa gelada bagunça meu cabelo e eu aperto o suéter com mais força. Ergo a cabeça para contemplar as folhas de bordo que estão começando a ficar alaranjadas. Ainda estamos em outubro, mas isso me faz lembrar do motivo de amar essa época do ano. O ruído das folhas secas no chão, a luz do sol e todos os suéteres coloridos que posso usar.

— Se tudo der certo, logo vamos estar preocupados com a logística do musical de primavera — falo baixinho.

— Acho que vai acontecer.

Eu me viro para Paul, surpresa.

— Ah, é? — hesito, mas ele parece estar sendo sincero. — Obrigada.

— É claro. Enfim, reparei que o Nathan não fica para os ensaios.

Tento reprimir um suspiro. Por um instante, as coisas estavam quase agradáveis, mas ele tinha que continuar tagarelando.

— Ele precisa trabalhar.

— Certo. — Paul acelera para me alcançar. — Só fiquei me perguntando se, não sei, talvez as coisas entre vocês não estivessem dando muito certo.

— As coisas estão dando perfeitamente certo.

— Não precisa ficar tão na defensiva.

Praticamente solto um grunhido, mas me forço a respirar fundo.

— Não estou na defensiva. Estou falando a verdade. Eu e o Nathan nos divertimos muito juntos. Como você e a Lainey estão?

— Tudo perfeito.

Percebo uma leve hesitação antes de ele responder, mas não vou insistir. Não há necessidade nenhuma de sabermos um do relacionamento do outro.

— Fico feliz. Bom, preciso ir para a loja. Até mais.

— Ei, Riley.

Contrariando o bom-senso, eu me viro.

— Que foi?

— Quer uma carona para o trabalho nos dias de ensaio? A loja fica no caminho.

Fico tão surpresa com a sugestão que demoro alguns segundos para formar um pensamento coerente.

— Já tenho carona. Meus pais me pegam quando o Nathan não pode me levar. E não é bom meu ex-namorado ficar me levando para os lugares.

Ele joga o peso do corpo nos calcanhares.

— Certo. Só queria ajudar.

— Bom... Obrigada. Mas não precisa.

Ele se demora ali, mas por sorte a srta. Sahni aparece caminhando na nossa direção.

— O ensaio já acabou, Riley? — chama ela.

— Pois é! — respondo, dando uma corridinha até ela, grata pela desculpa para deixar Paul, as perguntas intrometidas e a *vibe* esquisita para trás. — Ainda temos muito trabalho pela frente, mas está melhorando.

— Se você tiver um segundinho, queria falar sobre uma coisa.

— Tudo bem.

Puxo a alça da mochila e tento relaxar, embora minha mente se encha de pensamentos inquietos. Ela não acabaria com a nossa apresentação depois de todo o trabalho que eu tive, certo?

— Acho que você não notou porque anda muito focada nos ensaios, mas tenho dado uma espiadinha aqui e ali essa semana para ver como as coisas estão indo. E, devo dizer, estou muito impressionada.

— Ah, é?

Ainda não fizemos nada muito impressionante. Ela dá uma risadinha como se soubesse exatamente o que estou pensando.

— Sei que algumas cenas podem melhorar. E tenho certeza de que vão chegar lá. Só que estou impressionada com *você*. Não é fácil dirigir os colegas. Muitos alunos ficariam distraídos com os amigos, sobrecarregados ou sem paciência, mas você parece muito confortável com a posição. E você se dá bem com todo mundo; é séria sem ser ríspida.

— Nossa, obrigada — respondo, sentindo a tensão evaporar com as palavras dela.

— É claro, na reunião vou deixar claro para a administração que apoio o retorno do musical, mas até lá, tem uma outra coisa que quero discutir com você. Estaria interessada em me ajudar depois da escola com os ensaios do coral? Fomos convidados para nos apresentar no Rotary Club da cidade, e ainda estamos longe do resultado esperado. Não vou poder pagar, então seria um trabalho estritamente voluntário, mas já posso imaginar o efeito que você poderia ter com os alunos.

— Então... — Paro de falar antes de terminar a frase. Meus pensamentos desaceleram e depois disparam enquanto processo as palavras dela. — Então, seria tipo... Está perguntando se eu seria sua assistente?

— Exato. — Ela abre um sorriso. — Mas não precisa se sentir pressionada se não for do seu interesse.

Balanço a cabeça. É *muito* do meu interesse. Só a ideia de trabalhar com a srta. Sahni, de passar as tardes e noites comandando ensaios, me enche de alegria. Por outro lado, não sei como eu conseguiria conciliar fazer isso com o trabalho na loja todas as noites.

— Bem, parece legal. Deixa só eu, *er*, falar com os meus pais.

— Ah, sim, claro. Espero que eles concordem!

Meu estômago se revira. É fácil fazer seus pais concordarem quando não se conta nada para eles.

Capítulo Dezenove

Encontro mamãe no estacionamento, a cabeça ainda rodopiando com as palavras da srta. Sahni. Mais do que em qualquer outro dia, queria que Nathan pudesse me dar carona. Assim eu poderia pensar em paz ou talvez conversar com ele sobre tudo. Nathan me deixou em casa na hora, e minha mãe aceitou que eu pegasse carona com ele no futuro, mas hoje ela quis me buscar. Vou passar o fim de semana no apartamento do meu pai, então, se mamãe não se encontrar comigo agora, ela não vai ter outra chance até a noite de domingo.

— Você pegou tudo para levar no seu pai? — pergunta ela enquanto passamos pela rua principal.

Bandeiras com o mascote da escola estão presas aos postes de luz, e cada esquina está decorada com grandes vasos de crisântemos e abóboras. Scottsville tem um charme especial no outono.

— Peguei.

Não quero parecer muito animada ou triste por passar o fim de semana com papai, mas é difícil disfarçar o entusiasmo na minha voz. Ele concordou em receber todo mundo na tarde de domingo para assistir ao filme de Monty Python. Meu pai adora o grupo de comediantes, o que não deveria me surpreender, e o rosto dele praticamente iluminou a loja quando mencionei que estava interessada em assistir a um dos filmes.

— Acho que vocês dois estão se dando melhor? Antes eu tinha que te levar arrastada para o apartamento dele.

Minha mãe não está errada. Este fim de semana parece diferente. Estou animada para passar o domingo com todos os meus amigos, mas não é só isso. Todo esse tempo na loja com papai fez com que os fins de semana que passamos juntos fossem bem mais divertidos. Conversamos sobre os clientes ou os produtos mais novos — até tivemos uma conversa sobre D&D alguns dias atrás. *Nunca* pensei que isso aconteceria um dia.

— Estamos. Mas vou sentir saudade no fim de semana — respondo baixinho.

Ela me olha de soslaio.

— Tudo bem você querer passar tempo com ele. Acho que é uma coisa boa.

Eu a encaro, cética. Não quero que minha mãe pense que eu a amo menos ou sou menos leal a ela só porque estou passando mais tempo com meu pai.

— Obrigada por deixar eu chamar outras pessoas para passar a tarde no apartamento do papai.

Ela espreme os lábios.

— Bom, eu não estava adorando a ideia. Mas *estou* orgulhosa de como você tem se comportado durante o castigo. Eu tinha medo de que seria uma batalha constante, mas você tem cumprido sua parte do acordo até agora.

As palavras dela me deixam incomodada. Meus pais ainda não fazem ideia de que meus ensaios depois da escola são para a apresentação do musical. Acham que a srta. Sahni é só uma tirana que não para de exigir mais e mais ensaios do coral depois da escola. Sempre que a culpa bate forte demais — como nesse instante —, lembro a mim mesma que não é como se eu estivesse fazendo escolhas realmente irresponsáveis. Continuo (mais ou menos) fazendo meu dever de casa e trabalhando na loja... e o único motivo de eu estar mentindo é para poder cantar. Porém, por mais que eu insista nessa ideia, ainda estou indo contra a vontade dos meus pais e não me sinto bem com essa história.

— Na verdade — continua mamãe enquanto estaciona na frente da loja —, tenho uma coisa para te contar. — Ela desafivela o cinto e se vira para mim, abrindo um sorriso largo. — Estava falando com seu pai sobre como você tem lidado bem com o castigo e sobre sua ética de trabalho, e ele concordou que você tem ajudado muito. Estou impressionada de verdade com a sua mudança de atitude, Riley.

Eu me remexo no banco, a culpa me corroendo. Seria bem mais fácil racionalizar tudo isso se meus pais estivessem sendo horríveis.

— *Então...* — Mamãe faz uma longa pausa, e é aí que me lembro que não sou a única da família que ama fazer um draminha. — Sei que dissemos que você ficaria no mínimo oito semanas na loja, mas sugeri que o castigo acabe depois da semana que vem e seu pai não discordou!

Eu a encaro boquiaberta.

— Três semanas antes?

— O que você acha? Você vai ter sua vida de volta.

Ela parece tão contente que eu automaticamente devolvo o sorriso. Porém, sinto um calafrio de repente. Não virei mais para a loja de jogos? Cinco semanas atrás, eu teria feito qualquer coisa para ouvir aquelas palavras, mas agora meu primeiro pensamento é que não vou mais passar os fins de tarde com Nathan e os garotos. Só que... ah, as coisas que eu poderia fazer com todo esse tempo livre. Lembro da oferta da srta. Sahni de trabalhar como assistente na direção do coral. Não é exatamente a mesma coisa que dirigir o musical, mas isso não significa que não seria divertido. E a reunião com a administração é daqui a menos de duas semanas. Se tudo der certo — quer dizer, *quando* tudo der certo —, vou ter tanta coisa para organizar. Decidir o musical, solicitar a licença, planejar e realizar audições. Minhas tardes ficariam automaticamente cheias.

Mamãe me encara, confusa, provavelmente porque não estou dando pulinhos de alegria com a notícia.

— E... — continua ela, com certa hesitação —, seu pai e eu também conversamos sobre o baile. Sei que falta só uma semana e você não tem um vestido, então talvez você não esteja mais interessada em ir, mas...

— Vou poder ir? — pergunto, a voz estridente.

Minha mãe ri e joga os braços para o ar.

— Era esse o entusiasmo que eu estava esperando! Sim, você pode ir. Podemos dar uma passada no shopping e procurar um vestido esta semana se você quiser.

Com apenas uma semana para o baile, os únicos vestidos que sobraram na cidade vão ser aqueles que mais ninguém quis. Será como tentar conseguir um prato de comida decente logo depois que o time de futebol americano da escola destruir o buffet de comida chinesa mais próximo (história verídica). Mesmo assim, não me importo. Vou para o baile nem que eu tenha que aparecer com um poncho cinza e tamancos.

— Mãe, eu te amo!

Eu avanço e a puxo para um abraço.

— *Agora* você me ama — resmunga ela, brincando, e me abraça também.

Eu vou para o baile! Não sei como vou lidar com o resto, mas isso é um problema para a Riley do futuro.

Papai e eu trabalhamos na loja no sábado, mas ele ajusta os horários para sairmos mais cedo. Fico esperando ele mencionar alguma coisa sobre o fim do meu castigo, mas não puxa o assunto, então também não falo nada. Toda vez que penso nisso, sinto um aperto no peito, fico ansiosa e cheia de sentimentos conflitantes. Como posso dizer "não" para a srta. Sahni? É uma oportunidade incrível. Mas com que cara eu contaria a Nathan que vou sair da loja? Como posso contar isso ao meu pai? Eu nem sei se quero sair. É tudo confuso demais.

Para minha surpresa, papai sugere de irmos até uma das fazendas ali perto depois do trabalho. A ideia é escolher abóboras para decorar a loja. Como mamãe adora tudo relacionado a design, já estive em muitos festivais de outono ao longo dos anos para adquirir variedades raras de abóboras, mas nunca fiz algo do tipo com meu pai. Eu me encarrego de escolher as abóboras e depois comemos *donuts* com especiarias em um banco de piquenique enquanto crianças alucinadas por açúcar correm ali em volta. É tudo tão charmoso que não consigo parar de sorrir para meu pai do outro lado da mesa. É como se estivéssemos em um *sitcom* das antigas.

Quando voltamos, ele sugere jogarmos uma partida de Ticket to Ride e, pela primeira vez na vida, não recuso. Dá para ver no rosto dele que minha resposta o surpreendeu, mas ele tenta disfarçar. E o jogo é bem divertido. Não vai roubar o lugar do teatro como meu passatempo preferido, mas talvez papai não estivesse *completamente* errado sobre essa coisa de jogos.

Durmo até tarde no domingo porque papai ama dormir e nunca me enche a paciência por isso. Quando eu finalmente saio do quarto, por volta das onze, papai dá uma risadinha e me chama para a "sala de jantar", que ele converteu faz tempo em um espaço de pintura para suas miniaturas de Warhammer. Acho que nunca fizemos uma refeição aqui. Só pegamos nossos pratos e comemos no sofá.

— Chegou a Bela Adormecida! — exclama ele. — Pronta para assistir a um dos melhores filmes já criados?

— Aah, a gente vai ver *Les Mis*?

Papai dá uma risada. Vejo uma latinha de refrigerante e um saco de salgadinhos ao lado dele, o que me faz pensar no comentário de Nathan sobre como papai deveria tomar cuidado com a alimentação. Pelo bem do meu pai, espero que Nathan só tenha se confundido, porque a cozinha dele é basicamente o corredor de porcarias do mercado. Porém, papai está tão contente que não tenho coragem de comentar. Se ele estivesse com algum problema sério, já teria me contado.

— Você é mesmo filha da sua mãe. Tirando a parte de gostar de dormir. Mas espera só até ver *Cálice Sagrado*.

Uma batida na porta da frente me alerta que Hoshiko chegou. Ela arregala os olhos ao entrar. Nunca esteve na casa do meu pai, e esse apartamento não poderia ser mais diferente da casa impecavelmente decorada da minha mãe. Lá, cada canto, prateleira e mesinha é cuidadosamente embelezado com enfeites em cores combinando. Há quartos temáticos e iluminação artística, e ninguém deixa um copo em cima da mesa a menos que haja um porta-copos.

Aqui no meu pai, tem tralha para todo lado. Parece mais um dormitório de faculdade. A cozinha está abarrotada de cereal, tirinhas de frango congeladas e pacotes de salgadinho para dar e vender. A sala de estar se resume a um sofá de couro preto, uma poltrona reclinável e uma TV tão grande que parece uma tela de cinema. As estantes de papai estão cheias de livros de ficção científica, edições de D&D publicadas antes de eu nascer e jogos de tabuleiro. Sinceramente, não consigo imaginar duas pessoas mais diferentes do que meus pais. É surpreendente eles terem ficado tanto tempo juntos.

— Hoshiko! — exclama papai, aproximando-se do outro cômodo. — Que bom ver você de novo.

— Oi, sr. Morris — cumprimenta Hoshiko. Ela acena e se apoia nos calcanhares, como se não soubesse o que pensar do lugar.

— Pai, a gente vai passar um tempo no meu quarto até os meninos chegarem.

Conduzo Hoshiko pelo corredor. Temos pouco mais de duas horas até o horário que os garotos marcaram e quero aproveitar o tempo com ela o máximo possível. Não ficamos sozinhas em casa desde que o meu castigo começou.

— Desculpa, eu deveria ter te avisado — digo quando já estamos no meu quarto com a porta fechada. — A casa do meu pai é um *pouquinho* diferente da casa da minha mãe.

Hoshiko ri.

— Os meninos vão amar esse lugar.

— Verdade. — É tão bom estar com Hoshiko outra vez. Senti falta de passar tempo com ela. — Então, tenho uma notícia ótima! Eu ia te mandar mensagem, mas achei melhor te contar pessoalmente. Minha mãe disse que eu posso ir para o baile!

Hoshiko dá um pulinho e solta um grito.

— Obaaaaaaa! Sabia que ia dar certo!

Começamos a tagarelar sobre vestidos e penteados possíveis, mas, quando menciono a possibilidade de irmos juntas de carro, Hoshiko hesita.

— Vamos ver. Depois a gente fala sobre isso.

Faço uma careta, mas é verdade que da última vez que fomos a algum lugar juntas de carro, acabei de castigo por dois meses. Talvez seja melhor minha mãe ou meu pai me levarem.

— Então, quero saber mais sobre um certo *gamer* de óculos. Qual é a última de vocês dois?

Eu me jogo na cama.

— Nada de novo.

Para ser sincera, é difícil admitir meus sentimentos sobre Nathan para Hoshiko. É muito constrangedor. Estava tão orgulhosa do meu plano infalível de flertar com ele sem nenhuma consequência e agora *eu* é que estou virando a tolinha apaixonada em vez de Sophia. Dou uma espiada em Hoshiko, perguntando-me se ela desconfia de tudo. Somos melhores amigas há tanto tempo que costuma perceber quando estou tentando esconder alguma coisa.

Ela ergue uma sobrancelha, mas não faz mais perguntas.

— Acho que a gente merece reassistir a um musical antes de os meninos chegarem. Hoje parece um dia perfeito para *Hairspray*.

— Isso.

Quando chega a última cena, Hoshiko e eu estamos em pé no pequeno espaço entre o sofá e a TV, fazendo a coreografia e berrando as letras como se estivéssemos no palco em Nova York. Papai entra na sala, vindo da cozinha, mas eu o ignoro. Ele não vai me fazer perder as últimas notas de "Não Vamos Parar".

Hoshiko rodopia ao meu lado e eu seguro a mão dela enquanto caímos para trás no sofá aos risos. Ouvimos aplausos atrás de nós... e não é só papai aplaudindo. Nós nos viramos e nos deparamos com os quatro garotos batendo palmas e rindo com ele.

— Meu Deus, quando foi que vocês chegaram? — pergunto.

— Mais ou menos na metade da música — responde meu pai com uma risadinha. — Vocês duas estavam tão envolvidas que não ouviram as batidas na porta. Você continua igualzinha à quando era pequena.

Escondo o rosto nas mãos, pensando no fundamental I e em todas as tardes que eu passava cantando, dançando e me vestindo com fantasias elaboradas. Papai claramente também não se esqueceu disso.

— Tem vídeos disso aí? Eu adoraria assistir — diz Lucas, ávido.

— Eu já vi o suficiente — responde John. — Dava pra ouvir vocês do estacionamento.

Os garotos passeiam pelo apartamento, pegando as *action figures* do meu pai e apontando para alguns dos quadrinhos que ele emoldurou nas paredes. Nathan exclama sobre um dos consoles de videogame retrôs no canto. Fiquei pensando se rolaria algum flerte ou estranheza entre nós dois aqui, mas ele está agindo como se eu fosse só mais uma amiga. O que faz sentido. Não há a menor necessidade de fingir um namoro já que temos certeza absoluta de que nem Paul e nem Sophia vão aparecer hoje. Mesmo assim, é estranho estar na mesma sala que Nathan e não receber atenção dele.

— E você tem um fliperama — diz Anthony, dando tapinhas de reverência na máquina — baseado no jogo de *X-Men* de 1992?

— Você é entendido. Todo mundo pode jogar um pouco. Não precisa de moedas.

— Espera aí, a gente precisa focar — interrompe Nathan. — Viemos aqui por um motivo, e não é para cantar ou jogar videogames retrô… por mais legal que poderia ser. É hora de Monty Python.

— Mostro as coisas para vocês mais tarde. E a pizza vai chegar já, já. — Papai encara o grupo. — Preciso ir lá embaixo na lavanderia, mas depois disso vou estar na outra sala pintando meu exército de Hordes. Só que as paredes são finas, então comportem-se — diz ele, piscando para Nathan e eu antes de sair pela porta da frente com um cesto de roupa suja.

Os outros trocam olhares.

— Do que ele está falando? — pergunta Anthony.

Faço uma careta.

— Ele acha que eu e o Nathan estamos namorando.

— E vocês não contaram a verdade para ele?

— Seria muito pior. Como é que a gente explica isso sem parecer que nós dois somos completamente patéticos? — justifico.

— Bom, isso não tem como mesmo — diz Anthony com um sorrisinho. — Mas eu argumentaria que Nathan acertou na mosca. Ele pode flertar com várias garotas sem se meter em encrenca.

Reviro os olhos.

— *Enfim*. Meu pai tem Blu-ray de todos os filmes, então não vamos ter dificuldades.

— Antes que a gente comece o filme, tem algo que eu gostaria de contar — interrompe Lucas. — Bom... acho que não só eu...

Ele se vira para Hoshiko, e eu fico espantada quando vejo as bochechas dela corarem.

Ela assente com a cabeça para mim.

— Eu e o Lucas vamos para o baile juntos!

— Ah! — Dou um tapinha no ar na direção de Hoshiko. — *Não acredito* que você não me contou isso antes! A gente passou aquele tempo todo cantando a plenos pulmões e isso nem passou pela sua cabeça?

— Desculpa, eu sei, eu sei, sou uma péssima melhor amiga. Mas eu ia te contar assim que o Lucas chegasse.

Ele dá um passo na minha direção.

— Não precisa ficar brava com ela. Foi minha ideia esperar até estar todo mundo junto. Sei que ela estava morrendo por dentro.

Quero ficar brava com Hoshiko. Eu *estou* brava, pelo menos um pouquinho. Ela é minha melhor amiga — como pôde esconder isso de mim? Eu deveria ter recebido uma mensagem no segundo que ela aceitou o convite! Porém, assim que olho para os dois, a raiva desaparece. Hoshiko está tão animada que praticamente brilha, e isso não é nada comparado ao jeito como Lucas está olhando para ela agora. É como se ele estivesse encarando um anjo caído do céu. Ou, sei lá, a Idina Menzel.

Hoshiko inclina a cabeça para mim, e eu a puxo para um abraço.

— Estou feliz demais pra ficar magoada!

— Ebaaa! — Ela me aperta. — Mal posso esperar! A gente vai se divertir tanto!

— Você também arrumou um par? — pergunta John. — Não vai estragar toda essa esquisitice que vocês inventaram? — Ele gesticula de Nathan para mim.

— Não tenho par, só permissão dos meus pais.

— Eu sou o par dela — diz Hoshiko, encostando a cabeça no meu ombro.

Lucas franze o cenho na direção de Nathan.

— Você não teria que ser o par dela se certas pessoas tomassem a iniciativa...

— Opa, olha só o que eu achei! — Nathan praticamente grita, balançando a caixa de Blu-ray acima da cabeça. — Chega de conversa. Agora a coisa ficou séria.

Não é necessário dizer duas vezes. Lucas se apossa da poltrona reclinável e chama Hoshiko para se espremer do lado dele, o que ela faz com o maior prazer. Está praticamente sentada em cima dele. *Vamos ter uma conversa bem séria assim que estivermos sozinhas. Preciso de* todos *os detalhes sobre o que rolou com Lucas.* John e Anthony se jogam no sofá de couro falso, deixando apenas a almofada do meio vaga.

— Vai lá — diz Nathan, gesticulando para o espaço.

— Não, não quero fazer você sentar no chão. Você ama esse filme.

— Já vi um bilhão de vezes. E seu pai vai achar que eu sou mal-educado se eu fizer a filha dele sentar no chão.

— Eu não ligo, sério.

— Riley...

— *Pronto*, os dois sentam na porcaria de sofá e eu vou sentar no chão se fizer vocês calarem a boca. — John aponta para a tela, onde um cavaleiro finge galopar por um campo enquanto outro cara bate duas cascas de coco atrás dele. — A gente vai perder a parte da andorinha europeia.

Anthony solta uma risadinha e Nathan e eu trocamos olhares constrangidos antes de nos sentarmos em silêncio no sofá. O apartamento de papai é pequeno, o que significa que o sofá também é, e nossas pernas encostam dos quadris ao joelho. Tento cruzar as pernas para nos dar um pouco de espaço e mantenho os olhos fixos na tela. Lucas olha para nós antes de sussurrar alguma coisa para Hoshiko.

Por sorte, o filme é engraçado — embora totalmente bizarro — e prende minha atenção. O fato de que os garotos sabem as falas de cor também ajuda. Depois de um tempo, uma batida na porta anuncia que a pizza chegou.

— Eu solto um peido em sua direção! — grita papai ao entrar na sala, vindo do outro cômodo.

— Sua mãe era um hamster e seu pai cheirava a sabugueiro! — rebate John automaticamente, pausando o filme.

— E vocês zoaram a gente por saber as letras de *Hairspray* — diz Hoshiko.

Papai deposita as caixas de pizza na mesa de centro na nossa frente. Eu me levanto em um pulo para longe de Nathan, mas, ao ver o sorrisinho do meu pai, sei que ele notou exatamente como estávamos perto um do outro há poucos segundos.

— A gente não zoou vocês — argumenta Anthony. — Se me lembro bem, estávamos aplaudindo.

— Eram aplausos de pena — respondo, pegando uma fatia de pizza de cogumelos e calabresa.

— Ninguém nos aplaude por pena! — exclama Hoshiko.

— Isso mesmo! — Aponto minha pizza para os garotos como uma espada.

Todos pegam fatias e Mountain Dew (a bebida preferida do meu pai) e se acomodam para assistir ao resto do filme. Penso em me sentar na beira do sofá para não ficar encostada em

Nathan, mas ele me puxa para trás. Todos riem com alguma piada sobre uma bruxa, mas é difícil prestar atenção quando sinto arrepios sempre que Nathan se mexe e outra parte do corpo dele encosta no meu. Eu me viro um pouquinho para poder vê-lo com mais facilidade.

— Andei pensando numa coisa. Se eu conseguir trazer o musical de volta, você vai abrir uma exceção para o seu boicote a atividades extracurriculares e vai assistir à apresentação? Seria uma grande conquista para mim se eu conseguisse convencer o notoriamente antiescola Nathan Wheeler a ver o musical.

Ele inclina a cabeça, como se estivesse pensando, e então chega mais perto. Tão perto que a boca dele fica a poucos centímetros da minha.

— Eu poderia ser persuadido — sussurra ele —, sob as condições certas. Talvez eu até leve um buquê de flores para deixar o Paul com ciúme.

— Então eu quero girassóis. São minhas flores preferidas.

— É bem a sua cara.

— Caso vocês não tenham percebido... — interrompe Lucas, alto o bastante para fazer Nathan e eu darmos um pulo. — A Sophia não está aqui no momento. E nem o Paul. Então vocês não precisam continuar com o flerte de mentirinha na nossa frente.

— Shiu! — Olho ao redor para ter certeza de que meu pai não está à espreita na porta. — Não era flerte de mentirinha!

Lucas e Anthony trocam olhares sugestivos.

— Ah, bom, desculpa. Então era flerte de verdade.

Minhas bochechas ardem e eu dou uma mordida enorme na pizza.

Capítulo Vinte

Os garotos passam os últimos dez minutos do almoço de segunda-feira em uma discussão sobre super-heróis da Marvel *versus* os da DC, e nunca pensei que um debate com o qual eu não me importo poderia ser tão hilário.

Quando o sinal toca, Hoshiko e eu nos despedimos, já que não temos a próxima aula juntas, e eu me dirijo para o corredor sul. Uma mão se entrelaça na minha e aperta. Aperto de volta antes de pensar a respeito e me volto para encarar os olhos verdes de Nathan. Antes, era estranho sentir a mão dele na minha, mas agora é estranho quando ele não a está segurando. Mesmo assim, não sei porque ele está andando comigo. Nathan e eu não vamos juntos para a aula depois do almoço.

— Que foi? — Olho por cima do ombro à procura de Paul. — Você viu ele por aí?

Nathan nega com a cabeça.

— Não vi, não.

Pisco, confusa. Se Paul não está por perto, então o que Nathan está fazendo aqui? Desacelero ao chegar ao meu armário. Preciso do meu caderno para a aula de inglês mais tarde, mas também preciso de um momento para me recompor, só que Nathan não está colaborando. Ele solta minha mão, mas se encosta no armário ao lado do meu, parecendo tão tranquilo e lindo que sinto vontade de me jogar em cima dele e beijá-lo até ele esquecer o nome de Sophia.

— Você não precisa ir pra aula? — pergunto, a voz falhando.

— A gente ainda tem um tempinho. Queria falar com você sobre uma coisa em que andei pensando.

— Tá bom.

— Então, essa coisa toda de flerte de mentira que a gente faz perto da Sophia e do Paul... Você não acha meio difícil acompanhar de vez em quando o que e quando a gente deveria estar fingindo? Eu vivo levando susto, achando que o Paul está na minha visão periférica. Do jeito que eu presto atenção nele, o cara deve achar que *eu* é que tenho um *crush* nele.

Minha mão congela enquanto tiro o caderno do armário. Consigo prever o que Nathan vai falar antes mesmo de ele abrir a boca. Vai sugerir que a gente acabe com tudo. Andei me perguntando quando isso aconteceria.

Nathan chega um pouco mais perto.

— Talvez a gente devesse... Sei lá... E se a gente não ficasse mais entrando e saindo do modo namoro falso? E a gente só fingir o tempo todo?

O caderno cai no piso de linóleo, fazendo barulho, e nós dois o pegamos ao mesmo tempo. Não devo ter ouvido direito. Meus olhos se fixam nos dele enquanto nos levantamos ao mesmo tempo, devagar.

— Você quer... o quê?

Ele entrega o caderno para mim, agora com um sorriso discreto nos lábios.

— Tipo atuação de método, sabe? Mergulhamos tão fundo nos papéis que estamos interpretando que não parece mais fingimento. E aí ninguém precisa se preocupar em ser pego.

Minha boca fica seca. *Mergulhar fundo...* Ai, já estou submersa e não sei quando vou chegar ao fundo.

— Você tá falando sério?

— Faz sentido, não faz? Do contrário, é só uma questão de tempo até a gente baixar a guarda, e Paul ou Sophia descobrirem que é tudo uma farsa. Do jeito que está, nossa mesa inteira está a uma única piada de estragar nosso disfarce. E se o Paul descobrir que você inventou *mesmo* essa história? Ou a Sophia perceber que a gente só está tentando deixar ela com ciúme? Nenhum de nós conseguiria superar. A gente precisa fazer o que for preciso para vender essa história.

Meus pensamentos rodopiam como um tornado. É verdade que não haveria volta se um dos dois descobrisse. Porém, qual é a probabilidade de isso acontecer? Mesmo que Sophia ou Paul nos vissem em um momento em que não estamos flertando ativamente, será que iríamos mesmo parecer tão suspeitos?

Ao mesmo tempo, quem sou eu para argumentar se isso significa que vou passar mais tempo com Nathan? Mais olhares acalorados, mais sussurros que me deixam arrepiada e mais dedos acariciando meu cabelo… Talvez eu não me importe com a lógica de Nathan. Talvez eu não devesse negar a proposta ou deixar meu trabalho na loja.

Ou talvez eu precise resistir a isso com todas as minhas forças antes que me perca na personagem e não consiga sair dela. Não consigo decidir se essa é a melhor ideia do mundo ou se vai ser só o último prego no meu caixão.

— Mas e a Sophia? — pergunto para ganhar tempo. — Será que ela não vai acabar desistindo se ver nós dois juntos por muito tempo?

— Acho que não. Se ela começar a dar sinais, daí a gente desiste. Mas acho que ela gosta da competição. Sophia gosta de vencer.

Meu corpo estremece com a ideia.

— Que foi? — pergunta ele.

— Nada. É só que… Quer dizer, eu sei que esse é o objetivo, mas isso não te deixa incomodado? Ela pensar que a gente está namorando e aí tentar nos separar de propósito? Ela estaria tentando fazer você me trair com ela.

Ele arregala os olhos.

— *Trair* você?

Minhas bochechas ardem e faço um gesto como que para afugentar as palavras.

— Você entendeu o que eu quis dizer. Do ponto de vista dela, é o que você estaria fazendo.

— E isso te incomoda?

— Isso me faz questionar se ela é boa o bastante para você — digo, as palavras saindo antes que eu possa me controlar.

— Desde quando você se importa com isso? Achei que era tudo uma farsa elaborada para o Paul não ficar com dó de você.

— E é. Claro que é. Eu só odeio desperdiçar meu esforço com alguém que não vale a pena.

— Fingir que gosta de mim é um esforço tão grande assim? — sussurra ele, passando os dedos pelo meu cabelo.

Nathan deve saber como o toque dele faz meu corpo esquentar, apesar de eu conseguir manter minha respiração equilibrada. Ele me olha com tanta ternura que é quase impossível acreditar que é tudo fingimento.

Então surge a pergunta: será possível que *ele* também não esteja mais fingindo?

Eu o encaro com os olhos semicerrados, tentando discernir as emoções dele por meio da expressão, mas ele não deixa nada transparecer. E não vou ser eu quem vai perguntar. Se ele vai mesmo dizer que isso tudo é mentira, então vou flertar de volta. Vou devolver na mesma moeda toda vez. E, se o flerte enfim passar dos limites e ele quiser saber qual é a verdade, então ele é que terá que ceder e perguntar. Não vou me expor só para acabar descobrindo que ele é um ator bom de verdade.

— Ei, sr. Wheeler! Que tal tirar as mãos da srta. Morris para vocês dois voltarem às aulas antes que eu tenha que dar uma advertência?

Nathan dá um pulo para trás como se o sr. Stevens o tivesse acertado com uma arma de choque.

— Sim, senhor. Estou indo. — Ele recua alguns passos e olha por cima do ombro para verificar se nosso professor de história continua se afastando. — Você vai pra loja comigo, né? Então te vejo mais tarde!

Ele se afasta às pressas e eu aceno como se nada estivesse errado, mesmo que eu esteja prestes a desmaiar apoiada no meu armário.

***

Passo o resto do dia atordoada, repassando aqueles poucos minutos com Nathan e tentando compreender o que está rolando com ele. É só no ensaio depois da escola que consigo finalmente voltar ao foco. O pessoal decorou as letras e pequenas partes da coreografia, e a coisa está começando a parecer uma apresentação de verdade. Porém, os Três Porquinhos ainda não estão projetando a voz, Papai Ogro está me atazanando a respeito da máscara de Shrek que ele precisa usar e os figurinos são um desastre. Não consigo acreditar como o tempo está passando rápido. O baile é neste sábado e a grande reunião, na quarta-feira seguinte. Preciso dar um jeito nisso.

Estou quase na saída da escola, ocupada repassando minha lista de tarefas mental, quando uma voz me arranca dos meus pensamentos.

— Riley? Ei, espera aí!

Ugh.

É Paul outra vez, o retrato perfeito de um ator principal com o cabelo impecavelmente cortado e o sorriso brilhante. Tenho certeza de que o cabelo dele não estava desse jeito depois que ele tirou a máscara de Shrek no auditório há poucos minutos, o que significa que ele deve ter se enfiado em um banheiro antes de me procurar. Por algum motivo, a vaidade de Paul me irrita.

— Não tenho muito tempo. Vou embora com Nathan hoje — digo com um olhar incisivo.

— Foi um ótimo ensaio — comenta Paul, ignorando completamente o que acabei de dizer.

Solto um suspiro e abro a porta que dá para o estacionamento. É um dia friozinho de outubro, mas o sol brilha com força e preciso proteger o rosto com a mão.

Mesmo assim, meu olhar foca imediatamente em Nathan ao longe. Imaginei que ele estaria me esperando no carro, mas está encostado na porta do motorista. Por que caras ficam tão atraentes quando estão encostados em coisas? É só uma espécie de preguiça, essa mania de ficar escorado. Não deveria fazer meu coração acelerar, mas não tem jeito. Ele se afasta do carro e começa a caminhar na minha direção.

— Vou dizer uma coisa: não entendo vocês dois. — Por algum motivo inexplicável, Paul continua do meu lado. — Vocês não têm nada em comum.

Eu o encaro com um olhar fulminante.

— Bom, você e eu tínhamos muita coisa em comum e olha só no que deu.

— Riley...

— Tudo bem aí? — pergunta Nathan, a voz carregada de preocupação ao chegar ao meu lado.

Procuro pela mão dele, e ele a entrega com facilidade.

— Melhor agora — digo, em grande parte para mim mesma.

E é verdade. Fico mais tranquila só de ter Nathan por perto. Paul nos examina.

— Então, vejo vocês no baile?

Nathan e eu trocamos um olhar. Ele pode ter dito que deveríamos começar a fingir o tempo todo, mas eu sei que não quis dizer o tempo *todo*. Não quando se trata dos bailes da escola que ele detesta.

— Acho que não... — começo.

Nathan aperta minha mão com mais força, e me puxa para mais perto de modo que nossos braços se toquem dos ombros aos pulsos.

— É claro que vamos. Já estou ansioso pra ver o que a Riley vai usar. Tenho certeza de que ninguém vai tirar os olhos dela. — Ele gesticula para o meu suéter largo com estampa de morangos. — Se bem que isso acontece com qualquer coisa que ela veste.

Levanto os olhos para Nathan, completamente chocada. *O quê?*

Ele deve notar minha confusão, porque beija minha testa, como se quisesse me lembrar do que estamos fazendo.

— Beleza, *hum*... legal. — Paul soa hesitante, como se pudesse sentir certa tensão ou estranheza entre Nathan e eu e não soubesse bem o que pensar disso. — Vou procurar vocês. Se precisarem de mim, vou estar na BMW vermelha. Meu tio vai me emprestar o carro para eu ir à festa.

Ele dá uma piscadinha e sai andando pelo estacionamento.

— Você não deveria ter dito aquilo — repreendo Nathan quando já estamos seguros dentro do carro dele, afastando-nos da escola. — O que eu vou dizer quando ele perceber que você não foi comigo? Vai ser ainda pior.

Ele bufa.

— Se o Paul visse você no baile sem mim, você não precisaria se preocupar em explicar nada. Ele estaria ocupado demais implorando pra vocês voltarem.

Eu o encaro, horrorizada.

— Do que você está falando? Que ideia ridícula.

— *Hum*, ridícula é *você*. Sério mesmo que não notou o jeito que ele te olha? Ou as faíscas de inveja que saem dele sempre que eu apareço do seu lado?

— Nathan, foi *ele* quem terminou *comigo*. Paul está namorando a Lainey. Ele não quer voltar. Só quer que eu saiba o que estou perdendo.

Nathan segue reto pela Chestnut Street quando deveria ter virado à direita, depois entra abruptamente em uma viela estreita e acelera. Acho que ele poderia ter sido um piloto de Stock Car em alguma vida passada.

— Está na cara que ele continua interessado em você. Quando um cara termina de verdade com alguém, não continua aparecendo desse jeito. Ele não te superou.

Reviro os olhos, exasperada, mas não consigo afastar a ideia. Repasso minhas interações recentes com Paul. Ele tem falado bem mais comigo depois dos ensaios e de fato ofereceu me dar carona para a loja. Porém, até onde eu sei, ele continua namorando a Lainey. Mesmo que Nathan esteja certo em algum grau, eu não poderia me importar menos. Paul querer voltar comigo é uma ideia repugnante.

— Você está quieta. Está pensando na possibilidade de voltar com ele? — pergunta Nathan.

Talvez eu esteja imaginando coisas, mas ele parece incomodado.

— Ele é metido demais para me pedir em namoro de novo. Ia ferir demais o ego dele. E você está querendo evitar o verdadeiro assunto: como eu vou me explicar quando você não aparecer no baile comigo.

Nathan vira em outra viela — uma que eu nem sabia que existia. Estou prestes a perguntar para onde ele está nos levando quando saímos na rua da loja. Então é *assim* que ele chega aqui antes de papai e eu. Descobriu um atalho secreto cortando pela cidade.

— Não sei porque você continua falando isso. Eu não estava mentindo — responde ele. — Eu vou para o baile com você.

— Mas você odeia os eventos da escola. Você jurou que não ia.

Ele dá de ombros.

— O que você quer que eu fale? Estou ficando viciado em fazer o Paul quebrar a cara com as suposições dele. E começando a entender o que fez você soltar o meu nome para começo de conversa.

Eu me afundo no banco e fico encarando fixamente a paisagem à minha frente. Vamos ao baile juntos? Meu corpo começa a formigar só de pensar nisso, e eu tento lembrar a mim mesma que não vamos *juntos* ao baile, não de verdade. Ele não me convidou por vontade própria, e não vai me levar como par. É só parte do fingimento.

— Tudo bem? — pergunta Nathan quando eu não respondo. Ele franze as sobrancelhas, preocupado. — Eu só presumi que você ia querer que a gente fosse junto, mas se não é o caso...

— Não, não, está tudo bem. Obrigada por concordar com isso. — Abro um sorriso. — Vai ser divertido.

— Eu danço muito mal.

— Tudo bem. Vou te ensinar uns passos.

Minhas emoções são uma mistura de entusiasmo e trepidação. Uma noite inteira com Nathan ao meu lado, com as mãos no meu corpo enquanto dançamos... parece o paraíso. Porém, sei que o sofrimento está à espreita, aguardando para me atacar. Nunca pensei em mim mesma como uma masoquista, mas aparentemente não consigo me segurar: estou correndo a toda velocidade na direção da dor.

Capítulo Vinte e Um

Nathan cumpre o combinado a semana toda e, quando chega sexta-feira, a noite do nosso jogo de D&D, mal consigo disfarçar meu nervosismo. Não sei como ele consegue fingir tão bem. Age como o namorado perfeito do instante em que o vejo no corredor da escola de manhã até o último minuto na loja à noite. Sinto o corpo inteiro arrepiar só de pensar nisso. Nossas mãos unidas enquanto caminhávamos entre uma aula e outra, nossas pernas tocando na mesa do almoço enquanto comíamos tacos, os lábios dele no meu cabelo e na minha testa. Ah, os *lábios* de Nathan. Não tenho pensado em muitas outras coisas a semana toda. O único jeito de lidar com isso é devolver o flerte com ainda mais força. Se ele segura minha mão, eu a aperto e me apoio nele. Se ele me abraça, eu aproveito a oportunidade de sussurrar insultos provocantes no ouvido dele. Até onde consigo chegar até ele enfim recuar, chocado? Porém, nada que eu faço provoca essa reação.

Bom, eu ainda não o beijei. Imagino que isso resolveria a questão.

Continuamos nossa dança, chegando cada vez mais perto, mas nunca indo até o final, e isso está me deixando louca.

Não paro de pensar: "será que vai ser agora? Não. Talvez *agora*?". Como é que ele não está arrancando o cabelo em agonia? No entanto, Nathan é tão tranquilo que não deve mesmo ter o menor interesse em mim.

— Pronta para o jogo?

Dou um pulo de susto com a voz dele e quase derrubo os jogos de tabuleiro que estou segurando. Papai me pediu para reorganizar as prateleiras antes da nossa sessão de D&D começar, e resolvi usar isso para dar um tempo de Nathan e acalmar os pensamentos. Eu teria fracassado menos se tivesse tirado um 1 em um d20.

Nathan tira os jogos das minhas mãos e os empilha na prateleira antes de se virar para mim.

— Tudo bem? Você parecia um pouco estranha hoje.

Provavelmente porque eu não consigo parar de imaginar como seria beijar você até nós dois desmaiarmos de exaustão e derrubarmos todos os jogos dessas prateleiras.

— Ah, desculpa. Só estava pensando no musical.

— Claro que estava. Em que outra coisa você poderia estar pensando?

Não ouso olhar para ele. Pela primeira vez, o musical é a última coisa na minha mente.

— Olha quem fala, sr. D&D.

— Ah, nem vem, tem um milhão de coisas na minha mente. D&D, Magic, Warhammer. — Ele vai listando os jogos nos dedos. — Talvez tenha até umas citações de Monty Python rolando aqui dentro.

Tento sorrir e vou até a sala dos fundos. Anthony e John estão na nossa mesa de sempre, mas fico surpresa ao perceber que Lucas não apareceu. Olho ao redor da sala, mas não vejo sinal dele. E nada de Hoshiko também. Verifico meu celular para o caso de ela ter mandado mensagem avisando que vai se atrasar, mas não recebi nada. Tudo bem que ela sempre vem correndo para cá depois da aula de dança, mas Hoshiko costuma avisar quando algum imprevisto acontece. E Lucas nunca se atrasa. Mordo os lábios — talvez eles estejam juntos? Mando uma mensagem rápida para checar.

Nathan fica parado atrás de mim, mas basta um olhar rápido por cima do ombro para ver que ele também notou a ausência dos dois. Bem nesse momento, Sophia entra na sala, parecendo uma fada etérea usando uma coroa de flores artificiais sobre os cachos ruivos. A sala inteira desacelera enquanto todos param o que estão fazendo para olhá-la. Tenho certeza de que ela ama a atenção.

Sinto Nathan se aproximar atrás de mim. Ele brinca com meu cabelo, tirando as mechas do meu rosto e alisando-as nas minhas costas. É tão relaxante que preciso me policiar para não começar a ronronar feito um gato.

— Você vai usar o cabelo solto amanhã? — sussurra ele.

Abro um sorriso convencido. Ele não para de tentar descobrir o que eu vou vestir para o baile, mas mamãe e eu encontramos um vestido dois dias atrás e vou fazer uma surpresa. Pelo menos posso fazer algum suspense sobre o assunto.

— É possível — sussurro de volta. — Você gosta dele solto?

— Gosto — responde ele, juntando as mechas em um rabo de cavalo baixo e depois as soltando.

— Que interessante. Então talvez eu use ele preso só para te provocar.

— Beleza. — Ele desliza as mãos pelos meus ombros e depois pelos braços. Então, se inclina para a frente, encostando o peito contra as minhas costas. — Gosto quando você me provoca. Gosto de tudo que você faz comigo.

Os lábios dele roçam na minha nuca e sinto um arrepio na espinha.

Porém, em vez de me derreter com as palavras dele, eu acordo para a vida. Isso é demais. Mal consigo me segurar quando Nathan me toca, mas as palavras dele? É impossível ouvi-las, sabendo que ele está sussurrando ao meu ouvido porque Sophia acabou de entrar. Não aguento mais.

Dou um giro, empinando o queixo. Sei que está todo mundo olhando, mas não me importo.

— Você não deveria falar coisas desse tipo.

Aproveito e belisco o braço dele.

— Ai! — Ele fica de queixo caído, em choque. — Você me beliscou.

— Você mereceu.

Ele pisca, claramente confuso. Parecendo hesitante, Nathan me puxa para mais longe da mesa, onde todos estão tentando ouvir nossa conversa na maior cara dura.

— Ei, desculpa mesmo. Não percebi que estava passando dos limites. Eu só...

Os ombros dele murcham e ele parece tão cheio de preocupação e remorso que acabo amolecendo e a raiva se esvai. Olho para os meus pés.

— Me diz o que fazer — continua ele. — Ou o que não fazer. Foi o cabelo? Ou o beijo?

Balanço a cabeça, de repente sentindo que estou à beira de lágrimas.

— Sei lá. É... estranho quando você diz coisas legais como aquelas para mim. É demais.

Ele endireita a postura.

— Você não quer que eu diga coisas legais?

— Estou acostumada com piadas. Ou provocações. É só fazer isso em vez de mentir.

— Eu não estava mentindo. Adoro quando você me provoca.

Ele acha que está ajudando, mas não está ajudando em nada. Está só deixando as coisas *muito* mais difíceis.

Olho para trás. A mesa inteira está nos encarando, até mesmo John. Os olhos de Sophia estão semicerrados, como se ela estivesse nos avaliando.

Solto um grunhido.

Nathan não parece se importar que todos os outros estejam nos observando. Ele diminui a pequena distância entre nós.

— Você quer que eu pegue mais leve? — pergunta ele em um sussurro. — É só me dizer as regras, que eu sigo direitinho.

Meu estômago revira. As regras...

Não olhe para mim como se quisesse me beijar a menos que você queira mesmo.

Respiro fundo.

— Está tudo bem. Só... É, é melhor a gente pegar mais leve. Não estou com energia pra continuar com isso hoje.

O rosto de Nathan é tomado pela mágoa, e eu desvio o olhar. Lucas irrompe na sala bem nesse instante, seguido por Hoshiko. Nathan e eu viramos um para o outro, surpresos, o constrangimento momentaneamente esquecido com a nova revelação. Desde quando os dois começaram a chegar juntos para o jogo? E onde eles estavam antes de vir para cá?

Tem alguma coisa rolando com Lucas que Hoshiko não está me contando, mas ainda estou desesperadamente feliz por ver minha melhor amiga. Nathan e eu voltamos para a mesa, e ela me examina. O rosto de Hoshiko é tomado por preocupação, mas eu balanço a cabeça. Posso falar com ela mais tarde.

— Tá, desculpa pelo atraso — diz Lucas. — Hoje é uma noite importante para a campanha, então precisamos focar. Não vamos enrolar se a gente quiser terminar esta parte da aventura hoje. — Ele tira os livros e os dados da mochila e se senta, olhando ao redor da mesa com uma expressão séria. Pela primeira vez, estou aliviada por focar apenas no jogo e ignorar Nathan e Sophia. — Na nossa última sessão, vocês abriram caminho até as fronteiras do pântano onde acreditam que a hidra está. Vocês podem continuar a explorar a fronteira ou podem se aventurar no interior do pântano.

— Chega de explorar. Já está na hora de matar essa coisa — declara Nathan, fazendo um gesto como se estivesse erguendo a espada mágica que conseguimos para ele duas sessões atrás.

— E pegar nosso tesouro! — brada Anthony.

Hoshiko e eu trocamos olhares, achando graça, e assentimos junto com os outros. Não sabia se ela aguentaria mais do que algumas sessões, mas, entre passar tempo comigo e o novo Mestre preferido dela, Hoshiko pegou gosto pela coisa.

A ladina de Sophia abre o caminho por alguns encontros aleatórios, e logo estamos envolvidos em uma luta desesperada para sobreviver à hidra. Rodada após rodada, batalhamos contra a criatura, cada um recebendo danos quando cortamos uma das cabeças dela para depois duas crescerem no lugar quando o monstro evita o dano de fogo. Todos os outros estão inquietos, falando mais alto e mais rápido do que de costume, vibrando quando um de nós consegue cortar uma cabeça e grunhindo quando os pontos de vida de algum jogador diminuem demais. Tento demonstrar o mesmo entusiasmo que os outros, mas está difícil. Meus pensamentos continuam voltando para o que aconteceu com Nathan, então é impossível mergulhar na minha personagem e na história do jogo. As coisas ficam tão ruins que me pego olhando por cima do ombro, torcendo para meu pai ter problemas com algum cliente e eu precisar abandonar a mesa para ajudá-lo.

John termina seu turno conjurando raios de fogo no monstro.

— Não sei porque perdemos tempo procurando aquela espada, Sol, já que vou ser eu quem vai matar essa coisa.

— Sem chance, eu é que vou. Com a Elphaba me inspirando como sempre, não tem erro. — Ele sorri para mim. — Com você do meu lado, eu sou invencível.

Meu coração sai do compasso e olho para os meus dados. Meus dados perfeitos que meu namorado falso perfeito comprou para mim. Sei que nós dois estamos interpretando personagens — nesse instante e também na vida real — e sei que isto é só um jogo. No entanto, acho que não consigo jogar por muito mais tempo.

— É a sua vez, Elphaba. O que você vai fazer? — pergunta Lucas.

— Vou curar o Anthony.

— Certo. O que mais?

— E... só.

Lucas pisca, surpreso. Sophia volta toda a atenção para mim e Nathan se aproxima.

— Você esqueceu de usar sua habilidade de inspirar para fortalecer meu ataque.

— Vou guardar para depois.
— Guardar?

Nathan olha para mim como se eu tivesse acabado de dizer que estou planejando dar um soco na cara dele mais tarde.

— Só posso usar minha habilidade algumas vezes por dia, e o grupo pode precisar dela mais tarde.

— Eu sei, mas...

Remexo nos dados em vez de olhar para ele. Sem minha ajuda, Sol não é páreo para a hidra. O resto do grupo intervém para ajudar, mas, no fim das contas, é John quem derruba a criatura. O grupo irrompe em gritos e bate-aquis quando percebemos que ganhamos para valer. Anthony se levanta em um pulo e nos puxa para um abraço, depois sai correndo pela sala e abraça outros clientes aleatórios. Até Hoshiko faz uma dancinha da vitória.

Depois de um instante, Lucas se debruça sobre a mesa, o rosto de repente ameaçador.

— Bom trabalho. Porém, parece que Elphaba sabia de algo que o resto do grupo não sabia quando decidiu guardar a habilidade dela. Talvez ela possa prever o futuro além de cantar e deixar passarinhos no chinelo, porque... — Ele pausa e passa os olhos pela mesa demoradamente, fazendo questão de encarar cada um dos nossos rostos confusos antes de continuar. — Vocês pensaram que a hidra era o último inimigo, mas estavam enganados. O que vocês não perceberam quando roubaram a espada mágica de Sol foi que perturbaram o local de descanso eterno do rei de quem a roubaram, e ele está *extremamente* furioso. Ele voltou a este plano como uma Aparição, e está esperando na fronteira do pântano para recuperar o que é seu por direito, e destruir aqueles que o roubaram.

Lucas se recosta na cadeira e cruza os braços, parecendo bastante satisfeito consigo mesmo.

Nathan arqueja de espanto e John pula da cadeira. Anthony e Sophia grunhem e abaixam as cabeças para descansar na mesa. Não sei se matar uma Aparição é muito difícil, mas, pela reação deles, deve ser complicado.

— Isso é impossível. A gente não dá conta de uma Aparição agora. Nosso HP já foi dizimado! — protesta John. — Você quer garantir que o grupo inteiro morra.

— Isso é sadismo, cara — reclama Nathan.

Com o corpo virado para o lado oposto que eu estou, não posso deixar de sentir que ele está me ignorando de propósito agora. Não que eu possa julgá-lo por isso.

— Não é sadismo. — Lucas ergue o queixo em desafio. — Quer dizer, tá bom, talvez um pouquinho. É um dos benefícios de ser o Mestre. Porém, não é *impossível*. Agora são seis pessoas no grupo e, se todos trabalharem juntos, existe uma chance de todo mundo sair vivo.

— A mesma chance de um de nós ganhar uma bolada na loteria, comprar um iate e levar o grupo em uma viagem de um ano ao redor do mundo — murmura Anthony.

— Isso é uma possibilidade real? — pergunta Hoshiko. — Porque acho que a gente deveria se esforçar mais para esse plano.

O grupo ainda está agitado com a reviravolta na campanha quando papai aparece alguns minutos depois para avisar que a loja vai fechar em breve.

— Vocês precisam dormir bem esta noite para aproveitarem o baile amanhã — diz ele com um sorriso. — Todos animados?

Lucas sorri.

— Mal posso esperar.

— A equipe vai ficar desfalcada — responde meu pai, apontando para Nathan e eu com a cabeça —, mas os clientes podem esperar. Não vou perder a oportunidade de ver minhas duas pessoas preferidas indo juntas ao primeiro baile da escola por nada neste mundo.

Ele abre um sorriso enorme para nós.

Todos se viram para nos encarar. Eu me forço a abrir um sorriso tímido.

— Obrigada, pai. Já estou indo lá na frente para ajudar a fechar tudo.

— Tranquilo, sem pressa.

Ele aperta o ombro de Nathan e sai da sala.

Sophia se recosta na cadeira, o olhar fulminante, e eu estremeço.

— Não sabia que vocês dois iam ao baile juntos — diz ela.

— Pois é... — diz Nathan, virando-se para mim.

Ele mal fez contato visual desde que eu me recusei a usar minha habilidade para ajudá-lo, mas, de repente, seu olhar fica intenso e indecifrável. Será que ele quer que eu invente alguma desculpa para Sophia sobre o motivo de irmos juntos à festa? É arriscado para Nathan deixar que eu explique em vez de fazer isso ele mesmo. Tudo o que eu quero fazer é rosnar para ela feito um animal ferido e grunhir que Nathan é *meu*.

Só que ele não é meu, e estou tão cansada de fingir o contrário. É oficialmente hora de sair do caminho.

— Só estamos indo como amigos — digo, e gesticulo para os outros na mesa. — Uma parte do nosso grupinho vai junto, e eu não consegui arranjar um par. O Nathan fez a gentileza de ir comigo para eu não ficar sozinha. Não tem mais nada rolando além disso. Meu pai só tem uma imaginação fértil.

Nathan arregala os olhos, chocado. Na verdade, todos na mesa estão me encarando como se eu tivesse acabado de anunciar que vou boicotar o Tony Awards esse ano.

Eu me levanto.

— Acho melhor eu ir ajudar meu pai — digo, me despedindo de Sophia com um aceno de cabeça e saindo da sala.

Pronto. Está feito. E só estou com um pouquinho de vontade de chorar.

Pego a vassoura de carpete no armário e começo a passá-la indiscriminadamente pelo chão.

— Bem, *isso* foi interessante — diz Lucas alguns minutos depois.

O resto do grupo, com exceção de Nathan e Sophia, se reúne perto de mim na frente da loja.

— Se eles começarem a namorar mesmo, a Sophia vai fazer gato e sapato dele — diz Anthony, sem parecer falar com ninguém em particular.

Dou de ombros.

— Já estava na hora. Começamos essa coisa toda para ele poder namorar a Sophia e ela está claramente interessada nele agora. Eu não queria destruir isso.

Todos trocam olhares.

— Eu ia gostar bem mais se vocês dois namorassem de verdade — opina Anthony.

John assente com a cabeça, e Hoshiko passa um braço pela minha cintura e me aperta.

— Sinto muito, Riley — diz Lucas baixinho.

A expressão dele é tão carregada de compaixão que tudo naquela situação fica insuportável. Sei que minhas bochechas estão vermelhas e minha garganta parece tão inchada e seca que mal consigo falar.

— Pelo quê? — Passo a vassoura no chão com mais força. — Era esse o plano, desde o começo. Flertar por tempo o suficiente para a Sophia ficar com ciúme e aí ele ficar com a garota. Pensando bem, a reação de vocês só mostra como eu sou uma ótima atriz.

Lucas parece cético.

— Tudo bem, mas...

— Sem "mas". Está mesmo tudo bem.

Hoshiko olha o celular e suspira.

— Desculpa, meu pai chegou. — Ela me puxa para um abraço. — Conversamos amanhã, quando formos nos arrumar juntas, tá? Eu te amo.

— Eu te amo — respondo, e a aperto mais um pouco antes de deixá-la ir embora.

Os outros a seguem, saindo da loja. Desligo o cérebro e começo a varrer no automático.

Sophia sai da sala dos fundos em seguida, balançando os quadris e sorrindo de orelha a orelha. Ela mexe os dedos em um aceno.

— Tchauzinho, Riley!

Pisco, incrédula, enquanto ela sai da loja e meu corpo inteiro fica mais pesado. Só existe um motivo para ela estar tão feliz.

Agora está tudo acabado.

Um instante depois, uma sombra aparece à minha direita e só pode ser uma pessoa.

— Oi — digo sem erguer o olhar.

— Todo mundo foi embora tão rápido — diz Nathan. — Normalmente eles ficam de bobeira até o seu pai enxotar todo mundo e trancar a loja.

Dou de ombros. Nathan continua:

— Então, o que rolou lá trás? Por que você disse para ela que iríamos na festa só como amigos?

— Porque é a verdade.

— Eu sei. É claro que sei disso. — Ele dá um suspiro longo e passa a mão pelo cabelo. — Mas ela não sabia. Esse era o objetivo.

Solto o cabo da vassoura e me viro para ele, as mãos na cintura.

— *Não*, o objetivo era você ficar com a Sophia. Certo? E vi uma oportunidade perfeita para isso acontecer. Deixa eu adivinhar, ela te chamou pra sair depois que eu fui embora.

Ele dá um passo para trás.

— Sua audição é boa mesmo.

— Não precisei ouvir. Eu sabia.

Nathan leva uma das mãos à nuca.

— Ela me chamou para ir ao baile da escola dela. É no fim de semana que vem.

Essa parte eu não estava esperando. É irracional, mas dói mais do que se eles estivessem indo a um encontro normal. Faço um esforço para controlar minha expressão.

— E você aceitou?

Ele hesita e examina meu rosto, fitando minha boca e depois o chão.

— Aceitei.

— Ótimo. Fico feliz por você. — Minha voz soa tão calma. Posso estar cansada, mas ainda dou conta desta última conversa. — Então nós conseguimos. Deu certo. Nosso plano acabou sendo bem-sucedido, hein? — Olho ao redor, me dando conta de onde estamos. — E tudo começou aqui, nesse mesmo corredor. Acho que é um lugar adequado para dar um fim nisso.

— Isso o quê?

Faço uma careta.

— Tudo. Os flertes, o fingimento, o baile.

Nathan balança a cabeça.

— Mas e o Paul? E amanhã?

— Eu me entendo com o Paul. Nunca deveria ter deixado ele mexer tanto comigo, mas não ligo mais para a opinião que ele tem de mim.

Presumo que Nathan ficaria aliviado, mas, em vez disso, a expressão se fecha.

— Não vou te abandonar.

— Está tudo bem — digo, mas minha garganta fica apertada e preciso me virar antes que Nathan consiga decifrar minha expressão.

Na verdade, só estou chateada comigo mesma. Não posso culpar mais ninguém por me meter nessa situação ridícula. Fui eu quem convenci Nathan a começar essa história.

— Não. — A voz dele é determinada agora. Agitada. — O baile é amanhã. Não vou deixar você na mão na véspera. Seu pai nunca mais me deixaria pisar na loja se eu fizesse isso.

— Ah... bem pensado.

Solto um riso sem graça. Queria que ele tivesse outro motivo, mas Nathan não está errado a respeito do meu pai. Ele ficaria lívido se descobrisse que fiquei sem par de repente.

Nathan pousa uma mão no meu braço.

— Vou te buscar às cinco amanhã, tá bom? A gente deixa de lado todo o resto e age normalmente. Como amigos. Presumindo que você ainda me veja como um amigo?

— Você é meu colega de trabalho irritante às vezes, mas sim. Somos amigos.

— Ótimo. E você não vai mesmo me contar o que vai usar amanhã?

Aquilo me faz sorrir de verdade.

— Não, isso continua sendo surpresa.

— Beleza. — Ele olha para mim por mais um segundo e depois se vira. Dá apenas alguns passos antes de voltar. — Você pode não ligar mais para o Paul, mas aquele cara ainda me irrita pra caramba. Talvez eu precise assumir o papel de namorado mais uma vez se ele começar a te perturbar amanhã.

Dou uma risada de leve.

— Eu é que não vou reclamar.

Na verdade, eu não me oporia a dar vinte dólares para Paul aparecer só para Nathan me dar mais um beijo na testa. Porém, sei que não é disso que nenhum de nós dois precisa. Nathan sonha com Sophia já faz meses e agora — por causa do meu plano — ele finalmente a conquistou.

Capítulo Vinte e Dois

— Prontinho! Você está linda.

Hoshiko dá um passo para trás e me olha da cabeça aos pés. O baile é hoje à noite e meus pais concordaram que nós duas poderíamos passar o dia inteiro juntas nos arrumando. Fizemos o cabelo e as unhas uma da outra, e passamos a última hora no meu quarto, dançando as músicas da Taylor Swift enquanto fazíamos a maquiagem e terminávamos de nos vestir.

— Obrigada, mas você vai deixar todo mundo no chinelo — digo.

Hoshiko sorri e faz uma voltinha graciosa pelo quarto.

— Espero que sim.

Nem precisa esperar nada — ela escolheu um vestido azul de paetês que é bem mais ajustado ao corpo do que achei que a mãe dela permitiria. A peça acentua cada detalhe do corpo de dançarina de Hoshiko, e Lucas vai desmaiar quando a encontrar. E deveria!

Esfrego as mãos no meu vestido e engulo em seco. Estou começando a desejar ter avisado Nathan sobre o que vou usar em vez de guardar segredo. Ele deve imaginar que eu escolheria alguma coisa dramática, mas o vestido que estou usando é exagerado até para mim. Havia poucas opções disponíveis quando mamãe e eu fomos às compras alguns dias atrás, mas assim que vi o vestido não pude perder a chance... Se bem que outras pessoas obviamente quiseram perder, já que estava com um belo desconto.

É um vestido curto sem alça, completamente coberto de penas de avestruz tingidas de rosa, azul e roxo, com um cinto largo rosa neon na cintura. Combinei a peça com os saltos verdes e vibrantes da minha mãe — por que não? —, e, depois de *muita* dúvida, deixei o cabelo solto, penteando com leves ondas. Fiquei tentada a prendê-lo em um coque alto só para contrariar Nathan, o que Hoshiko apoiou, mas... Bem, quero que ele se arrependa amargamente de estarmos indo só como amigos. É mesquinho e patético, mas é tudo que eu tenho agora.

— Ainda não acredito que ele concordou em ir ao baile com a Sophia — murmura Hoshiko para o espelho enquanto ajeita os brincos.

— Não sei porque você e o Lucas ficaram tão chocados. É claro que ele ia aceitar.

— Você não ficou sentada do outro lado da mesa observando o Nathan por semanas como nós. Não sabe como ele fica quando está olhando pra você. *Ninguém* atua tão bem assim.

Bufo, fingindo irritação.

— Nem eu?

Ela abre um meio sorriso.

— Eu amo você, mas vamos ser sinceras. Quando se trata do Nathan, você meio que é uma péssima atriz.

— Ai! Assim você me magoa — digo, apertando o peito em um gesto dramático.

— Sei que não era desse jeito que você estava imaginando o baile, mas nós vamos nos divertir horrores mesmo assim. Nossos vestidos são lindos e vamos poder passar a noite dançando juntas. Esse baile foi feito para nós.

— Verdade. E depois a gente pode voltar pra casa e analisar cada detalhe. Não tem como ser uma noite ruim!

— Exatamente!

— Os meninos chegaram! — chama mamãe lá embaixo. O tom dela é tão entusiasmado que quase soa como uma adolescente.

Hoshiko e eu trocamos sorrisos e vamos até a escadaria. Por um segundo, enquanto descemos, é como se a sala de estar estivesse cheia de paparazzi. Tem bem mais gente do que eu imaginava cabendo naquele espaço, e todas estão com os celulares na mão enquanto suspiram. Vejo o pai, a mãe e a irmãzinha de Hoshiko, junto aos pais e avós de Lucas. Meu pai está ao lado da minha mãe. É a primeira vez que vejo os dois juntos desde que me colocaram de castigo. Por sorte, estão sorrindo dessa vez.

Lucas dá um passo na direção de Hoshiko e a expressão dele é exatamente como eu imaginei que seria: boquiaberta e sem palavras. Fico tão extasiada de olhar para eles que não noto Nathan até chegar ao último degrau e ele estar bem na minha frente.

— Riley.

Basta um olhar para ele e fico atordoada. Nathan está... devastadoramente lindo. Mais do que eu achei que fosse possível. Ele sempre foi bonitinho com o cabelo bagunçado e os óculos de armação preta, mas agora é como se fosse uma pessoa totalmente diferente. Imaginei que usaria uma calça caqui e uma gravata emprestada do pai, mas ele está de *terno*. Um lindo terno cinza-escuro que o faz parecer estar a caminho da estreia de um filme em vez de um baile de escola no meio de Ohio. E a expressão dele... se eu não o conhecesse bem, diria que estava tão embasbacado quanto Lucas. Talvez até mais? Como se ele mal conseguisse acreditar que sou eu.

— Oi. — Minha voz sai em um sussurro. — Acho que era *eu* quem deveria ter te atormentado esse tempo todo perguntando o que você ia usar. Esse terno é incrível. Nem sabia que você tinha uma camisa social.

Ele olha para baixo, inseguro.

— Minha mãe me levou para comprar a roupa. Eu não costumo me arrumar.

— Não me diga!

Ele abre um sorriso melancólico.

— Você está... Uau. Esse vestido...

— É.

Esfrego as mãos nas penas, me sentindo boba. Onde eu estava com a cabeça para usar um vestido assim? As pessoas vão passar a noite inteira fazendo piadas com passarinhos.

— Você se importa? — Ele hesita e estende o braço para tocar uma pena. — Ah, elas são tão macias! — Ele dá uma risada. — Achei que talvez fosse coçar ou pinicar, sei lá.

— É bem peculiar, eu sei. Mas você não deveria ter esperado nada menos do que isso — digo, dando de ombros.

— O vestido é perfeito. Você está perfeita.

Nossos olhares se encontram e eu sinto: a faísca que faz eu me perguntar se Hoshiko tem razão. Será que ele acha mesmo que eu estou perfeita? Amigos dizem coisas desse tipo para outros amigos? Então, percebo que as pessoas ainda estão tirando fotos e fazendo vídeos de nós, e dou um passo para trás.

— Cadê a sua mãe? Preciso elogiar o bom gosto dela — falo.

Ele esfrega a nuca, sem graça.

— Meus pais não puderam vir. Sabe... O trabalho e tal. Acho que ela se sentiu bem culpada, e foi por isso que gastou tanto dinheiro com essas roupas.

Eu avalio a sala. Nathan é o único que veio sem a família. Ninguém para enchê-lo de elogios ou fazê-lo posar para fotos ou falar sobre como não acreditam que ele está tão crescido agora. Meus pais podem ser superprotetores e frustrantes, mas estão sempre ao meu lado, não importa o que aconteça. Sempre achei que isso era o esperado: o fato de que tanto minha mãe quanto meu pai irem assistir a cada apresentação e evento de que eu participo. Agora vejo que nem todo mundo tem isso.

Seguro a mão de Nathan sem pensar e a aperto.

— Diz pra ela que eu adorei o terno. Acho superlegal ela ter feito isso. Agora, vamos acabar com essas fotos pra gente poder ir comer.

Encontramos Anthony e o par dele, Kenzie, em um dos únicos restaurantes da cidade que não é uma franquia. Os pais de Nathan devem ter dado uma aula de etiqueta para ele, porque o garoto puxa a cadeira para que eu me sente à mesa. Hesito quando vejo a disposição de todos os pratos.

— Fico surpresa de terem colocado a gente numa mesa tão grande.

Tem oito lugares, mas somos apenas seis e eu tenho certeza de que existem outros grupos maiores ainda esperando para se sentarem.

Lucas, Anthony e Nathan trocam olhares entusiasmados. O que faz Hoshiko e eu nos encararmos, assustadas. O que eles estão planejando?

Isso só fica aparente depois de vinte minutos. Acabamos de receber o pão e as saladas de acompanhamento quando uma comoção se inicia atrás de nós. Eu me viro e arquejo. John está marchando na nossa direção, parecendo ter acabado de sair de um filme de Senhor dos Anéis. Está usando uma túnica azul-marinho e calça preta, com uma capa preta e pesada balançando atrás de si. No cinturão de couro, múltiplas garrafas de vidro estão penduradas, além de uma algibeira de couro. E ele não está sozinho. Ao lado dele está um garoto negro e alto vestido de cavaleiro, com uma armadura barulhenta e uma espada comprida embainhada.

— Que bom, vocês conseguiram! — exclama Anthony.

Todos os clientes do restaurante pararam com os talheres a caminho da boca para encarar.

Grito e começo a aplaudir.

— Meu Deus!

John revira os ombros para trás. Era de se esperar que ele estaria com vergonha de aparecer em um restaurante chiquezinho vestido de mago, mas nunca o vi tão confiante. Os garotos se sentam nos lugares vazios, mas precisam mexer nas capas e espadas para ficarem confortáveis.

— Oi. — O outro garoto acena para a mesa. Ele parece um pouco mais nervoso. — Eu sou o Jordan. O namorado.

Meu sorriso fica ainda maior. Não me importa o que mais vai acontecer, já amo essa noite.

— Oi! Eu sou a Riley.

Hoshiko também se apresenta. No fim das contas, os garotos convenceram John e Jordan a aparecerem para o jantar antes da rodada de LARP, já que se recusaram a trocar o compromisso pelo baile.

— Tem certeza de que não conseguimos convencer vocês a irem com a gente? — pergunta Hoshiko. — Preciso muito ver uma foto de vocês dois com essas fantasias fazendo uma pose clássica de baile.

Jordan arregaça as mangas e passa manteiga em um pãozinho.

— Eu falei a mesma coisa, mas o John leva o LARP *muito* a sério — responde ele, lançando o tipo de olhar afetuoso mas exasperado que os casais trocam quando estão juntos há muito tempo.

John devolve o olhar. Ele nasceu para usar aquela fantasia, porque sua personalidade fica dez vezes mais forte dentro dela.

— É impossível dançar com este robe. Prefiro mil vezes matar uns monstros.

— Onde você comprou essa roupa? — pergunto.

Minha mente já se voltou para o possível musical. Nosso orçamento provavelmente não vai ser suficiente para comprar fantasias chiques, e duvido que vamos precisar de algo parecido com o que estão usando, mas talvez a fábrica de fantasias tenha algo que poderíamos pagar para os protagonistas.

— Ah, somos pobres demais para comprar esse tipo de coisa. Elas são ridiculamente caras, e minha mãe insiste que é desperdício de dinheiro. Por sorte, tem um monte de tutoriais por aí.

Derrubo minha faca, que tilinta sobre o prato.

— Vocês *fizeram* essas fantasias?

Jordan sorri e faz uma reverência de leve.

— Horas e horas de trabalho. Nossa amiga Marjorie faz mágica com uma máquina de costura, então ajuda um pouco.

Nathan dá risada e eu me viro para ele, os olhos semicerrados.

— Que foi? — pergunto a ele.

— Eu deveria ter dito para o John convidar *você* pra entrar no grupo de LARP em vez de mim. Era só te mostrar as fantasias que você já estaria dentro.

— Eu gosto mesmo de uma boa fantasia — concordo, suspirando desejosa para a pelagem falsa na borda da capa de John.

Nathan se inclina na minha direção e eu lembro que, por mais legal que um peitoral de prata seja, nada supera Nathan usando um terno. Sinto um desejo repentino de agarrar a gravata dele e puxá-lo para ainda mais perto.

— Eu ainda posso levar a gente pra Casa dos Feriados depois do baile — sussurra ele. — Talvez a gente consiga roubar umas fantasias dos manequins antes de sermos pegos.

— Encontro marcado.

Ele dá uma piscadinha e sinto as pernas formigarem. É muito difícil sermos só amigos quando Nathan está lindo desse jeito.

Sinto os nervos à flor da pele quando Nathan entra no estacionamento da escola depois do jantar. Por todo lado, os casais caminham na direção das portas da frente, de mãos dadas e rindo. À nossa esquerda, Paul sai da BMW do tio e segura a mão de Lainey. Está usando um terno azul-bebê — assim como eu, ele sempre teve uma queda pelo dramático — e Lainey está com um vestido longo e prateado que parece ter sido despejado sobre ela de tão colado. Paul me vê e acena com a cabeça. Lainey arregala os olhos quando nota o que estou usando.

— Oi, Riley. Nathan. — Paul me olha da cabeça aos pés. — Isso que é vestido.

Ótimo, começou o blá-blá-blá sobre vestidos. Só que não vou deixar ele me tirar do sério. Dou um sacolejo e todas as penas balançam.

— É perfeito para dançar.

Nathan fuzila Paul com os olhos e segura minha mão.

— A gente se vê lá dentro — diz ele, ríspido.

Andamos até a entrada, Nathan resmungando algo baixinho.

— Que foi?

— Só odeio aquele cara.

A lealdade de Nathan aquece meu coração.

— Obrigada.

Nathan olha para nossas mãos dadas e respira fundo.

— Desculpa, eu não deveria estar fazendo isso. Sei que você disse pra gente esquecer tudo isso hoje à noite.

Ele solta minha mão, e sinto o ar gelado na palma.

— Tudo bem. Eu nem reparei. — Abro um sorriso tímido. — Acho que acabou virando hábito, né?

— É. Mas não quero te deixar chateada de novo.

— Já esqueci a noite passada.

— Bom, eu não. Não passei dos limites porque disse uma coisa legal para você hoje mais cedo? Fiquei com medo de levar um tapa depois que eu elogiei seu vestido.

O brilho nos olhos dele é metade provocação, metade cautela.

— Aquela foi a primeira advertência.

Ele dá uma risada.

— Mas é sério, Riley.

— Não esquenta. Eu estava... cansada. Vamos só esquecer tudo e nos divertir. Sem regras hoje.

Ele me examina, como se avaliasse minha sinceridade.

— Beleza. Sem regras.

Capítulo Vinte e Três

Entramos na escola e encontramos nossos amigos ao redor de uma mesa no canto do ginásio. O tema do baile é "Solstício de Inverno", o que é um pouco estranho porque ainda estamos em outubro, mas pelo menos a decoração ficou bonita. A iluminação é sutil, restrita aos pisca-piscas que foram pendurados ao longo do teto. Fizeram um monte de flocos de neve de papel que pendem sobre nossas cabeças, e há uma cabine de fotos coberta de balões brancos e mais flocos de neve de papel.

— Acho que preciso de um casaco de inverno — diz Lucas.

— Precisa mais é de um calendário — responde Nathan, revirando os olhos.

Certo, então ele ainda não se deixou conquistar por eventos escolares.

— Esquece a decoração. O que a gente está esperando? Vamos dançar! — exclama Hoshiko, puxando Lucas para o centro do ginásio, onde as pessoas começaram a se juntar.

Olho para Nathan.

— Pronto pra começar a se divertir?

— Isso significa que vamos pegar a estrada? A gente pode comprar mais Pop-Tarts.

Seguro a mão dele e o arrasto para a pista de dança. Anthony e Kenzie nos seguem e formamos um círculo pequeno e um pouco constrangido, balançando o corpo ao ritmo da música.

— A próxima é um pedido especial do diretor Holloway — anuncia o DJ.

Reconheço a voz dele como a do homem de meia-idade que comanda a estação de rádio local de música relaxante. Não é exatamente a escolha mais descolada para um DJ de festa, mas as opções aqui são limitadas.

Eu me viro para Nathan quando "Beat It", do Michael Jackson, começa a tocar. Ao nosso redor, a maioria dos alunos solta grunhidos e vai até a mesa de bebidas, enquanto uns poucos aplaudem e começam a dançar.

Nathan se alegra.

— "Eat It"! — berra ele com Lucas, que claramente também conhece a versão de Weird Al.

— Vocês estão cantando a versão errada! — grito por cima da música.

— Nem. Essa versão é ok, mas não é tão boa quanto a original.

— Você inverteu tudo.

— Você que inverteu — retruca ele, e então me faz dar um giro completo na pista.

Estamos todos dançando em um frenesi agora, pulando e gritando as partes da letra que conseguimos lembrar. Michael Jackson dá lugar a Beyoncé e estou ocupada demais rindo e dançando para prestar atenção ao horário ou ao que está rolando com os outros alunos. Hoshiko colocou uns passos de salsa para jogo, Anthony está do lado dela, fazendo uma versão tenebrosa do passo do homem correndo, e eu estou rindo tanto que minha barriga dói, mas a dor vale a pena.

Depois de um tempo, a música é interrompida para que o diretor Holloway possa fazer um anúncio e nos sentamos ao redor de uma das mesas. Elas foram cobertas com toalhas de mesa de plástico azuis e confetes em formato de flocos de neve. Está claro que os problemas de orçamento da escola vão além do musical, mas a iluminação fraca deixa a atmosfera meio mágica.

— Quer que eu pegue um pouco de água pra você? — pergunta Nathan.

— Quero sim, obrigada.

Lucas sai ao mesmo tempo, e presumo que também vai pegar bebidas, mas ele segue na direção oposta.

Eu me viro para Hoshiko.

— Você está se divertindo com o Lucas? Vocês dois são fofos juntos.

Os olhos dela brilham tanto quanto os holofotes na noite de abertura de um novo espetáculo. Ela olha ao redor, certificando-se de que ele ainda não voltou, e chega mais perto.

— Riley, eu gosto dele. Tipo, gosto *mesmo* dele.

Meu coração se alegra ao ouvir as palavras dela. Não existe nada mais maravilhoso do que ver sua melhor amiga feliz.

— Bom, é óbvio que o sentimento é mútuo. Ele não tirou os olhos de você lá na pista.

— Você acha? Eu...

Hoshiko para de falar e ajeita a postura.

Olho ao redor, confusa.

— O que foi?

— Essa música...

Lucas atravessa a pista na nossa direção, a mão estendida. Ele para na frente de Hoshiko.

— Vamos?

Ela solta um gritinho — literalmente — e voa para longe da cadeira.

— Tem certeza?

— Absoluta.

Eles voltam correndo para a pista de dança, e eu olho para Anthony, mas ele só dá de ombros, confuso. Não faço a menor ideia do que está acontecendo.

— Eu estou alucinando? — pergunta Nathan ao voltar para o meu lado.

Ele me entrega uma garrafa de água sem tirar os olhos da pista de dança.

E então eu noto o que ele está observando.

— Você está vendo o Lucas e a Hoshiko fazendo a coreografia de "Uptown Funk", certo?

— Isso.

Começo a rir.

— Então sua visão e seu senso de realidade permanecem intactos.

Não consigo parar de encarar. Eles fazem vários passos: grapevines, chutes, as mãos espalmadas, a coisa toda. Lucas claramente não sabe dançar — ele mal consegue acompanhar a graciosidade inata de Hoshiko —, mas está tão animado que saber dançar é irrelevante.

— Uau, o cara deve estar mesmo apaixonado pra pagar esse mico na frente da escola toda — diz Anthony do meu outro lado.

Levo uma mão à boca. Ele tem razão. Acho que ninguém faria isso a menos que estivesse desesperado para impressionar a pessoa com quem está dançando.

O ombro de Nathan roça o meu e eu me apoio nele.

— Uau... — sussurro.

— É... Ele dança mal *pra caramba*.

Ergo o olhar para Nathan e nós dois caímos na gargalhada. Lucas é mesmo um péssimo dançarino. Só que ele também é adorável e, de repente, eu me sinto imensamente grata por ter roubado o carro da minha mãe, trabalhado na Tabuleiros e Espadas, ter entrado no jogo de D&D e puxado Hoshiko para entrar nessa comigo. Porque, se essas ações fizeram com que ela encontrasse alguém que a olha com tamanha adoração enquanto faz um passo de Charleston bem atrapalhado, então valeu cada segundo.

Nathan continua rindo e leva uma mão ao meu braço para se equilibrar. Sinto meu corpo esquentar com o toque. O castigo valeu por muitos motivos.

A música animada se esvai, substituída por uma mais lenta. Fico esperando Hoshiko e Lucas voltarem até a mesa para podermos ouvir cada detalhe de como isso aconteceu, mas ele envolve a cintura dela com os braços e eles começam a dançar colados, ignorando o resto do mundo.

Nathan e eu trocamos um olhar breve e depois desviamos de imediato. Cruzo os braços na frente do peito. Dançar com o resto do grupo é uma coisa, mas dança lenta já é íntimo demais.

Ele me cutuca com o ombro.

— Quer ir lá?

Eu esperava que Nathan fosse resistir a todo tipo de dança, mas traz um sorriso afetuoso no rosto. Ele estende a mão.

— *Hum...* tá bom.

Engulo em seco e o sigo até a pista de dança. Ficamos sem jeito por um instante, sem saber o que fazer, mas depois apoio as mãos nos ombros de Nathan e as dele vão para minha cintura. Tento respirar, sem fôlego.

— Então, você não fazia ideia de que isso ia rolar? — pergunta ele.

— Nenhuma. Estou ofendida por eles terem guardado segredo.

Nathan congela de repente.

— Espera, então é isso que ele estava fazendo esse tempo todo?! — Ele baixa os olhos para mim, o rosto tão próximo que me deixa abalada. — Todas aquelas vezes que ele me deu bolo ou chegou tarde na loja. Devia estar praticando a dança com Hoshiko! Se bem que, depois de ver isso, acho que ele deveria ter me dado mais perdidos.

Nossos olhares se encontram e caímos na gargalhada outra vez.

— Ele deve gostar *mesmo* dela para abrir mão de todo esse tempo jogando — comento.

— Com certeza. — Nós dois balançamos por algum tempo. A voz de Nathan é mais suave quando ele volta a falar: — Garotos só abrem mão das coisas que eles mais curtem quando realmente gostam de alguém.

— Não sei, não. Você abriu mão de uma noite na loja para estar aqui.

— Abri mesmo, né? Mas não sei se a loja ainda seria tão divertida sem você lá.

— Parece que o jogo virou, não é mesmo? Aposto que no começo você estava contando as semanas pra eu ir embora.

— Eu estava contando os dias. — Ele abre um sorriso travesso. — Na verdade, a certa altura, estava contando os segundos.

Eu solto uma risada e ele aperta as mãos ao meu redor até estarmos colados.

— Deixa eu adivinhar, esse foi o dia em que eu te envolvi na história com o Paul?

Ele tira os olhos de mim e fita o outro lado da pista de dança.

— Não. Aquele dia foi bom. — Ele passa as mãos pelas minhas costas e pelas ondas no meu cabelo. — Você deixou seu cabelo solto. — Os olhos dele se suavizam e ele inclina a cabeça para baixo. — Você estava falando sério quando disse pra gente esquecer as regras hoje?

Ele está...

Estamos prestes a...

Afasto o olhar dele e vasculho os arredores da pista de dança. Paul está aqui? É por isso que Nathan está agindo desse jeito? Por causa de Paul?

Porque eu quero *muito* beijar Nathan neste instante, mas não quero que seja um beijo falso. Não quero que mais nada a respeito de nós dois seja falso.

Examino a multidão enquanto balançamos em um círculo lento, mas não vejo Paul em lugar nenhum. Meu peito se enche de alívio e expectativa.

Volto a fitar Nathan.

— Falei sério, sim.

Ele se aproxima, dolorosamente devagar, como se esperasse por um sinal de hesitação minha, então eu me ergo na ponta dos pés até meus lábios tocarem os dele. Ele me puxa mais contra si e eu passo os braços ao redor do pescoço dele. Fogos de artifício explodem atrás dos meus olhos e na minha mente. Nunca me senti assim com um beijo. Como se estivesse flutuando, em queda livre e totalmente leve ao mesmo tempo. Como se eu pudesse fazer isso por um milênio e ainda assim não seria suficiente.

Depois de um tempo, nos afastamos e abro os olhos, procurando os de Nathan. Ele deve ter sentido a mesma coisa, certo?

Porém, algo atrás dele chama minha atenção. Nós continuamos girando enquanto nos beijávamos, e agora estou encarando um lado diferente da pista de dança, na direção oposta de antes. E parado no canto da pista, me encarando, está Paul. Ele deveria estar ali desde o começo, nos observando. Será que Nathan o viu antes? Foi por isso que ele me beijou? Só porque Paul estava assistindo?

— Paul! — exclamo, me afastando de Nathan. De repente me sinto enjoada. — O Paul está aqui. Você viu ele?

Nathan recua.

— Quê? Quer dizer, vi, sim.

Dou mais um passo para trás e esbarro com um casal perto de nós.

— Eu não tinha visto... que ele estava perto da gente. — Sacudo a cabeça. — Preciso ir ao banheiro.

— Riley, espera. — Nathan tenta me segurar. — Tá tudo bem? Eu passei dos limites?

Nego com a cabeça.

— Já volto.

Eu me afasto de Nathan e atravesso a multidão em direção às mesas que circundam a pista de dança. Ele deve ter voltado para o "modo namorado de mentira" quando viu Paul à espreita ali no canto. Meus olhos se enchem de lágrimas, e tento me livrar delas ao piscar com força. Onde eu estava com a cabeça, para achar que Nathan gostava mesmo de mim? Se isso fosse verdade, ele não teria aceitado o convite de Sophia para ir ao baile da escola dela na semana que vem. Eu me deixei levar pelo momento e não percebi o que estava bem na minha cara.

Quero ficar brava com Nathan, mas isso não seria justo. Ele tem feito a parte dele... e atuando *muito* melhor do que eu jamais consegui. Engulo um soluço abafado e, de repente, me vejo diante de Paul. Deve ter me seguido quando me viu saindo da pista de dança em direção ao canto do ginásio.

— Está tudo bem com você? — pergunta ele.

— Não é da sua conta! — explodo. — Por que você está me seguindo?

Ele dá um passo para trás.

— Eu vi você e o Nathan e, *hum*... Você pareceu chateada, então achei melhor checar se estava tudo bem.

Fecho as mãos em punhos. Então não foi coisa da minha cabeça — ele estava mesmo observando.

— Paul, não sou mais sua namorada pra você ficar se preocupando comigo. Vai lá dançar com a Lainey e me deixa em paz.

Ele dá de ombros, parecendo acanhado.

— A Lainey terminou comigo faz vinte minutos.

— Talvez porque você não para de encher o meu saco.

— É, talvez...

Cubro o rosto com as mãos. Eu definitivamente *não posso* ter essa conversa agora. Tento me afastar, mas Paul me segura pelo braço.

— Espera, escuta. Eu sinto saudade sua, Riley. Terminar foi a coisa mais idiota que eu já fiz. — Ele percorre meu corpo com os olhos. — Você está tão linda com esse vestido.

Murmuro palavrões nas mãos enquanto sou tomada por um misto de horror e compreensão. Como se não bastasse todo o resto, Nathan estava certo a respeito de Paul esse tempo todo.

Paul afasta minhas mãos do meu rosto.

— Lembra de como a gente se divertia no palco e depois ficava zoando nas coxias? E de quando fomos andar de caiaque e passamos a tarde toda cantando e irritando todo mundo que estava no rio? Nós éramos um casal tão bom, Riley. Você deve sentir minha falta também, Riley, nem que seja um pouquinho?

Fecho os olhos com força. Não estou nem um pouco interessada em voltar com Paul. Porém, a vida não seria bem mais fácil se eu fizesse isso? Eu poderia esquecer Nathan. Poderia deixar de trabalhar na loja sem o menor remorso. Tudo seria muito mais fácil.

Paul parece entender meu silêncio como uma afirmação e me puxa para um beijo.

Mas nem morta. Eu viro o rosto na velocidade da luz e ele acaba beijando minha bochecha.

— Para! Me solta, Paul. Não dá. Nós terminamos faz tempo.

Eu me desvencilho e saio correndo para o banheiro como se fosse meu único abrigo, mas não sem antes ver Nathan, junto de Anthony e Kenzie, observando Paul e eu do canto do ginásio.

Capítulo Vinte e Quatro

Dez minutos depois, ainda estou no banheiro quando Hoshiko entra como um furacão.

— Riley? — chama ela.

Abro a porta da cabine onde estou sentada. Ela arregala os olhos ao me ver.

— O que aconteceu? Acabei de encontrar com o Paul e ele me disse que talvez vocês dois voltem a namorar. Achei que você odiasse ele! Tentei falar com o Nathan, mas ele está muito rabugento. Deve odiar mesmo bailes.

— Ele não disse nada?

— O Nathan? Eu não consegui arrancar nem duas palavras dele. Vocês dois brigaram?

— Não. Sei lá.

Outras duas garotas estão no banheiro conosco, mas são veteranas e parecem não estar prestando atenção. Puxo Hoshiko para o espelho mais distante.

— Ele me beijou — sussurro em tom de urgência.

— O Paul ou o Nathan?

Solto um grunhido.

— O Paul tentou me beijar, mas eu desviei.

— Então vocês não vão voltar?
— *Não*. Ele é péssimo. Não quero falar sobre o Paul. O *Nathan* me beijou.
— E você não desviou dele? — pergunta Hoshiko, os olhos arregalados.
— Não. — Inspiro fundo. — Só que não foi um beijo de verdade. Ele só estava fingindo porque o Paul estava nos observando.
— Tem certeza? O Lucas e eu podemos jurar que tem alguma coisa rolando entre vocês dois.
Só nesse instante que me ocorre que Hoshiko e Lucas estão próximos o bastante agora para terem encontros de dança secretos e conversas sobre o resto do grupo.
— Você acha que o Lucas sabe de alguma coisa?
Ela nega com a cabeça.
— Ele tentou arrancar alguma coisa do Nathan, mas o teimoso não quer falar. Os dois não têm esse tipo de amizade.
— Afinal, o que está rolando entre você e o Lucas? Aquela dança! Há quanto tempo vocês andam praticando?
— Ele começou a aparecer no estúdio duas semanas atrás. — Ela balança a cabeça e sorri com um olhar distante, como se ainda estivesse perdida em lembranças. — Eu fiquei chocada quando ele pediu pra fazer uma aula comigo. Pensei que estivesse fingindo, mas acho que ele gosta mesmo das aulas. Eu me diverti tanto dançando com o Lucas, e ele já está falando sobre o baile de formatura e... — Ela fecha a boca de repente e dá um tapinha no meu braço. — Ei, para de tentar me distrair! Vim aqui para ver como você estava, e não para falar de mim!
— Mas a sua vida é muito mais interessante que a minha.
— Com certeza, mas temos a noite toda pra falar disso.
Abro um sorriso e uma onda de alegria me percorre quando lembro que, não importa o que aconteça, Hoshiko vai passar a noite comigo lá em casa. Garotos vêm e vão, mas melhores amigas são insubstituíveis.
Um grupo de garotas da nossa apresentação de *Shrek* entra no banheiro bem nessa hora e dão gritinhos de empolgação

quando nos veem. Passamos alguns minutos elogiando os vestidos e penteados umas das outras e discutindo a apresentação. As garotas vão para as cabines e Hoshiko me puxa na direção da porta. Ela deve imaginar que eu não quero falar sobre Nathan quando há a possibilidade de outras pessoas nos ouvirem.

— Chega desse banheiro — diz ela. — Você não pode passar a noite toda aqui.

— Posso sim. — Eu me aproximo e baixo a voz. — Estou ouvindo todas as fofocas. Parece que a Emily Harris vai fazer um festão na casa dela depois do baile. Os pais dela vão estar lá e até compraram álcool! E a Sara decidiu ir fundo com a Eli. Bom pra elas.

Hoshiko grunhe.

— Que coisa feia! Vamos embora.

Ela me puxa na direção da porta, então se detém e me examina. Hoshiko usa o polegar para esfregar embaixo dos meus olhos e ajusta uma das mechas de cabelo que emolduram meu rosto.

— Perfeito. Melhor você deixar todos esses garotos babando.

— Todos menos o Lucas — provoco.

Ela dá uma piscadela e voltamos para o ginásio, que perdeu a magia de um paraíso invernal que eu estava sentindo mais cedo. Voltou a ser uma quadra de basquete que não vê uma reforma faz vinte anos. Um hino da J-Lo está tocando e a grande maioria dos alunos está pulando em conjunto no meio da pista. Alguns estão mais devagar — um grupo de garotas em uma das mesas, um casal se pegando no canto. Procuro por Paul, mas por sorte ele não ficou me esperando. Espero que já tenha voltado para casa ou tenha ido atrás de Lainey. Não tenho condições de lidar com ele.

Sigo Hoshiko até o outro lado da pista, onde Lucas e Nathan estão sentados em cadeiras dobráveis com Anthony, que está ofegante, com o rosto vermelho.

— Aí estão vocês duas! — exclama ele ao nos ver. — Venham aqui comigo e a Kenzie.

Lucas se levanta tão rápido que bate na cadeira com a parte de trás das pernas, derrubando-a. Ele olha de Hoshiko para mim.

— Você quer ir?

Hoshiko morde os lábios.

— Não sei...

Consigo sentir a alma dela praticamente se dividindo em duas direções. Dançar é uma das coisas que ela mais gosta de fazer na vida, mas não vai me deixar sozinha sabendo que estou chateada.

Eu a empurro de leve na direção de Lucas.

— Vai lá!

— Vem comigo. — Com a cabeça, Hoshiko aponta para Nathan, que está sentado feito uma estátua. — Vocês dois deviam vir dançar com a gente.

— Tô de boa — murmura Nathan.

— Podem ir na frente. Vou encontrar vocês já, já.

Ela faz uma careta, mas segue Lucas e Anthony até a pista de dança. Depois de um segundo constrangedor, puxo a cadeira de Lucas e me sento ao lado de Nathan.

— O que aconteceu ali? — pergunta Nathan. — O Paul tentou te beijar?

— Tentou.

A expressão dele fica sombria.

— Sabia que eu tinha um motivo para odiar ele. A menos que... Vocês dois...?

— Não. Ele só levou um tempinho para entender.

— Vai ser um prazer dar a notícia para ele se continuar confuso — declara Nathan, varrendo o ginásio com um olhar furioso.

— Meu rolo com o Paul está oficialmente encerrado. E o mérito é todo seu. Você interpretou o seu papel muito melhor do que eu esperava. Não só convenceu Paul de que nós dois estávamos juntos, como também deixou ele tão enciumado que fez o menino vir implorar para voltar comigo.

Ainda não consigo acreditar que isso aconteceu. Eu deveria estar me esbaldando na alegria de ver meu ex se humilhar na minha frente. Eu deveria estar dando pulinhos de entusiasmo ao lado de Nathan na pista de dança. Eu venci.

Porém, sentada ao lado de Nathan, tentando não reparar em como ele fica incrivelmente lindo no terno levemente amassado e os óculos tortos, sinto que não venci coisa alguma. Tudo que esta noite fez foi me mostrar como eu transformei a situação em um desastre total. Meu coração vai se despedaçar se eu precisar passar mais um segundo com Nathan enquanto ele finge que gosta de mim e eu finjo que não o amo.

Porque eu o amo. Não tinha me permitido admitir ou sequer pensar nisso até agora, mas não posso mais negar meus sentimentos. Amo como ele me aceita por quem eu sou, como ele é leal aos amigos, à loja e ao meu pai, e o fato de ele ter vindo ao baile comigo hoje, apesar de detestar eventos escolares, só porque queria ter certeza de que eu estaria sendo bem cuidada e feliz. Nathan é uma das melhores pessoas que já conheci. Quero que ele pense o mesmo de mim. Quero que ele me escolha acima de tudo e todos porque não existe mais ninguém com quem ele gostaria de estar. Só que Nathan continua interessado em Sophia, e preciso ficar em paz com isso.

— Riley?

Percebo que estava encarando Nathan e me recomponho.

— A gente precisa acabar com isso de vez — digo. — Chega de modo namorado. Não precisa mais agir desse jeito por causa do Paul.

Nathan esfrega os pés no chão.

— Beleza.

Respiro fundo, tentando me preparar para a próxima parte. A sensação é de que vou vomitar, mas sei que vai ser melhor assim. Esta noite já tomou a decisão por mim.

— Além disso… Estava querendo te contar que meus pais vão me liberar da loja. Acabou o castigo. Então não vou mais roubar as suas horas.

Tento abrir um pequeno sorriso, como se fosse uma boa notícia, mas Nathan faz uma carranca.

— Quê? Isso é sério? Você vai parar de trabalhar lá?

— Vou. Acho que vai ser melhor se eu sair da loja e do jogo.

— Não, a gente precisa de você para o jogo, principalmente depois de o Lucas inventar aquela palhaçada de Aparição na última sessão! A gente não vai sobreviver sem a sua personagem. E a loja precisa da sua ajuda também.

— É que é muita coisa, Nathan. Não vou conseguir conciliar tudo com meus compromissos do coral e do musical.

— Há quanto tempo você sabe que vai sair da loja?

Fico sem graça e olho para o chão.

— Eu ainda não tinha tomado uma decisão a respeito, mas... Minha mãe me contou semana passada que eles encerrariam o castigo.

— *Semana passada?* Você só pode estar me zoando. Quer dizer que... Já sabia que ia largar a loja quando assistimos a *Monty Python* juntos? Soube durante todos os turnos desde então e nunca me contou? Não contou pra nenhum de nós?

Ele está com a postura ereta agora, a voz mais alta e os olhos arregalados. Eu me encolho mais na cadeira. Não consigo suportar a forma como Nathan está me encarando, furioso. Mais um exemplo de que eu estraguei tudo.

— Desculpa. Eu deveria ter contado antes. Eu só... Não tinha certeza do que devia fazer.

Ele volta a se recostar na cadeira.

— Mas agora, hoje à noite, você de repente decidiu que quer largar a loja.

Torço o bracelete que estou usando e aceno devagar com a cabeça. Ficamos os dois em silêncio, e então me ocorre que devemos parecer muito estranhos para quem está nos observando nesse instante. Ao nosso redor, pessoas riem e dançam. "YMCA" está tocando tão alto que mal consigo ouvir Nathan durante o refrão e a cantoria na pista. Tudo que quero fazer é ir para casa com Hoshiko e me enrolar em um cobertor.

— Faz mais sentido agora — digo para preencher o silêncio entre nós. — Vai ser estranho demais jogar com a Sophia depois disso. E eu ainda tenho bastante esperança de salvar o musical. Quando isso acontecer, a peça vai exigir todo o meu tempo. Não existe nada mais importante para mim do que fazer esse musical acontecer.

— Nada?

— É o que eu amo — sussurro.

Meu coração se partiu no momento em que notei Paul nos observando na pista de dança mais cedo, e essa conversa só está deixando as rachaduras maiores. Não posso ficar mais nem um segundo com Nathan nesta festa. O olhar dele é como o sal em uma ferida aberta. É possível que ele me odeie neste momento. Com toda certeza, não gosta de mim.

Hoshiko e Lucas acenam para nós, chamando para a pista. Fico grata por uma desculpa para escapar. Aponto na direção deles.

— Parece que estamos sendo convocados.

Ele dá uma olhada nos dois e faz uma careta.

— Pode ir. Não estou mais a fim de dançar.

Eu me levanto, desesperada para me livrar dessa conversa, mas odiando a ideia de me afastar dele. Nathan estende uma mão para me deter.

— Na verdade... — A voz de Nathan atravessa a música e meu peito. — A Hoshiko veio dirigindo, certo? Então ela pode te dar uma carona na volta? — Ele passa a mão pelo cabelo. — Acho que vou embora. No fim das contas, eu estava certo sobre os bailes.

Ele encara a cena ao redor com raiva.

Meu coração afunda no peito.

— Ela pode me dar uma carona — respondo, a voz fraca.

— Beleza. — Nathan ergue uma mão em um gesto de despedida, a postura rígida e a expressão dolorida. — Foi bom fingir com você. Você é mesmo uma ótima atriz, Riley.

Capítulo Vinte e Cinco

Hoshiko e eu ficamos por mais uma hora no baile porque não quero afastá-la de Lucas e ela argumenta que ficar pode me fazer sentir melhor. Minha amiga está errada, mas ao menos a alegria deslumbrante dela me distrai do desastre total no qual esta noite se tornou. Eu me atiro no banco do carona assim que chegamos ao carro. Hoshiko me olha com compaixão.

— Sinto muito por você e pelo Nathan.

Solto um grunhido.

— Vocês bem que previram que o plano acabaria mal desde o começo.

— Se ele for para o baile com a Sophia semana que vem em vez de implorar de joelhos pra ficar com você, ele não te merece. Na verdade, ele vai estar morto para mim.

Dou uma risada. Nada supera a lealdade de uma melhor amiga.

— Vai ser difícil, mas vou tentar não pensar nessa história até depois da reunião na quarta-feira. Se bem que não estou me sentindo muito animada pra essa parte também. Espero que a apresentação corra bem, mas, mesmo se tudo der certo, vai ser só uma parte da batalha. E se o orçamento que eu propor for alto demais? Ou se a escola quiser mais patrocínio da comunidade?

— Sei que o seu cérebro está te lembrando de todos os resultados negativos possíveis neste momento, mas vamos tentar ser otimistas. Você fez um trabalho fenomenal organizando a apresentação e a gente vai arrasar. Já conversei com a minha professora de dança para nos ajudar com a coreografia quando a escola concordar em trazer o musical de volta. E aposto que você consegue convencer nossos pais a fazer trabalho voluntário ou contribuírem com doações se os administradores pedirem. Quer dizer, se é que você já contou para os seus pais o que andou fazendo ultimamente — diz ela, erguendo uma sobrancelha.

Passo as mãos nos olhos, sem precisar me preocupar com a minha maquiagem agora.

— Talvez. Presumindo que meus pais não vão surtar quando eu jogar essa bomba neles.

※

Mamãe praticamente voa para fora da cozinha quando chegamos em casa.

— Meninas! Como foi a festa? — Ela passa os olhos por mim. — Noite animada?

Tradução: *Você está só o bagaço*. Acho que minhas emoções estão estampadas na cara, junto com meu rímel borrado.

— A gente dançou horrores — respondo, tentando disfarçar com um sorriso.

— Ótimo! Bom, venham ver o que andei fazendo. — Ela nos chama até a cozinha. — Talvez eu tenha me empolgado um pouco.

Nossa cozinha impecável está coberta de lanchinhos. Uma tigela gigantesca de pipoca caramelizada com cheddar está no balcão, junto de balinhas, cookies, bebidas... e uma tábua de frios, porque minha mãe não consegue se poupar do trabalho.

— Uau! — Hoshiko pega um punhado de pipoca. — Isso é incrível!

— Obrigada, mãe! Isso deve ter dado um trabalhão.

Ela dá de ombros, mas percebo como está satisfeita consigo mesma.

— Sei que esse tipo de coisa só acontece algumas vezes na vida, então pensei em deixar a noite do pijama um pouco mais divertida. — Ela se recosta no balcão e me lança um olhar sugestivo. — Não sabia que o Nathan era tão bonitinho. E você pode argumentar o que quiser, mas pareceu muito para o seu pai e eu que vocês dois estão namorando. Precisa trazer ele para cá outra vez, assim eu posso fazer um interrogatório de verdade — conclui ela, dando uma piscadela.

Pego um pedaço de queijo da tábua e o enfio na boca em vez de responder. Não existe nenhuma resposta que não vá levar a mais perguntas relacionadas a Nathan e a possibilidade de lágrimas. E o bônus é que, se eu me encher de queijo, talvez isso aplaque a dor que sinto toda vez que o nome dele é mencionado. Não custa nada tentar.

Hoshiko toma meu cotovelo e me puxa até as escadas.

— Está tudo com uma cara ótima, sra. Morris, mas acho que a gente precisa tirar os vestidos para começar a comer de verdade.

Mamãe assente e nos enxota de brincadeira.

— Quero ouvir tudo sobre o Nathan depois! — diz ela empolgada.

Abafo um grunhido e Hoshiko me puxa com mais pressa.

Ficamos acordadas até as duas da manhã, beliscando o bufê de petiscos da minha mãe e dissecando cada detalhe da relação de Hoshiko com Lucas, desde o instante em que ela percebeu que gostava dele até as aulas de dança que os dois fizeram juntos. Ela menciona Nathan e Paul algumas vezes, mas eu logo desvio a conversa de volta para Lucas e ela não discute. Não estou pronta para mergulhar nos meus sentimentos por Nathan ou como vou me comportar perto dele agora.

Dormimos até tarde e depois passamos o começo da tarde dando os toques finais na proposta do musical. Sinto uma onda de náusea sempre que penso na reunião de quarta-feira depois da aula. O futuro depende dessa reunião. Foi quase impossível encontrar um horário em que a srta. Sahni, o diretor Holloway, um membro da administração da escola e um pai dos Music Boosters estivessem todos disponíveis, então, se eu fizer besteira, vai tudo por água abaixo. Espero ter me organizado o suficiente.

— Vai ser incrível! — exclama Hoshiko. — Eles não vão conseguir dizer "não"!

Sorrio sem muita convicção.

— Vamos torcer pra isso.

Folheio meus papéis outra vez. Pelo menos posso dizer que fiz todo o possível para me preparar.

Depois que Hoshiko vai embora, mamãe me segue de volta para o quarto.

— Como você está?

— Bem — respondo, sentando-me na cama e puxando um travesseiro para o colo.

— Mesmo? Você parecia meio desanimada depois do baile. Deu tudo certo?

— Foi divertido. Na maior parte.

Ela perambula pelo quarto, distraída, olhando para fotos e pôsteres que já viu um bilhão de vezes. Está tentando ser casual, mas não caio nessa.

— Aconteceu alguma coisa com o Nathan? — pergunta ela. — Relacionamentos podem ser muito difíceis no ensino médio.

— Ele não é meu namorado, mãe. Eu sei que o papai não para de falar nisso, mas ele está exagerando. Eu e o Nathan somos só amigos.

— Aham, sei.

Ela claramente não se convenceu.

Minha mãe segue vagando pelo quarto e para em frente à escrivaninha, onde Hoshiko e eu deixamos a maquiagem de palco verde e as quatro pastas grossas que montei com detalhes sobre o orçamento do musical proposto. *Argh*, era para eu ter guardado tudo antes que mamãe visse, mas minha cabeça está uma bagunça e eu me esqueci completamente.

Ela examina a maquiagem. Entende o suficiente de teatro para reconhecer do que se trata.

— Você e a Hoshiko estavam trabalhando em alguma coisa para a escola?

— *Hum...*

Por um instante, penso em inventar uma história, mas, se nossa apresentação tiver sucesso, vou ter que contar a verdade sobre o musical de qualquer forma.

— Na verdade, isso é um projeto no qual eu andei trabalhando... para o musical de primavera.

Eu entrego uma pasta para minha mãe e conto sobre as informações que reuni para a administração antes de falar sobre a performance. Ela ergue a cabeça quando menciono os ensaios depois da escola.

— Você andou trabalhando no musical? Mas disse que os ensaios eram para o coral. Você estava mentindo?

Sinto a respiração ficar curta, mas não nego.

— Desculpa mesmo por não ter te contado tudo. A srta. Sahni concedeu mesmo permissão para usar o espaço e estávamos ensaiando músicas, mas não eram para o coral. Eu sabia que você e o papai não iam deixar eu me envolver em mais nada depois da escola quando eu ainda estava de castigo, mas... Eu não podia desistir do musical, mãe. Preciso fazer a peça acontecer. — É estranho, mas estou chorosa e confiante ao mesmo tempo. Entrelaço as mãos na frente do corpo. — Eu dirigi os números que vamos apresentar e acho que temos uma chance de convencer a administração a mudar de ideia. Por favor, tenta entender.

As últimas palavras saem como uma súplica. Fico esperando as sobrancelhas de mamãe se franzirem como ela faz quando um fornecedor diz que vai precisar reagendar um compromisso, mas o rosto dela permanece impassível. Minha mãe folheia a pasta, lendo as informações, e volta a olhar para mim.

— Quantas pessoas estão participando?

— São 25 alunos.

— E você dirigiu todos eles? E juntou todas essas informações sobre orçamentos e licenciamento de musicais? — pergunta ela baixinho.

Aceno com a cabeça e mordo o lábio inferior. Será que está deixando a raiva acumular para poder explodir depois de fazer um interrogatório completo? Mamãe nunca grita, mas existe uma primeira vez para tudo na vida.

Em vez disso, ela suspira.

— Odeio que você tenha mentido para mim, mas... Acho que consigo entender porque você achou que era necessário. Para ser sincera, estou impressionada de ter conseguido dar um jeito de trabalhar na loja, se dedicar à escola e organizar esses ensaios. Isso mostra que você encontrou uma forma de criar um equilíbrio na sua vida.

— Sério?

Ela ri e balança a cabeça.

— Sério. Se você conseguiu conciliar todas essas coisas com sucesso, então com certeza está se tornando uma pessoa mais responsável. Por isso você não está encrencada outra vez, pelo menos não comigo. *Mas* chega de mentiras, tudo bem?

— Tudo bem — respondo de imediato. Eu me apoio nos calcanhares. — *Hum*, nesse caso...

— *Riley*. — A voz dela é mais firme desta vez.

Estendo uma mão.

— Não precisa surtar. Mas a srta. Sahni ficou tão impressionada com a apresentação que me ofereceu uma vaga para ajudar a comandar os ensaios do espetáculo do coral do ensino fundamental e fazer outras tarefas. — Não consigo conter um sorriso ao dizer isso. — Ainda não começou, mas parece superdivertido.

— Uau — fala mamãe. Ela solta a pasta na escrivaninha e me puxa para um abraço. — Parabéns! Isso é maravilhoso. Então, você quer aceitar a vaga?

Assinto, com a bochecha encostada no ombro dela.

— Certo. Posso presumir que seu pai não sabe de nada disso?

Confirmo outra vez, com medo do que ela está prestes a dizer.

Minha mãe se afasta e me examina.

— Então essa é a próxima coisa que você precisa fazer. Especialmente se estiver pensando em parar de trabalhar na loja, o que presumo que seja o caso.

Encaro o chão.

— É, estou planejando pedir demissão — sussurro.

Lembranças de Nathan e nossa conversa horrível no baile ontem à noite retornam. Falar com papai talvez seja ainda pior, se é que isso é possível.

— Então vou te levar lá agora para você falar com ele. E não, não pode ser por mensagem. Ele precisa ouvir isso de você.

O trajeto até o apartamento do meu pai é angustiante. Sinto o estômago embrulhar só de pensar na conversa. Domingo passado eu estava lá com meus amigos, curtindo e assistindo a *Monty Python*, e ele parecia tão feliz por receber todos nós. Odeio ter que arruinar todas as coisas boas que construímos ao longo das últimas semanas.

A expressão de papai muda da surpresa para o medo quando avista mamãe e eu na porta.

— O que aconteceu?

— A Riley tem umas coisas para falar com você — diz minha mãe com delicadeza. Ela abre um sorriso tristonho, a coisa mais próxima de gentileza que já vi entre os dois, e recua um passo. — Queria dar um tempo para vocês conversarem. Talvez você possa levar ela de volta para casa quando terminarem.

Ela me lança um olhar significativo e volta para o carro.

Papai me chama para entrar, claramente ainda nervoso.

— Isso tudo parece muito grave, então melhor encarar de uma vez.

Nós nos sentamos na sala de estar e eu repito a conversa que tive com minha mãe sobre salvar o musical e dirigir a apresentação. No fim das contas, ele fica ainda menos preocupado com isso do que ela.

— Entendo o motivo de sua mãe querer que você contasse a verdade sobre esses ensaios, mas eu não me importo. Dirigir sem carteira é uma coisa, mas ficar na escola depois das aulas para cantar? Sua mãe e eu deveríamos ficar gratos por esse ser nosso maior problema. — Ele dá uma risada. — Mas agradeço por você ter nos contado. Quer beber alguma coisa? Tenho o novo sabor de Mountain Dew na geladeira.

Por algum motivo, um comentário que Nathan fez semanas atrás me vem à cabeça.

— Não era para você estar prestando atenção no seu consumo de açúcar?

Ele parece surpreso.

— Foi uma sugestão do médico. Como você ficou sabendo disso?

— O Nathan me contou.

Ele abre um sorriso sugestivo, e isso me deixa ainda mais nervosa.

— É claro, eu deveria ter imaginado que vocês dois iam falar sobre tudo agora. Mas não se preocupe. — Ele faz um gesto despreocupado. — Na verdade, me conta sobre o baile. Como estão as coisas com o Nathan?

— Por que você falou sobre os seus problemas de saúde com o Nathan e não comigo? — pergunto em vez de responder à pergunta dele. Meu corpo está tremendo um pouco, então enfio as mãos embaixo das coxas para mantê-las imóveis. — E não entendo o motivo de você contar pra todo mundo da loja sobre meus recitais e minhas apresentações, mas nunca conversar sobre isso comigo.

Ele se endireita na poltrona, a atitude relaxada dispensada com o meu tom.

— Já falamos sobre isso. Queria contar para os meus amigos como minha filha é talentosa.

— Mas não queria contar para mim?

Fico chocada ao perceber que tenho lágrimas formando nos cantos dos meus olhos. Não sei de onde toda essa emoção está vindo, mas, de repente, estou transbordando frustração e tristeza por ter falado tão pouco com meu pai ao longo dos anos. Todas as oportunidades perdidas de compartilhar histórias ou ouvir as opiniões dele sobre o que estava acontecendo na minha vida. Mesmo agora, ele não está me dizendo tudo. E, claro, eu também não tenho sido muito boa em contar as coisas para ele, mas é difícil ficar motivada quando se trata de uma via de mão única. Principalmente quando eu não sei o grau do interesse dele na minha vida fora da loja.

— Eu já falei sobre o quanto eu amo as suas apresentações — diz ele, o rosto intenso e sério.

— Não falou, não. — Esfrego uma lágrima e cruzo os braços. — Talvez você goste de quando eu canto na loja, mas nunca falou comigo sobre as minhas apresentações ou... sobre a minha *vida*. Eu achava que era porque você não se importava, mas aí fiquei sabendo que você sai por aí falando para todo mundo sobre os meus talentos e simplesmente não entendo, pai! Por acaso você não gosta de falar comigo? Ou de passar tempo comigo? Tenho certeza de que você preferia ter passado os fins de semana com os seus amigos na loja do que comigo aqui, cheio de tédio.

— Riley, *não*. — Ele estende as mãos, como se quisesse tocar meu joelho ou talvez me puxar para um abraço, mas eu me levanto e recuo. — Não, nunca foi isso. Eu adoro passar tempo com você. Eu te amo. Eu só, sei lá, acho que não sou bom em falar sobre as coisas.

— Bom, então eu devo ter puxado isso de você, porque estou pedindo demissão da loja. — Passo os braços ao redor do corpo. — Foi por isso que a mamãe me trouxe aqui, pra eu te contar isso. Minha professora de coral me pediu para ajudar com os ensaios no fim da tarde e, se tudo der certo, também vou trabalhar no musical na primavera, então não vou mais ter tempo para trabalhar lá.

Meu pai se inclina para trás no sofá, como se eu tivesse dado um tapa na cara dele, e o sofrimento dentro do meu peito cresce ainda mais.

— Você vai parar de trabalhar na loja? — A voz dele sai baixa.

— Não vou ter tempo de fazer tudo — digo.

— Mas... Eu achei que você gostasse de trabalhar lá. Você parecia tão feliz, e tem os seus amigos... — Ele está falando devagar, como se estivesse tentando montar um quebra-cabeça sem todas as peças. — A gente estava se divertindo tanto. Queria continuar fortalecendo minha relação com você.

Mais lágrimas vem, mas esfrego os olhos e engulo em seco.

— Então por que você não tentou antes? E por que eu preciso trabalhar na loja para nós dois termos uma relação? Poderia ter acontecido mais cedo, mas você nunca pareceu muito interessado.

Finalmente, ele se levanta.

— Isso não é verdade.

— Você nem queria me levar da escola para a loja. Pediu para o Nathan fazer isso por você.

A expressão do meu pai fica incrédula.

— Está falando sério? Eu fiz isso como um favor para você. Achei que ia querer passar mais tempo com Nathan. Eu sempre quis passar mais tempo com você, te conhecer melhor. Mas você e sua mãe construíram uma pequena fortaleza e me mantiveram do outro lado do fosso. — Ele respira fundo. — Fico feliz por você ser tão próxima da sua mãe, mas tem sido difícil encontrar formas de me aproximar e me conectar com você.

Sou tomada pela culpa, e logo em seguida por rebeldia. Por acaso é proibido ser próxima da minha mãe?

— Se o único jeito de você se conectar comigo é fazer eu me sentir culpada o suficiente para continuar trabalhando na sua loja e termos algo em comum, então você não está se esforçando muito.

Papai recua e se vira. Assim que as palavras saem da minha boca, me sinto enojada — eu não vim aqui para magoá-lo. Porém, também não consigo retirar o que disse. Aquelas palavras já estavam querendo sair fazia muito tempo.

Ficamos parados em silêncio e então ele pigarreia.

— Mensagem recebida. Já deu o aviso prévio.

Encaro o chão. Um instante depois, ouço o ruído de chaves.

— Vou te levar para casa agora. Parece que você tem uma semana bem cheia pela frente.

Capítulo Vinte e Seis

Não consigo me segurar e procuro por Nathan enquanto atravesso os corredores da escola na segunda-feira de manhã. Uma parte minúscula de mim tinha esperanças de encontrá-lo parado na entrada, me esperando. E, quando chego ao meu armário, prendo a respiração para o caso de ele ter descoberto a senha de alguma forma e enfiado lá dentro um monte de corações de papel que vão flutuar até o chão quando eu escancarar a porta. Ou deixado um bilhete sobre como ele está perdidamente apaixonado por mim.

É claro que não encontro nada disso. Nathan nunca me pareceu um cara particularmente romântico. E, mesmo que fosse, não estaria usando essas habilidades comigo, ainda mais depois de como as coisas terminaram no sábado.

Agora faltam só dois dias para a reunião com a administração. Eu me forço a focar nisso — e apenas nisso — enquanto me arrasto de uma aula à outra. No horário do almoço, decido passar o tempo na sala do coral com a srta. Sahni em vez de encarar Nathan na nossa mesa de costume. Estou sendo covarde, eu sei, mas digo a mim mesma que vou lidar com tudo depois da performance de *Shrek*. Só preciso sobreviver à apresentação de quarta-feira.

— Tem certeza de que não vai mudar de ideia? — pergunta Hoshiko depois do ensaio de *Shrek* na tarde seguinte.

É nosso último dia de ensaio e resolvi segurar todos por mais tempo do que de costume. As músicas estão sendo entoadas corretamente, mas algumas pessoas do elenco continuam perdendo as deixas. Precisamos que tudo esteja perfeito.

— Tenho — digo com uma voz que dá um ar de firmeza à decisão. Ao menos é o que espero.

— Você não pode faltar no D&D hoje — argumenta ela. Acho que meu tom não foi suficiente. — A gente vai enfrentar o rei Aparição. Os meninos passaram o almoço todo falando sobre isso. Você saberia disso se tivesse almoçado com a gente — diz Hoshiko com um olhar incisivo.

Estremeço.

— A srta. Sahni precisava conversar comigo sobre a apresentação do coral. A data já está chegando e estão com dificuldade nas harmonias.

— Riley, você pode mentir o quanto quiser para o Nathan, mas não minta para mim. Eu sei que você está evitando todo mundo por causa do que rolou no baile.

— Eu não estou evitando você.

— Bom, isso é óbvio. — Ela deita a cabeça no meu ombro. — Você não conseguiria nem se tentasse. Eu iria atrás de você.

Dou uma risadinha, mas meu peito dói. Uma pequena parte de mim achava que talvez Nathan fizesse o mesmo. Que ele sentiria saudade o suficiente para vir atrás de mim.

Hoshiko ergue a cabeça e me examina.

— Tenho certeza de que ele acha que você o odeia, aliás.

— O Nathan ou o Paul?

Felizmente, Paul tem mantido uma boa distância desde a festa, e eu fiz o mesmo. Se aconteceu uma única coisa boa nesse sábado, foi que Paul não quer mais saber de mim.

— Para de tentar mudar de assunto. Você sabe de quem eu estou falando. Se você pelo menos falasse com o Nathan...

— É difícil demais. Cedo demais. Se Nathan bater o olho em mim, vai saber exatamente o que eu sinto por ele.

— E será que isso seria tão ruim assim? Talvez ele finalmente acorde pra vida e perceba o que está perdendo.

— Se ele não consegue perceber isso por conta própria, então eu é que não vou ajudar. Ele que fique com a Sophia.

Nós duas fazemos uma careta ao ouvir o nome.

— Só apareça mais tarde, pode se sentar entre mim e o Lucas hoje no D&D. Vou manter você entretida e distraída. Os meninos estão com saudade.

Afundo no assento. Também sinto saudade deles. Sei que não posso continuar agindo assim para sempre — me escondendo durante os horários de almoço e evitando todos menos Hoshiko. Preciso ficar em paz com Nathan e Sophia. Porém, também há o fato de que não falo com meu pai desde que contei para ele que ia sair da loja. Não sei mais se consigo voltar para lá depois disso.

— Depois de amanhã a gente vê isso — respondo.

Ela me fita com um olhar tristonho, mas não discute.

Bato palmas duas vezes e chamo o grupo.

— Vamos tentar de novo?

Na manhã seguinte, acordo cedo. Em vez de ir ao jogo de D&D, passei a noite inteira mandando mensagens para Hoshiko, pedindo atualizações (Sophia não apareceu, Nathan mal abriu a boca a noite toda, e o jogo acabou cedo depois de o grupo matar tempo no pântano para evitar a Aparição) e revirando meu armário à procura de uma roupa que diga ao diretor Holloway que levo as coisas a sério, mas também sou divertida; que estou pronta para pôr a mão na massa, mas não sou um pé no saco. Infelizmente, não sei se tenho algo que exprima essa ideia. A maioria das minhas roupas parece ter sido vítima de uma explosão de tinta. Então faço o melhor que posso — calça azul-marinho e uma camisa rosa com pequenos corações vermelhos estampados.

Hoshiko me encontra antes da primeira aula. Ela me olha de cima a baixo e assente, aprovando meu visual.

— Amei o look. Mas surgiram uns probleminhas.

Congelo.

— O que foi?

Ela suspira e me puxa na direção da sala de História.

— A mãe da Sara não conseguiu arranjar as fantasias como ela disse que faria, então parece que a plateia vai precisar usar a imaginação. E... acabei de ficar sabendo que o Henry está doente e não veio pra escola.

Um pavor me percorre e eu giro na direção dela.

— Você está me dizendo que metade das criaturas de contos de fada está sem fantasia? E que a gente ficou sem um narrador? — Olho para o teto e solto um grunhido. — Ele não pode ficar doente! A gente *precisa* dele!

Henry é uma das peças-chave da nossa apresentação. Começamos a primeira música com ele narrando a juventude do Shrek — usando um sotaque escocês bem convincente, devo acrescentar —, e, sem ele, o espetáculo não vai fazer tanto sentido.

— Será que a gente consegue convencer ele a aparecer depois da escola? Poderia ficar longe de todo mundo, assim não vai contaminar ninguém.

Hoshiko balança a cabeça, cabisbaixa.

— É faringite.

Enterro a cabeça nas mãos. Eu só precisava que tudo corresse bem hoje, mas não consigo nem isso. O que mais falta dar errado? Paul vai esquecer a máscara de Shrek? A escola vai ter um surto de laringite e de repente todo mundo vai perder a voz?

— A gente já estava numa situação complicada. Eu fiquei tão ocupada com os ensaios que não procurei nenhum patrocinador na comunidade, e sem isso o orçamento vai ser alto demais para o diretor Holloway e os Music Boosters. Nada mais pode dar errado.

Hoshiko entra na minha frente e coloca as mãos nos meus ombros, detendo minha marcha pelo corredor.

— Vai dar tudo certo, tá bom? Vamos bolar uma estratégia no almoço. Você *vai* almoçar com a gente, né?

Hesito, mas depois concordo com um gesto de cabeça. Para ser sincera, eu aceitaria qualquer desculpa para não ter que encarar Nathan hoje, mas ela tem razão. Precisamos de tempo para pensar em soluções. O sinal toca.

— A gente vai fazer isso dar certo — repete ela, abrindo um sorriso tímido. — O show tem que continuar.

Engulo em seco e vou para a aula. O primeiro horário chega e vai embora sem que eu consiga pensar em qualquer coisa além da apresentação. Ainda estou uma pilha de nervos na aula de geometria quando a porta se abre e um funcionário da secretaria entrega um bilhete para o professor.

O sr. Fleishman franze a testa e ergue os olhos para mim.

— Riley? Sua mãe está no telefone na secretaria.

Sinto uma onda de medo percorrer meu corpo, afastando meus pensamentos obsessivos sobre o teatro. Minha mãe ligou? Às nove da manhã? A escola tem regras rígidas de proibir o uso do celular durante as aulas, então não pude ver minhas mensagens, mas em geral ela só me escreve e eu respondo quando tenho tempo entre as aulas ou durante o almoço. Se ela não pôde esperar, então deve haver algo muito errado acontecendo.

Hoshiko me fita com olhos arregalados.

— Já volto — sussurro.

Saio destrambelhada da carteira e da sala, sabendo que a turma toda está encarando. Acelero pelo corredor, pelas escadas e passo por outro corredor, praticamente correndo no fim do percurso. Eu já estava uma pilha de nervos antes disso, e agora estou prestes a explodir. Quando entro na secretaria, o funcionário me passa o telefone sem dizer uma palavra.

— Mãe?

— Riley. Sinto muito por te tirar da aula, mas seu pai... — Ela pausa e o medo aperta meu peito. — Ele está no hospital.

O Curtis acabou de me ligar da loja. Os dois chegaram lá mais cedo para arrumar o estoque e acho que seu pai começou a sentir dor no peito e dificuldade para respirar, então chamaram uma ambulância e...

— Ele ainda está vivo? — Mal consigo enunciar as palavras; arranham minha garganta.

— Está. Sim, ele está vivo.

Relaxo a mandíbula de leve. Todos os olhos na secretaria estão postos em mim. Ninguém está fingindo me dar privacidade ou agindo como se estivesse trabalhando. Mantenho os olhos colados aos bilhetes em Post-it em cima da escrivaninha.

— Foi um ataque do coração? Ele vai ficar bem?

— Não sei. Só sei o que o Curtis me contou, que uma ambulância foi pegá-lo e que ele está dando entrada na emergência. Pensei em ligar apenas quando tivesse mais informações, sei que hoje é a sua apresentação do teatro e sinto muito mesmo... Mas não parecia certo não te contar. Estou indo para o hospital agora. Você quer que eu...

— Vem me buscar. Quero estar lá com você. — Engulo as lágrimas. — E com o papai.

— Chego daqui a pouco.

Acho que passo o telefone para alguém e encontro um lugar para sentar. Quando mamãe entra na secretaria, estou segurando um copo de água e não sei como ele chegou na minha mão. Só consigo pensar no meu pai. E se foi mesmo um ataque cardíaco? E se a emergência não chegou a tempo e ele morreu a caminho do hospital? E se minha mãe me contar que eles não foram rápidos o bastante e agora ele se foi? Memórias da última vez que estivemos juntos rodopiam na minha mente. O rosto dele quando eu disse que ia sair da loja... A rispidez das minhas palavras quando eu o acusei de não se esforçar o suficiente para passar tempo comigo... Por que eu falei todas aquelas coisas? Por que não fui para a loja ontem à noite? Eu deveria ter ido. Eu nem deveria ter saído para começo de conversa — foi egoísmo da minha parte. Nunca vou me perdoar se alguma coisa acontecer com ele.

Agarro as mãos da minha mãe assim que ela se aproxima e examino o rosto dela à procura de sinais de mais notícias horríveis.

Ela aperta minhas mãos de leve e balança a cabeça.

— Não tive mais notícias, o que é um bom sinal.

Solto o ar. Ainda tenho tempo de consertar as coisas com meu pai quando encontrar com ele.

Fazemos o trajeto até o hospital em silêncio, mas meu peito aperta ainda mais quando entramos no estacionamento e depois no pronto-socorro. Como esse estacionamento pode parecer tão normal? Como as pessoas podem dirigir por aqui como se nada estivesse acontecendo? Elas não sabem que meu pai está aqui? Todos deveriam parar e tirar um momento para pensar nele.

Minha mãe se senta ao meu lado depois de conversar com a pessoa na recepção.

— Ele está fazendo uns exames. Disseram que pode levar um tempo e é melhor a gente se acomodar.

Sei que isso não é uma notícia "boa", mas parece. Se estão fazendo exames, isso significa que ele não morreu ou está em risco. Do contrário, os médicos estariam debruçados sobre a maca dele com aqueles desfibriladores que usam em séries de medicina.

Mamãe aperta meu ombro com delicadeza. A sala de espera está silenciosa e quase vazia a essa hora da manhã. Este hospital é pequeno e um pouco decadente, com abóboras falsas e folhagens de outono nos cantos da sala de espera e uma TV antiga que exibe um programa matinal de competição. É o oposto de aconchegante e acolhedor.

Mamãe pega o celular e eu aproveito para fazer o mesmo. Não o checo desde antes do segundo horário e agora noto que minha caixa de mensagens está transbordando. Hoshiko me mandou pelo menos dez e uma passada rápida de olho me mostra que minha amiga está cada vez mais preocupada. Ela costuma usar um monte de emojis e pontos de exclamação, mas, sempre que está chateada, as mensagens dela ficam bem mais sérias.

> O pessoal está falando que seu pai está no hospital. É verdade? Tá tudo bem? Sinto muito.
>
> Está todo mundo surtando. Os meninos tão falando sobre sair mais cedo da escola.

Sinto um aperto no coração ao ver as mensagens dela. Respondo, dizendo tudo que nos foi informado.

Fico esperando uma resposta imediata, mas é claro que ela está na aula e não vai poder ver as mensagens até a hora do intervalo. Pensar nisso me leva de volta para a realidade do dia de hoje. A apresentação — a *reunião* — vai acontecer hoje à tarde. Combinamos de ensaiar uma última vez após a aula. Vou apresentar minha proposta para todos logo depois, e nossa apresentação musical será às quatro. Balanço a cabeça. Não dá para saber quanto tempo papai vai ficar aqui. Podem ser horas, talvez ele passe a noite internado ou até mais tempo, dependendo do que os médicos descobrirem.

Espero uma tristeza profunda me tomar diante da ideia de perder a reunião. Em vez disso, mal consigo sentir qualquer coisa.

> Te mando outra mensagem quando tiver mais notícias. Desculpa mesmo por perder a apresentação hoje. Talvez seja melhor falar para a srta. Sahni cancelar a reunião?

Para minha surpresa, a resposta de Hoshiko chega segundos depois.

> Não, não vamos cancelar. Você já fez muita coisa, Riley. A gente cuida do resto.

Encaro meu celular, sentindo um aperto na garganta. Quero jogar os braços ao redor de Hoshiko e dar um abraço bem apertado nela. São tantas coisas grandes e pequenas para considerarem. Quem vai ser o narrador? E se o Mitchell esquecer as falas dele e tentar olhar para mim para saber o próximo verso?

Como a coisa vai funcionar se apenas algumas pessoas têm figurinos? Respiro pelo nariz e fecho os olhos. Isso não está mais nas minhas mãos.

— Riley? — Escuto mamãe me chamar. Ela olha para o meu celular e depois de volta para o meu rosto. — O que está acontecendo? O que seus amigos estão dizendo?

Balanço a cabeça e guardo o celular.

— Nada. Só estão preocupados.

— Certo. — Ela espreme os lábios. — Sabe, não tem problema se você precisar sair para a sua apresentação à tarde. Seu pai vai entender.

— *Não*. — Minha voz sai alta e ecoa na sala vazia de linóleo. — Não, eu não vou sair daqui.

Eu a encaro, e ela assente devagar e me dá tapinhas carinhosos na perna. A reunião da escola vai acontecer, ou não vai. A apresentação vai correr bem ou vai ser um desastre. De um jeito ou de outro, é só um espetáculo. Haverá outros. Agora, a coisa mais importante é ver meu pai.

Passo a hora seguinte encarando o relógio. É mais fácil desligar meus pensamentos se eu focar no movimento dos ponteiros. Outro grupo entra na sala de espera, um casal mais velho, e isso me tira do transe. Pego o celular e noto mais uma mensagem: uma única de Nathan. Chegou logo depois da de Hoshiko, mas eu não tinha visto antes.

> Acabei de entrar na aula de História dos EUA e fiquei sabendo do Joel. Estou a dois segundos de matar aula e ir te encontrar no hospital. Eu devo?

Sinto o estômago revirar. Imagino Nathan atravessando essas portas a qualquer segundo. Imagino ele me abraçando e me apertando com tanta força que os pedacinhos quebrados do meu coração voltam a se unir. Desejo tanto esse abraço que o sentimento é físico.

Esfrego algumas lágrimas dos olhos. Por que pensei que poderia evitá-lo depois do baile e fingir que minha vida não foi permanentemente alterada por ele? Faz só alguns dias que não nos falamos e já sinto tanta saudade. Fui uma idiota por deixar Nathan ir embora do baile daquela forma — estava com tanto medo de ele não me ver como eu o vejo que não consegui colocar para fora o que deveria ter confessado, mas não quero perdê-lo. Quero ele aqui ao meu lado, segurando minha mão e me dizendo que meu pai vai ficar bem. Quero que ele me mande mensagens, passeie comigo pelas estradas e me olhe como se não visse a hora de me beijar de novo. Não sei se nossa relação já afundou demais para isso acontecer, mas estar em uma sala de espera fria de hospital faz qualquer um esquecer todas as futilidades da vida e aguçar o foco até que as coisas importantes fiquem em primeiro plano.

E tudo o que vejo é Nathan.

Preciso confessar o que sinto. Nathan merece saber, mesmo que não dê em nada. Mesmo que me diga que nunca vai se apaixonar por mim do jeito que eu me apaixonei por ele.

Meus dedos tremem para respondê-lo e pedir que venha. Eu adoraria me apoiar nele agora. Porém, em vez disso, mando uma mensagem vaga e educada. Preciso desesperadamente conversar com Nathan, mas isso vai ter que esperar até eu ter notícias do meu pai.

Capítulo Vinte e Sete

Mamãe me traz uma xícara de chá quente e ficamos sentadas na sala de espera por mais duas horas. Depois de algum tempo, um funcionário aparece e nos informa que papai vai ser transferido do pronto-socorro para o quinto andar, onde vai passar a noite internado em observação. Mamãe precisa responder perguntas sobre o histórico de saúde dele e são horas intermináveis até conseguirmos vê-lo. Tento me recompor no elevador, mas não consigo respirar quando entro no quarto. Papai está sentado na cama com uma camisola de hospital e várias máquinas conectadas ao corpo. Acho que nunca o vi sem uma das camisetas com estampas de jogos. Porém, antes que eu perca completamente a cabeça, ele nos vê e nos chama para dentro do quarto.

— Riley! Shannon!

Meu pai abre os braços para um abraço. Eu o examino, à procura de um pouco de raiva ou ressentimento pela nossa última conversa, mas ele só parece feliz em nos ver. Eu o abraço com cuidado.

— Como você está? — Minha voz falha e ele aperta os braços ao meu redor.

— Já estive melhor, mas só de ver você já fico mais animado. Queria que não tivesse gente vindo me cutucar e me fazer mais perguntas a cada dois minutos.

— Pai, você está no *hospital*. — Eu me afasto e lanço um olhar de reprovação. — É claro que vai ter gente te cutucando. Eles contaram o que aconteceu? Você teve um infarto?

— Não, não foi um infarto. Não exatamente. Foi só um *princípio* de infarto. Disseram que vou precisar tomar remédios para controlar o colesterol e mudar mais alguns hábitos, mas eu vou ficar bem.

Mamãe e eu trocamos olhares preocupados.

— A sua médica vai demorar para passar aqui? — pergunta minha mãe.

— Ela já veio e foi embora, mas tenho certeza de que o pessoal da enfermagem vai voltar daqui a pouco. Agora, como é que eu mudo de canal? Esse lugar é um tédio.

Mamãe solta um suspiro e ergue um controle remoto enorme que fica preso à cama. Tem botões para a TV e outros para erguer a cama de modo que o paciente fique sentado.

— Obrigado.

Os olhos de papai se demoram por um instante no rosto de mamãe e eu tenho a impressão de que ele está agradecendo por mais do que apenas mostrar onde estava o controle remoto. Jogo o peso do corpo de um pé para o outro, me perguntando se eu deveria sair do quarto para os dois conversarem, mas minha mãe faz isso antes de mim.

— Vou dar uma passadinha na cantina e pegar alguma coisa para comermos — anuncia ela. — Estou morrendo de fome.

Papai e eu ficamos sentados em silêncio assistindo a um episódio de *Seinfeld* durante alguns minutos. É tão surreal estar aqui vendo TV, como se meu mundo inteiro não tivesse quase implodido. Crio coragem para falar.

— Pai... Você acha mesmo que vai ficar bem? — Minha voz sai trêmula, mesmo eu tentando parecer forte.

Ele estende a mão e eu a aperto.

— Acho, sim. Sinto muito mesmo por ter feito você passar por isso tudo.

Dou de ombros. Ele continua:

— Obrigado por estar aqui. Significa muito, mesmo.

Palavras não ditas pairam entre nós. Sabemos que, alguns meses atrás, talvez eu não estivesse me debulhando em lágrimas ao lado da cama de hospital dele.

— Riley, sinto muito por qualquer coisa que eu tenha feito nesses últimos anos que te machucou. Você tinha razão. Eu deveria ter me esforçado mais para falar com você. Deveria ter dito como você brilha toda vez que pisa no palco, porque brilha, e muito. Você é incrível.

Balanço a cabeça.

— Não precisa fazer isso. Não importa. Só fico feliz que você vai ficar bem.

— Importa, sim. — Nunca ouvi meu pai soar tão sério. — É verdade que eu não sei nada de teatro. Não conheço os jargões. Além do mais, era uma coisa que você dividia com a sua mãe. Mas não quer dizer que eu não ficava impressionado ou orgulhoso. Você sempre foi a melhor coisa da minha vida. Eu deveria ter feito um trabalho melhor para me certificar de que você soubesse disso.

Ele pousa a mão no meu ombro e lágrimas se acumulam nos meus olhos.

— Posso te contar um segredo? — continua ele.

Faço que sim com a cabeça.

— Fico feliz por você ter pegado o carro da sua mãe sem pedir.

Dou uma risada engasgada e o som me arranca da tristeza.

— Você pareceu bem furioso na época.

— Bom, é claro. Você poderia ter morrido, poderia ter matado a Hoshiko, violou um montão de leis. Nós pegamos bem leve com você.

— Nossa, que dramático — murmuro.

— Mas ter você na loja foi... Bom, tem sido a melhor coisa que já aconteceu comigo em um bom tempo. Eu amei, de verdade.

As lágrimas retornam, mais intensas do que nunca. Eu as esfrego e giro minha cadeira até ficar de costas para a TV.

— Desculpa por ter dito que ia largar a loja. Desculpa por todas as coisas que eu disse antes, e por não me esforçar mais para passar tempo com você, e por ser uma filha ruim no geral. Vou sair das outras atividades extracurriculares para ter mais tempo.

— Só porque você se sente culpada?

— Não — respondo, com uma voz nada convincente.
— Mas não quero fazer nada que te cause mais estresse ou preocupação ou nada disso. Eu estava sendo egoísta antes.

— Riley. — Papai desliga a TV e abre um sorriso tristonho. — Nada do que você fez causou isso. As únicas causas são a genética e uma vida de amor por fritura. E você não está sendo egoísta. Eu é quem fui, por querer te manter na loja quando existem outras coisas que você ama fazer. Eu só quero que você seja feliz.

— Mas eu amo trabalhar na loja.

Ele estreita os olhos, confuso.

— Bom... Certo, fico feliz em ouvir isso. Mas o importante é que você não precisa ir à loja para passarmos tempo juntos. Tem muitas outras coisas que a gente pode fazer. Podemos ir comprar mais abóboras para a loja ou decorações de Natal! Podemos tentar cozinhar umas receitas saudáveis agora que vou precisar comer com mais cuidado. Talvez você possa até me levar a um dos musicais que você ama tanto?

— Ah, é?

— Claro. Vamos pegar os melhores lugares assim que eu tirar essa camisola de hospital. E, até lá, você deve passar suas noites fazendo o que te faz feliz. Se isso não for a loja, então tudo bem. Mas você será sempre bem-vinda por lá.

Olho para papai, com a camisola amassada e o cabelo bagunçado, e meu coração se enche de amor. Passei anos mantendo distância dele por causa de rancor e uma espécie de lealdade distorcida à minha mãe. Perdi tanto tempo, e cheguei perto de perder muito mais. Estava sendo ridícula. Eu o amo. Ele é meu pai.

Eu me aproximo e o abraço com mais força do que quando entrei no quarto. Ele faz um som levemente indignado e então me aperta também. Pela primeira vez em horas, consigo respirar de verdade.

Capítulo Vinte e Oito

Papai volta a ligar a TV e assistimos juntos ao final do episódio de *Seinfeld* e começamos outro. É o da camisa de babados, e é bom ouvir a risada do meu pai. Fico esperando mamãe voltar, mas ela claramente não está com a menor pressa.

Uma enfermeira aparece para verificar o estado de papai, e a maratona de *Seinfeld* dá lugar a um programa de entrevistas. Olho de relance para ele, que pigarreia.

— Sabe, você nunca chegou a me contar como foi o baile. Você e o Nathan se divertiram?

Sei que ele está se esforçando, então tento retribuir, mesmo que esse assunto me deixe um pouco mal. Conto a ele que John e Jordan foram ao jantar com as fantasias de LARP e descrevo a dança coreografada de Hoshiko e Lucas, e ele ri em todos os momentos certos. Se nota que não falei de Nathan, decide não mencionar. Penso em deixar isso para lá, já que está tudo indo tão bem, mas preciso ser sincera com meu pai se quisermos a chance de ter uma relação melhor.

— Na verdade, preciso falar a verdade sobre o Nathan. Sei que a gente te deixou acreditar que estávamos namorando, mas não era verdade. A gente só estava... fingindo... por motivos que eu prefiro não detalhar, a menos que você queira muito saber. Só que ele não gosta de mim de verdade.

— Claro que gosta — diz meu pai de imediato.

— Pai. — Reviro os olhos. — Era tudo uma farsa.

— Riley, eu conheço o moleque há anos. Eu ensinei D&D pra ele, e ele não é bom ator. Nathan pode até ter dito que não era sério, mas ele gosta de você.

Sinto uma esperança nascer no peito enquanto tento esmagá-la na minha cabeça. Papai está sorrindo daquele jeito que os pais sorriem quando pensam que os filhos são muito fofos, e eu sorrio de volta. Eu aguento lidar com os sorrisos condescendentes todo dia se isso significar que ele vai estar aqui comigo.

— Quero ouvir mais sobre o seu musical, aquele que você mencionou antes. Como estão as coisas?

Dou uma olhada no relógio. A essa altura, as aulas já acabaram e o grupo deve estar encerrando o último ensaio antes do pessoal da administração chegar para a reunião. Sinto uma pontada de culpa por abandoná-los depois de todo o esforço que dedicamos à apresentação, mas espero que entendam o motivo de eu estar ausente.

— Vamos ver o que acontece — digo em um tom casual que eu nem sabia que conseguia fazer. — Hoje vai ter uma reunião com os professores e administradores para apresentar o plano e fazer uma demonstração, mas obviamente eu não posso estar lá. A Hoshiko disse que ia cuidar de tudo e ela consegue fazer qualquer coisa que quiser. Então pode ser que dê tudo certo.

Ele ergue as sobrancelhas grossas até quase encostarem no couro cabeludo.

— Sua reunião é hoje e você está sentada aqui comigo vendo *Seinfeld*?

— É claro. Eu não ia ficar na escola depois de descobrir que você veio parar no hospital.

— Mas você não precisa ficar aqui agora. Olha pra mim, eu estou bem!

Ele balança o braço e o acesso do soro se mexe.

— Pai! — grito, preocupada. — Você não está bem! O Curtis teve que ligar pra emergência hoje de manhã. Você está falando comigo *deitado numa cama de hospital*. Você nunca esteve tão longe de estar bem!

— Ah, tenha dó. Minha situação é estável. Só quiseram me internar para fazer um teste ergométrico amanhã de manhã. Agora, minha maior preocupação é saber se o cardápio de hoje à noite não vai ter açúcar nem sal. Que horas é a reunião?

Dou outra olhada no relógio.

— Ela começa daqui dez minutos.

Papai solta um grunhido.

— Você precisa ir. Vai chegar atrasada, mas com sorte vai conseguir participar de um pedaço. Ligue para a sua mãe e fale para ela subir e te levar.

— É tarde demais, não precisa se preocupar.

— Não. Se você passou semanas trabalhando nisso, então precisa estar lá hoje. Pode me usar como desculpa caso alguém fique chateado por você ter chegado atrasada. Assim, ninguém vai poder dizer "não".

Tento argumentar, mas, quando mamãe volta alguns minutos depois com *wraps* de frango e Coca-Cola Zero, papai insiste que ela me leve de volta para a escola. Surpreendentemente, minha mãe concorda.

— Não tem nada que você possa fazer no hospital agora, e a enfermaria disse que a médica só vai voltar amanhã de manhã, então não existe motivo para ficar aqui esperando por mais notícias. — Ela me entrega um *wrap* e pega as chaves na bolsa. — Mande uma mensagem para a Hoshiko e avise que estamos a caminho.

Quero insistir para ficar no hospital, mas é difícil quando meu pai e minha mãe estão de acordo e me enxotando do quarto. E, agora que tenho certeza de que está tudo bem entre meu pai e eu e que ele não está prestes a bater as botas, estou ansiosa para ver todo mundo na apresentação.

Tento ligar para Hoshiko no carro, mas ela não atende. Ou estão prestes a começar a apresentação ou ela está correndo de um lado para o outro feito louca porque está tudo desmoronando. Tenho medo de ser a segunda opção. Sinto enjoo e queria poder me teletransportar direto para a escola, mas é um trajeto de quinze minutos até lá. Pelo menos posso aparecer para dar apoio moral, não importa o que aconteça.

— Eu arranjo uma carona para o hospital ou te ligo quando a reunião terminar — digo para mamãe quando ela finalmente entra no estacionamento da escola.

— Não, vou entrar com você — declara ela. — Assim, se alguém tiver alguma pergunta sobre o que aconteceu hoje, vou estar lá para responder. — O olhar dela é determinado e eu pisco, surpresa. Não estava imaginando que minha mãe fosse se importar tanto assim, principalmente considerando tudo que aconteceu. Ela deve entender minha expressão, porque continua: — Reparei que você não hesitou nem uma vez em ir comigo para o hospital.

Arregalo os olhos, horrorizada ao pensar na alternativa.

— Eu não deixaria meu pai assim. E se alguma coisa tivesse acontecido?

— Fico muito feliz por você ter as prioridades em ordem. — Mamãe pega a bolsa. — Agora vamos convencer esses administradores!

Nós nos apressamos pelo corredor na direção do auditório. Meu plano é entrar pela porta lateral das coxias para entender o que está acontecendo e como posso ajudar, mas então uma voz amplificada chama minha atenção. Está vindo das portas principais do auditório. E o sotaque é escocês. Achei que Henry estivesse doente? Será que Hoshiko o convenceu a aparecer mesmo assim?

Abro uma fresta da porta, com mamãe logo atrás de mim. Para meu completo choque, Lucas está na beirada do palco com um microfone, narrando a abertura de *Shrek*. E ele é muito bom nisso.

Levo a mão ao rosto. O auditório está completamente vazio, exceto por uma pequena fileira de adultos nos bancos do meio, nos assentos centralizados. Consigo distinguir a srta. Sahni e o diretor Holloway, além de duas outras pessoas que devem ser um membro da administração da escola e a presidente do Music Boosters. Hoshiko e Terrance começam a parte deles, cantando como Mamãe e Papai Ogros, e é lindo. Hoshiko chama todo o foco para si. Ela tem uma voz firme e cristalina, e a peruca e a maquiagem verde estão perfeitas.

Mordo o lábio inferior, pensando no que fazer. Não quero distrair ninguém no palco correndo até a frente, onde normalmente ficaria como diretora. Em vez disso, vou de fininho até a lateral do auditório. Se alguém perder uma deixa ou as coisas começarem a sair dos trilhos, aí posso intervir. Porém, nada disso acontece.

A apresentação não é perfeita, claro. Não temos uma iluminação profissional, então é difícil enxergar todo o mundo dependendo da marcação no tablado, e o palco parece um pouco esparso sem os cenários de verdade, mas ainda é cativante. Paul, no papel de Shrek adulto, até arranca uma gargalhada do diretor quando finge usar um gambá de brinquedo como desodorante. Fecho os olhos com força, aliviada. Talvez tudo dê certo mesmo...

A segunda música começa, e prendo a respiração. É o maior risco da nossa apresentação. Temos dezesseis pessoas com falas cantadas. E, já que metade delas está sem figurinos, vai ser bem mais difícil para os administradores entenderem do que se trata a música. Porém, quando o elenco entra no palco, *todos* estão fantasiados. Algumas fantasias são bem simples — orelhas marrons felpudas para sugerir que são os Três Ursos ou asas elaboradas para a Fada dos Dentes. Porém, já é alguma coisa. Faço uma dancinha empolgada e nervosa e mamãe aperta meu ombro. De alguma forma, eles deram um jeito!

Caminho em silêncio pelo auditório, abrindo caminho até uma fileira vazia de assentos no centro. Quando o elenco marcha para a frente do palco ao final da música, ergo as mãos como se estivesse dirigindo um coral. Eles notam minha presença um a um e todos projetam um pouco mais, harmonizando e preenchendo o auditório com suas vozes. Meus olhos se enchem de lágrimas até os integrantes do elenco não passarem de versões borradas de aquarelas de si mesmos.

A música termina e aplausos ecoam no auditório. Não muitos, já que somos poucos na plateia, mas os aplausos de mamãe valem por uma dúzia de pessoas. Dou uma corridinha até a frente enquanto o elenco da primeira música faz uma reverência em agradecimento. Paro abruptamente quando vejo não apenas Lucas, mas também Anthony, John e até Jordan. John e Jordan estão de novo com os trajes completos de LARP. Algumas pessoas gesticulam para eles, gratas, e os garotos acenam com modéstia. Não faço a menor ideia do que está acontecendo, mas já estou emocionada, e ver tantos dos meus amigos no palco inesperadamente me faz chorar ainda mais. Não deixo de notar que Nathan não está em lugar algum, mas não posso pensar nisso agora.

Continuo aplaudindo e aceno para todos no palco antes de me virar para o grupo de adultos. O sr. Weaver, um homem branco com calça caqui e camiseta polo, me dirige um aceno de cabeça sério. Ele é da administração da escola. Ao lado dele está a sra. Fairfax, uma mulher negra e grande com um rosto simpático, que é a presidente do Music Boosters. Ela é mãe de Dawn e, considerando que Dawn acabou de sair do palco com as outras criaturas de contos de fada, imagino que vai ser a mais fácil de convencer a aprovar nosso plano.

Eu os examino e tento demonstrar o máximo de profissionalismo.

— Muito obrigada por virem hoje. Sinto muito por ter perdido o início da nossa reunião.

Mamãe aparece ao meu lado.

— Oi, eu sou a mãe da Riley. Tivemos uma emergência de família hoje, e foi por isso que precisei tirá-la da escola. Mas posso garantir aos senhores que ela leva este musical de primavera muito a sério.

— Ela não é a única — diz o sr. Weaver baixinho.

A srta. Sahni se levanta, a cabeça inclinada para o lado com uma expressão preocupada.

— Sim, fiquei sabendo do seu pai. A Hoshiko e os outros me contaram. Sinto muito. Como ele está? Não esperávamos ver você hoje.

— Obrigada. Já está melhorando. Na verdade, é por causa dele que estou aqui. Ele insistiu que eu viesse.

O diretor Holloway aponta para o palco com a cabeça.

— Foi uma apresentação impressionante.

Sinto uma onda de empolgação, mas me obrigo a manter a calma.

— Fico feliz de o senhor achar isso. Temos muitas pessoas talentosas na escola que são apaixonadas pelo teatro. Queríamos mostrar aos senhores do que somos capazes.

— E isso não é *tudo* do que você é capaz — continua a srta. Sahni, a voz carregada de energia. — O grupo organizou essa performance por conta própria, sem nenhum orçamento e com apenas algumas semanas de ensaios. — Ela se vira para o diretor. — Imagine o que podemos fazer com um pouco de tempo e recursos adequados.

Ela ergue as sobrancelhas e o diretor balança a cabeça, brusco, e olha para a pasta que tem em mãos. São as pastas que eu organizei. Tinha me esquecido completamente delas, mas, depois que saí às pressas da escola, Hoshiko deve ter pegado minha mochila e encontrado todo o material que preparamos. Vou pagar *tantos chai lattes* para ela quando tudo isso acabar.

— Riley, será que você pode falar um pouco sobre esses documentos? — sugere a srta. Sahni, segurando uma das pastas.

— Sim, é claro.

Explico meus planos para o grupo, incluindo os diferentes orçamentos propostos, as taxas de licenciamento e o número de componentes necessários a depender do musical que escolhermos. Em seguida, repasso minhas ideias sobre como podemos reduzir custos em comparação aos últimos musicais e eventos para arrecadação de fundos que podemos pensar para colaborar com o orçamento. O grupo não se pronuncia, mas a srta. Sahni tem um sorriso brilhante no rosto enquanto eu falo e a sra. Fairfax balança a cabeça, me encorajando.

— Isso foi muito bem pensado — elogia o sr. Weaver.
— Obrigada.

Meu peito se enche tanto de esperança que é capaz de explodir.

— Entretanto, acho que vamos precisar de algum tempo para discutir — declara o diretor Holloway. O rosto dele é uma máscara. — Por que não vai parabenizar seus amigos pela performance?

Aceno que sim com a cabeça, dou um abraço rápido em mamãe, que agora está perto da parede, e vou até as coxias com pés trêmulos.

O elenco inteiro está inquieto. É um mar de risos nervosos e sorrisos largos. Paul está parado ao fundo. Ele me nota e acena com a cabeça rapidamente antes de se virar.

Vejo Lucas e Hoshiko batendo papo com John, Jordan, Anthony e Kenzie, o par dele no baile.

— Ah, *gente*... — Minha voz sai tingida de admiração.

Lucas gira nos calcanhares e sacode o braço de Hoshiko para chamar a atenção dela. Ela se vira, dá um gritinho e me puxa para um abraço apertado.

— Riley! Meu Deus, achei que você não vinha! Como está o seu pai? O que aconteceu no hospital?

— Ele ainda está internado, mas é, parece que vai se recuperar totalmente. — Balanço a cabeça. — A performance foi incrível. Hoshiko, sua *voz*. E sua maquiagem ficou perfeita! — Eu me viro para Lucas. — Não sabia que você conseguia fazer sotaque escocês! E vocês dois faltaram no LARP pra estar aqui? — pergunto, me virando para John e Jordan.

— A gente ainda vai tentar ir, mas queríamos ficar aqui até o final primeiro.

— Eu só... — Paro de falar, emocionada outra vez. — Obrigada *mesmo* por estarem aqui. Significa *muito* pra mim.

Hoshiko me abraça mais uma vez.

— Por um momento nós pensamos em cancelar, sendo bem sincera. Tudo parecia estar dando errado, com o seu pai no hospital, sem um narrador e as fantasias, mas aí o Nathan sugeriu...

— O Nathan? — interrompo.

Olho ao redor mais uma vez para ter certeza, mas ele definitivamente não está aqui.

Hoshiko assente.

— O Nathan nos convenceu de que ainda poderíamos fazer acontecer. O Lucas ficou empolgado para narrar...

— Nunca consigo usar meus sotaques no D&D, já que sempre sou o Mestre — acrescenta Lucas.

— ... e o John e o Jordan apareceram para ajudar com as fantasias.

Jordan assente.

— O John me mandou uma mensagem no almoço e eu vim para cá assim que as aulas acabaram. Pedimos ajuda para outros amigos do LARP que tinham algumas coisas para emprestar e bolamos mais umas peças do figurino.

— Se tivéssemos tido mais tempo, dava para ter feito bem mais — acrescenta John.

Ah, então foi daí que vieram as asas de fada elaboradas. Balanço a cabeça, incrédula.

— Eu não tenho nenhuma habilidade útil, mas falei para o Nathan que podia ajudar a pintar cenários ou algo do tipo e ele disse que eu deveria ficar por aqui também — explica Anthony.

Kenzie entrelaça o braço no dele.

— Foi um prazer ajudar.

A coisa toda me deixa atordoada. Os garotos não sabem quase nada sobre musicais ou teatro, mas estão aqui mesmo assim, ajudando como se não fosse nada extraordinário. Hoshiko assumiu o comando e reorganizou a performance inteira sem nem pestanejar. Na verdade, o elenco todo se empenhou hoje. Agradeço a todos mais uma vez e caminho pelas coxias, elogiando e agradecendo os outros membros do elenco por sua participação. Todos estão felizes, com aquela alegria que só se sente quando acaba de sair do palco depois de acertar uma performance, e também preocupados com meu pai. É um grupo incrível.

Ao mesmo tempo, porém, há uma vibraçãozinha dolorosa no fundo da minha mente, me lembrando que a pessoa que estou mais ansiosa para encontrar não está aqui. Verifico meu celular, mas não vejo mensagens novas de Nathan. Onde ele está? Talvez esteja na loja, já que tanto eu quanto meu pai não estamos lá hoje. A ideia diminui um pouco minha ansiedade, mas não me impede de sentir falta dele.

Estou prestes a perguntar sobre Nathan quando a srta. Sahni me chama. Algumas pessoas me fazem um sinal de positivo e eu devolvo o gesto. Saio das coxias e então percebo que Hoshiko e o resto dos meus amigos me seguiram. Não sei se isso é apropriado, mas o apoio é muito bem-vindo, então não discuto.

Os adultos piscam quando aparecemos diante deles. Acho que formamos um grupo bem estranho, já que Hoshiko está com o rosto todo verde e John e Jordan acabaram de sair da Idade Média.

— Incrível — sussurra a srta. Sahni, inspecionando a fantasia de John.

Ele dá um passo à frente, casual, embora a capa esteja ficando franzida ao redor das pernas.

— Foi trabalho manual. Vai ser um prazer ajudar no musical. Não entendemos muito de vestidos de baile e esse tipo de coisa, mas tenho certeza de que nossos amigos podem ajudar.

A sra. Fairfax passa os dedos pelo tecido da capa.

— Esses detalhes...

— Vocês ainda não viram nada — responde John, completamente indiferente à reverência do grupo. — Nosso grupo leva isso muito a sério.

— Oi — diz Anthony, e ele e Kenzie acenam para os adultos. — A gente não sabe costurar. E também não vamos cantar ou dançar ou atuar, mas, se precisarem de uma equipe de bastidores, então podemos ajudar com isso.

— Com certeza, vamos precisar de uma equipe — responde a srta. Sahni. — Vocês acham que conseguem recrutar mais pessoas?

Ele assente.

— Conseguimos, sim.

— E aposto que o grêmio estudantil ajudaria — acrescenta Kenzie, sorrindo para o diretor. — Isso pode contar como trabalho voluntário para nossos currículos.

A srta. Sahni acabou de dizer "vamos precisar", no sentido de que isso vai acontecer mesmo? Meu batimento cardíaco acelera. Mamãe aplaude em silêncio, animada, atrás dos outros adultos.

O diretor Holloway pigarreia.

— Certo, discutimos o assunto e...

As portas do auditório se abrem com um estrondo nesse exato instante e meu coração vai à garganta. Nathan caminha na direção do palco com o pai de Lucas, Fred e Arthur, os dois aposentados que estão sempre na loja. Preciso olhar duas vezes para acreditar no que estou vendo. Estou feliz por Nathan estar aqui, mas não consigo entender o motivo dos outros terem aparecido.

O pai de Lucas vai até mamãe e a cumprimenta com um aperto de mão.

— Rapaz, o Joel nos deu o maior susto. Como ele está? Tudo bem?

— Sim, acho que ele vai ficar bem — responde ela, sobressaltada. — Mas vai precisar mudar alguns hábitos.

— Ah, tenho certeza de que ele vai adorar isso. — O pai de Lucas vem até mim e me dá um tapinha nas costas. — E você, tudo bem?

Assinto, ainda confusa. Lanço um olhar de desculpas para a srta. Sahni e o diretor Holloway. Esta não é a reunião profissional que eu tinha em mente. Nessa altura, já virou um circo.

— Eu estou bem, mas, *hã*, o que tá acontecendo? — pergunto.

— Estamos aqui por causa da peça — explica Fred.

— É um musical — corrige Nathan baixinho.

Balanço a cabeça para ele, perplexa, e Nathan responde com um sorriso tímido que faz meu coração dar uma cambalhota.

— Nathan foi até a loja e perguntou se poderíamos vir ver sua apresentação para dar um apoio — explica Arthur. Ele se vira para o diretor. — Vai ser um prazer construir cenários ou fazer qualquer outra tarefa necessária. Meus filhos estudaram aqui. É sempre um prazer retribuir para a comunidade.

— Meu filho herdou de mim a Ace Hardware na rua Quinta — acrescenta Fred. — Podemos doar madeira.

O pai de Lucas pousa uma mão no ombro de Nathan.

— E eu posso elaborar o programa. Trabalho com design gráfico. Adoraria ajudar.

Olho para Nathan com os olhos arregalados e o sorriso dele fica maior.

— Eu tenho meus contatos — sussurra ele.

Minha mãe surge ao meu lado.

— Minha empresa de decoração pode doar tinta e materiais para os figurinos. E tenho certeza de que o pai da Riley também ajudará a patrocinar o evento.

A srta. Sahni arregala os olhos, fitando o grupo e depois os colegas.

— Eu... Bem... Uau. Estou muito impressionada. Na verdade, um pouco surpresa, para ser sincera.

— Esse tipo de apoio da comunidade é exatamente o que precisamos — opina a sra. Fairfax.

O sr. Weaver assente com veemência.

— Com certeza.

— Eu estava muito cético — declara o diretor Holloway. — Não temos muito dinheiro no orçamento e eu não sabia se haveria o interesse necessário para fazer a peça acontecer. Mas não posso negar o apoio que vejo nesta sala.

— Eu concordo totalmente — declara a sra. Fairfax, radiante.

Os outros assentem e a expectativa faz minhas mãos tremerem.

— Ah, mesmo? — Olho para Hoshiko, depois para Lucas e Nathan, e tento não soltar um gritinho. — Então... conseguimos a aprovação? Vamos ter um musical de primavera?

— Sim! — anuncia a srta. Sahni, batendo palmas. — E vou precisar de muita ajuda, então espero que esteja pronta.

— Eu nasci pronta!

— Ótimo.

A srta. Sahni dá tapinhas afetuosos no meu ombro, e posso sentir o orgulho dela irradiando sobre mim quando se despede e sai do auditório com os outros adultos.

Mamãe me abraça depois que eles saem.

— Estou tão orgulhosa de você. — Ela olha para os meus amigos, que formaram um círculo ao meu redor. — Vou voltar para o hospital e avisar seu pai. Você consegue arranjar uma carona, né?

Meus olhos se dirigem até Nathan por um instante.

— Tenho certeza de que alguém pode me levar.

Ela me aperta mais uma vez e depois sai, gesticulando para que os amigos de papai a sigam.

Capítulo Vinte e Nove

Começo a rir, abobalhada, sem conseguir acreditar. O resto do elenco — que claramente estava ouvindo tudo nas coxias — sai correndo para o auditório e meu mundo se transforma em um borrão de gritos e abraços. Tenho muita coisa para dizer e muitos agradecimentos para distribuir, mas mantenho meus amigos na minha visão periférica. Fico com medo de saírem de mansinho antes que eu possa agradecê-los outra vez, mas eles ficam até os outros irem embora e por fim, ficamos sozinhos.

— Isso não poderia ter acontecido sem vocês. Nunca vou conseguir agradecer o suficiente.

Puxo Hoshiko para um abraço apertado. Depois percorro o círculo, abraçando Lucas, John, Jordan, Anthony e Kenzie. Nathan é o último, e só hesito por um instante antes de abraçá-lo também. Lucas balança a cabeça.

— Você já tinha deixado tudo no jeito. A gente só seguiu instruções. Mas eu acho que o Nathan merece algum crédito por insistir no trabalho. A gente ficou devastado demais pelo que aconteceu com o seu pai para raciocinar direito — explica ele.

— Eu também fiquei — respondo. Amo que todos se importam tanto com meu pai. — Ele vai ficar bem, sério. Ficou conversando e brincando comigo e reclamando da comida do hospital. Eu não teria vindo pra cá se achasse que ele estava correndo algum risco.

Todos assentem, parecendo aliviados.

Hesitante, eu me viro para Nathan. Ele está ligeiramente afastado, como se não fosse tão parte do grupo quanto os outros. Hoshiko sacode o braço de Lucas.

— *Hum*, melhor a gente ir. Já estamos atrasados para o sapateado.

— *Hã*? — responde ele. Ela dá uma cotovelada nele. — *Ah*, é, a gente tem que ir.

Hoshiko me lança um sorriso sugestivo e faz um gesto de mandar mensagem. Aceno com a cabeça e eles vão para a saída.

John se remexe, inquieto, e os frascos de vidro no cinto dele tilintam.

— Também temos que ir. O LARP não pode esperar. Que bom que seu pai vai ficar bem.

— É, diz pra ele que a gente mandou um oi — pede Anthony.

Todos acenam e vão embora, exceto por Nathan. Assim que ficamos sozinhos, posso sentir o estalo de energia entre nós. Há tanta coisa que preciso dizer a ele, mas ainda estamos no auditório e a srta. Sahni e os outros podem voltar a qualquer instante.

— Parece que o seu musical vai rolar — diz ele baixinho.

— Com a sua ajuda, pelo que me contaram.

Ele dá de ombros, querendo diminuir o elogio.

— Não, sério, Nathan. Obrigada. Eu nunca nem pensei em perguntar para o pessoal na loja de jogos se eles ajudariam. Foi uma bela sacada.

— Eu precisava fazer alguma coisa. Você se dedicou muito pra deixar isso tudo ir por água abaixo. O musical é a coisa que você mais ama no mundo. Eu precisava te ajudar a conseguir isso.

Ele abre um sorriso leve e eu praticamente desmaio. As coisas acabaram tão mal no baile que tive medo de Nathan nunca me perdoar por inteiro, apesar da mensagem que ele mandou mais cedo perguntando do meu pai. Mas agora eu vejo o quanto estava errada. Devolvo o sorriso, tentando colocar nele cada pedacinho de emoção que sinto. Ficamos parados por alguns instantes, sorrindo e encarando um ao outro feito dois idiotas.

— Então, *hum*... — começa ele, interrompendo o momento. — Foi um prazer ter ajudado, mas já está me dando alergia de passar tanto tempo na escola.

Dou uma risadinha. Ele continua:

— E a gente acabou não dando aquela voltinha depois do baile. Posso te levar de volta para o hospital... pelo caminho mais longo?

Meu coração parece dobrar de tamanho.

— Pode. Por favor.

Saímos do auditório, andando devagar a princípio antes de acelerar o passo. Quando chegamos ao lado de fora, estamos praticamente correndo. Eu me jogo no banco do passageiro do carro de Nathan e ele faz o mesmo no lado do motorista. Nós nos viramos um para o outro.

— Riley...

— Nathan...

Paramos e damos uma risada. Meu Deus, que constrangedor. Preciso tirar as palavras do peito antes que elas fiquem alojadas para sempre na minha garganta.

— Sou louca por você — deixo escapar, e recuo o tronco para avaliar a reação dele. Os olhos se enrugam nos cantos e Nathan não tenta me parar, então continuo falando: — Eu sinto isso desde... Nem sei quando foi. Você vai para o baile com a Sophia, e não sei o que isso significa para nós dois, mas preciso que saiba que não consigo parar de pensar em você.

A última frase sai corrida e engulo em seco, prestes a explodir de nervosismo.

Nathan inclina a cabeça.

— Você roubou o meu discurso. *Eu* é que não paro de pensar em você.

A voz dele é tão calma que levo um segundo para compreender o que ele me disse. Nathan se aproxima.

— Eu não fazia ideia do que estava rolando no baile. Uma hora eu estava te beijando, *finalmente*, depois de passar semanas querendo te beijar, e na outra você saiu correndo e se escondeu num banheiro e ficou superestranha. — Ele balança a cabeça. — Fiquei achando que eu tinha o pior beijo do mundo. Ou que de alguma forma você ainda sentisse alguma coisa pelo Paul. Você não imagina como eu me senti horrível quando falou o nome dele logo depois de me beijar.

Mergulho a cabeça nas mãos.

— Desculpa. Eu peguei ele olhando para nós dois e fiquei convencida de que o beijo tinha sido falso. Foi por isso que eu surtei daquele jeito.

— Agora eu sei disso. O Lucas e a Hoshiko me explicaram hoje de manhã quando me encontraram no corredor. Mas prometo para você que essa era a última coisa na minha mente naquela noite. Eu nem sabia que ele estava olhando a gente até você falar. — Ele coloca um dedo debaixo do meu queixo e ergue meu rosto. — Nada do que eu fiz foi por causa dele. Quer dizer, tá, era divertido deixar ele com ciúme. Mas, na verdade, foi só uma desculpa pra eu passar o máximo de tempo possível com você.

— E a Sophia?

Ele volta a se recostar no banco.

— Ela foi um erro. Essa história toda foi zoada desde o começo. Eu nunca deveria ter concordado em ir ao baile com ela. Deixei você no ginásio no sábado, voltei para o carro e liguei pra ela pra acabar com tudo.

— Mas você estava tão bravo comigo quando saiu do baile.

— Eu só estava... magoado. E bravo comigo mesmo por estragar tudo com você. De um jeito ou de outro, eu sabia que precisava acabar as coisas com a Sophia.

— Me desculpa.

— Você estava só tentando se proteger. Eu entendo.

Examino o rosto dele, os enormes olhos verdes e os óculos que escorregaram de novo pelo nariz. O dia de hoje foi tão cheio de todas as emoções possíveis e imagináveis que nem sei como estou aguentando. Meu corpo todo treme e lágrimas estão se acumulando nos meus olhos. Nathan se encosta na porta do motorista e me puxa para o banco com ele. Apoio a cabeça no encosto de coluna para poder fitá-lo.

— Amo seus óculos — falo baixinho.

Eu os ajeito com delicadeza e ele segura minha mão. Depois, ele a leva até os lábios e ri como se eu tivesse acabado de contar uma piada.

— Sabe, eu comecei a torcer pra Sophia aparecer na loja todos os dias só pra eu poder fazer isso. — Ele afasta meu cabelo para trás da orelha. — E isso aqui. — Ele me dá um beijo na testa.

Eu me ajeito para ficar ainda mais perto dele. É maravilhosa a sensação de estar perto dele sem me preocupar em precisar fingir qualquer coisa.

— Tá, eu preciso saber... Há quanto tempo você se sente assim? Há quanto tempo a gente está sofrendo à toa?

— Desde aquela noite em que você me beijou na bochecha quando eu estava procurando um conjunto de dados — responde ele de imediato. — Você saiu andando como se não fosse nada, mas, se tivesse olhado pra trás, teria visto que foi como se tivesse virado meu mundo do avesso. — Ele balança a cabeça. — Achei que talvez eu fosse superar você quando a Sophia deixasse claro que estava interessada em mim, mas isso não aconteceu. Só me fez perceber o quanto eu queria ficar com você, só que eu não sabia o que você estava sentindo. Você sempre falava que era uma ótima atriz, e é mesmo, então achei que tudo que estava rolando entre a gente era só um fingimento da sua parte. Fiquei com muito medo de me machucar. E... bom, não tenho orgulho de admitir isso, mas decidi que ter um relacionamento falso era melhor do que não ter nada. Eu teria passado o resto da vida fingindo para não abrir mão de você.

— Nathan... — Seguro o rosto dele com as duas mãos. — Eu estou tão a fim de você. Dá até vergonha. Se eu pudesse passar todos os minutos de todos os dias te beijando e conversando sobre Pop-Tarts, ainda assim não seria suficiente.

Ele recua de leve.

— Beijar *e* conversar sobre Pop-Tarts? Existe essa possibilidade? Porque eu gostaria de começar a fazer isso imediatamente.

Eu me endireito, sorrindo.

— Posso acrescentar ensaios pro musical? Porque parece que vou ter vários desses no futuro.

— Com certeza. E o D&D? Alguma chance de isso voltar pra sua agenda?

— Sim — respondo, voltando a ficar séria de repente. — Sei que eu disse que sairia do jogo, mas não quero. Mesmo que não tenha tempo pra continuar trabalhando à noite, não vou desistir da nossa mesa.

— Fico tão feliz de você ter chegado a essa conclusão sozinha. Eu estava totalmente preparado pra te convencer a qualquer custo — diz Nathan com um sorrisinho. — Implorar, suplicar, até chantagear.

— Chantagem, é? Estou intrigada, mas não vai ser necessário. A gente ainda precisa matar aquela Aparição e minhas músicas de teatro não vão se cantar sozinhas. Espera só até ele ouvir minha interpretação de "Memory". Ele vai ser completamente destruído.

O corpo todo de Nathan treme de tanto rir.

— Uau, eu te amo.

Ele diz isso tão inesperadamente que eu me pergunto se ele não deixou as palavras escaparem sem querer. Porém, Nathan está com uma expressão ansiosa e esperançosa, e sinto vontade de me enroscar nele e nunca mais soltar. Meu coração explode em uma névoa de glitter, arco-íris e músicas de teatro. Eu o beijo com tanta força que ele bate as costas na janela antes de me puxar para mais perto.

— Eu te amo tanto que chega a ser ridículo — consigo dizer depois de um instante.

Ele abre um sorriso tão radiante que corro o risco de me queimar com o calor. Sinto que estou no paraíso. Ele me beija mais uma vez.

— Vou precisar de um jeito de ver você já que não vai estar todo dia na loja agora. Talvez você precise de um assistente de direção? Posso trazer café antes dos meus turnos. E te buscar no final dos ensaios. Conheço todos os atalhos.

Eu me endireito no assento, espantada.

— Você estaria disposto a passar mais tempo na escola? Por mim?

— Estou disposto a tentar um monte de coisas novas por você, Riley.

Guardo aquelas palavras comigo.

— A gente vai se divertir *tanto*.

Seis Meses Depois

— Não acredito que vai ter gente pisando na nossa arte — reclama Anthony enquanto recua para examinar o próprio trabalho. — Tem certeza de que não dá para o elenco andar em volta do cenário?

Eu me levanto do chão do palco, alongando as pernas.

— Considerando que a gente está pintando um conjunto de *escadas*, acho que as pessoas vão precisar pisar nelas.

Ele funga.

— Nossa, que desrespeito.

Fico esperando Hoshiko fazer um comentário, já que a personagem dela vai passar muito tempo subindo e descendo essas escadas, mas ela está ocupada demais dando risadinhas com Lucas para prestar atenção na conversa ou na pintura. Depois de muita discussão, decidimos fazer o musical de *Legalmente Loira* como nossa apresentação esse ano, e Hoshiko está arrasando no papel de Elle Woods. Faltam só algumas semanas para a estreia e os últimos meses têm sido definitivamente caóticos; precisei conciliar os ensaios, o cargo de ajudante da srta. Sahni, os jogos de D&D e o trabalho na loja uma vez por semana. Porém, também tem sido incrível. Não quero que acabe. Até trabalhar com Paul tem sido tranquilo. Não que eu gaste tempo pensando nele quando tenho tanta gente mais importante na minha vida.

— Gostou do resultado? — pergunta Nathan baixinho. Ele aparece atrás de mim e abraça minha cintura.

Inspeciono as escadas. Acho que nos esforçamos mais do que era realmente necessário na pintura da moldura, já que o público não vai conseguir vê-la por inteiro, mas nem sempre se trata da audiência. Quanto mais nos dedicarmos ao cenário agora, mais real o palco vai parecer para o elenco depois.

Além disso, é divertido passar a tarde pintando com meus melhores amigos.

Eu me viro nos braços de Nathan para encará-lo.

— Ficou lindo. Obrigada por ajudar.

— De nada. — Ele me beija de leve nos lábios. — Preciso admitir, fazer os detalhes do cenário foi muito mais fácil do que pintar minhas miniaturas de sete centímetros.

— Ei, lembra quando você perguntou qual era a minha cor preferida no outono? E nós dois concordamos que nossa cor preferida era vermelho?

Nathan estreita os olhos de leve. Ele está muito melhor em interpretar minhas expressões e meu tom desde setembro.

— Lembro...

— Bom, eu queria confirmar que ainda é minha cor preferida.

Levanto a mão direita e passo um pouco de tinta vermelha no nariz dele. Então abro um sorriso inocente.

— Ah, acho bom você *não* querer começar essa guerra — resmunga ele enquanto ri.

Nathan faz cócegas na lateral do meu corpo, eu solto um gritinho e me desvencilho.

— Guerra de tinta! — grita Lucas, mas Hoshiko levanta as mãos.

— Sem chance, *diretora*. A gente vai se ferrar muito se cair tinta no palco.

— E, por mais que eu adore fazer trabalho manual de graça, precisamos arrumar as coisas e ir pra loja — acrescenta John, fechando a lata de tinta mais próxima. — Vocês não estão prontos para o que eu planejei pra esta noite.

Nathan e eu trocamos sorrisos, a tinta esquecida por um instante. Há pouco tempo, John assumiu o papel de Mestre do nosso grupo de D&D e, se antes pensávamos que Lucas levava o título a sério, não fazíamos ideia do que John reservava para nós. Felizmente, mudamos os dias de jogo para que Jordan também pudesse participar. John sempre fica mais tranquilo quando o namorado está por perto.

Limpamos as ferramentas de pintura e Nathan só consegue pintar uma manchinha na minha bochecha antes de eu fechar as outras latas. Nem posso reclamar porque, logo depois, ele me dá um beijo que me deixa sem fôlego e faz todo o mundo grunhir, revoltados.

No estacionamento, abro as portas do meu sedan de quatro portas, novidade para mim. Nathan entra no lado do passageiro enquanto eu verifico os espelhos e ajusto o banco, mesmo que ninguém tenha usado meu carro desde a manhã daquele dia. Sinto Nathan me observando e paro, notando que os lábios dele estão espremidos em um sorriso discreto, como se estivesse tentando manter uma expressão neutra e falhando miseravelmente.

— Que foi?
— Nada. Você só é fofa.

Minhas bochechas esquentam. Faz só um mês que tirei a carteira de motorista e ainda é tudo muito novo, então gosto de verificar os detalhes duas vezes antes de dirigir.

— Para de ficar me zoando! — alerto. — Só agradeça por estar economizando gasolina hoje, já que eu vou te dar uma carona.

— Não estou te zoando. — Ele ergue as mãos como se estivesse se rendendo. — É bom ser a pessoa que pega carona pra variar. Me dá mais tempo de mexer na playlist. Mas sou *eu* que vou levar a gente pro baile, né?

Faço que sim com a cabeça.

— Porque o seu vestido é tão longo que não dá para dirigir com ele?

Dou risada e faço um gesto de selar os lábios.

— Porque é tão apertado que não dá para você mexer as pernas?

Empurro o braço dele.

— Para de tentar arrancar uma dica de mim. Você vai ver meu vestido quando for me buscar no sábado, e vai ter que lidar com o suspense até lá. Eu me divirto muito torturando você pra te contar qualquer coisa.

— Depois você reclama de mim! — Ele faz beicinho e ajeita os óculos. — Isso é muito injusto. Eu não tenho como fazer suspense quando você já sabe que vou usar um smoking.

Meu corpo esquenta só de imaginar Nathan parado na minha frente com um smoking preto elegante e bem-ajustado. Estou tão ansiosa para o sábado que mal consigo controlar a respiração. Não vou sair dos braços dele *nem por um segundo*.

Quando entramos na loja, dou um beijinho rápido na bochecha do meu pai e relato como foi o ensaio de hoje. Ele resmunga um pouco sobre o jantar — fez algumas mudanças nos hábitos alimentares ao longo dos últimos meses, mas continua reclamando todo dia — antes de nos levar para a sala dos fundos. Depois de uma rodada de cumprimentos aos clientes assíduos, eu me sento no meu lugar de sempre na mesa, de frente para Lucas e Hoshiko.

Ela me lança uma expressão de pânico e aponta com a cabeça para John, que está examinando nosso grupo de D&D atrás da sua tela de proteção com uma expressão maquiavélica no rosto.

— Por favor, seja a voz da razão dele hoje à noite, Jordan, ou ele vai ficar *descontrolado* — implora Hoshiko.

— Não vou prometer nada — responde Jordan, dando uma piscadela para John.

— Agora a coisa ficou séria — declara John, a voz baixa e sinistra.

— Rapaz... — sussurra Lucas.

Nathan aperta minha mão debaixo da mesa.

— Você não pode dirigir porque seu vestido é tão volumoso que não vai caber no banco do motorista? — sussurra ele.

Dou uma risada e tapo a boca com a mão antes que John atice um dragão contra minha personagem. Apoio a cabeça no ombro de Nathan, irradiando alegria por estar tão perto dele. Não consigo imaginar nenhum outro lugar onde eu gostaria de estar que não seja ao lado dele, provocando-o.

— Só o tempo dirá — murmuro de volta. Ergo a cabeça e encontro os olhos dele. — Mas vou te dar uma dica: é vermelho.

Agradecimentos

Tenho a imensa sorte de poder viver o sonho que sonhei minha vida toda: escrever livros e compartilhá-los com leitores, e agora tenho muitas pessoas a agradecer pela ajuda e apoio ao longo desta jornada. Sou muito grata às minhas editoras, Wendy Loggia e Hannah Hill, por ajudarem esta história a brilhar e por rirem sempre nos momentos certos. Wendy, fiquei tão feliz por ter tido a chance de trabalhar com você. Obrigada por enxergar o potencial deste livro! Também sou grata a toda a equipe da Penguin Random House, incluindo Alison Romig, Casey Moses, Tracy Heydweiller, Kenneth Crossland, Tamar Schwartz e Sarah Lawrenson. Liz Parkes, obrigada por fazer a capa da edição norte-americana tão incrível e por dar vida a Riley e Nathan dentro da loja de jogos!

Nunca deixarei de ser grata a todos os autores maravilhosos que vibram comigo nos bons momentos e se solidarizam nos ruins. Obrigada, Diane Mungovan, Becky Gehrisch, Holly Ruppel, Leigh Lewis e Laurence King, além dos meus amigos da SCBWI. Obrigada, Keely Parrack, por se preocupar comigo, Sabrina Lotfi e Carrie Allen por serem leitoras beta e pessoas extraordinárias e Kathryn Powers pelos *gifs* de MLP e almoços ridiculamente longos em restaurantes chineses. Debbi Michiko Florence, fico tão feliz por termos nos conhecido no *Highlights* tantos anos atrás e por termos continuado sendo amigas tão próximas. Obrigada por me incentivar a continuar trabalhando quando fiquei com vontade de desistir.

Precisei pesquisar sobre muitos assuntos para este livro, e por sorte muitas pessoas fizeram a gentileza de me auxiliarem nesse trabalho. Agradeço ao meu marido extremamente paciente por responder *todas* as perguntas sobre jogos. Obrigada aos funcionários da minha simpática loja de jogos local por abrirem suas portas e me fornecerem informações internas sobre a gestão de um estabelecimento como esse. Rajani LaRocca, obrigada por pegar o telefone para conversar sobre medicina e por torcer pelo livro desde o princípio. Agradeço também a Leigh Bauer por responder minhas perguntas sobre teatro, além de Mary Yaw McMullen e ao programa de teatro da River View High School por me receberem de volta à minha *alma mater*. Quando eu era caloura e subi naquele palco vestida de freira, nunca imaginei que um dia escreveria um livro sobre o assunto!

Por mais que eu ame escrever, preciso de pessoas que tragam equilíbrio à minha vida. Agradeço meus pais e minha sogra pelo amor e apoio, e aos amigos Melissa Beers, Kristy Reel, Courtney McGinty, Rosalee Meyer, Anna Yocom, Kristin Supe e Beth e David Camillus por sempre se empolgarem com minha escrita. Ninguém traz tanto equilíbrio à minha vida como meu filho, Liam. Amo você, meu pequeno *gamer*.

Sou incrivelmente grata a cada leitor que já pegou um dos meus livros para ler, recomendou a leitura para um amigo, escreveu uma resenha ou postou uma foto. Cada um de vocês ajuda a dar continuidade ao meu sonho de escrever, e eu daria um abraço em cada um de vocês se pudesse.

A inspiração para este livro começou no Ensino Médio, quando minha melhor amiga e eu entramos em um grupo de D&D, sem fazer a menor ideia de como jogar... ou que acabaríamos nos casando com membros do tal grupo anos mais tarde. Não consigo imaginar como seria o meu mundo se nunca tivéssemos nos conhecido. Obrigada, Maggie, Emmett e Mike.

MINHAS IMPRESSÕES

Início da leitura: ____ /____ /____

Término da leitura: ____ /____ /____

Citação (ou página) favorita:

Personagem favorito: _____

Nota: ☆☆☆☆☆ ♡

O que achei do livro?

Este livro, impresso em 2025 pela Santa Marta, para a Editora Pitaya, gerou um forte desejo de maratonar musicais e criar um grupo de D&D dentro do editorial. O papel do miolo é o pólen natural 80g/m² e o da capa é cartão 250g/m².